浮尘过客

——缅怀《太阳出来喜洋洋》词曲作者金鼓

李 裴 著

中国文联出版社

图书在版编目（CIP）数据

浮尘过客：缅怀《太阳出来喜洋洋》词曲作者金鼓 / 李裴著. -- 北京：中国文联出版社, 2021.12
  ISBN 978-7-5190-4645-3

Ⅰ. ①浮… Ⅱ. ①李… Ⅲ. ①纪实文学－中国－当代
Ⅳ. ①I25

中国版本图书馆 CIP 数据核字(2021)第 177462 号

著　　者　李　裴
责任编辑　付劲草
责任校对　岳蓝峰
装帧设计　杰瑞设计

出版发行　中国文联出版社有限公司
社　　址　北京市朝阳区农展馆南里 10 号　　邮编　100125
电　　话　010-85923025（发行部）　010-85923091（总编室）
经　　销　全国新华书店等
印　　刷　中煤（北京）印务有限公司

开　　本　710 毫米×1000 毫米　　1/16
印　　张　15
字　　数　220 千字
版　　次　2021 年 12 月第 1 版第 1 次印刷
定　　价　48.00 元

版权所有 · 侵权必究
如有印装质量问题，请与本社发行部联系调换

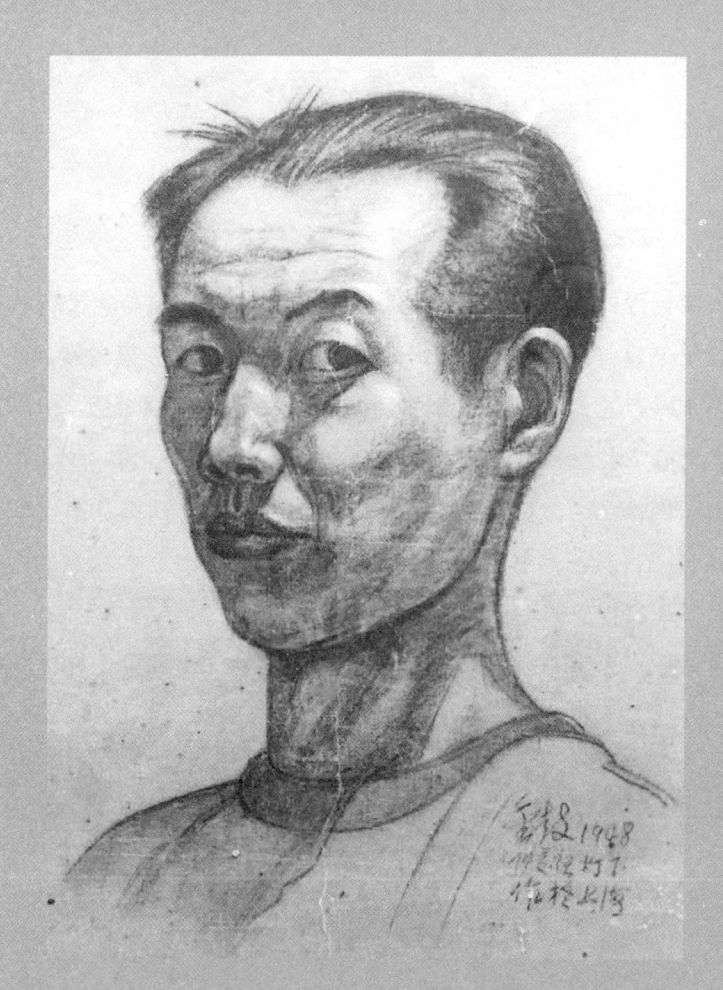

金鼓自画像

内容简介

本书以传记形式描述了我国非物质文化遗产"罗儿调"的代表歌曲四川民歌《太阳出来喜洋洋》的作者——音乐家、诗人、剧作家金鼓先生,自青年时期为追求共产主义信仰背井离乡参加革命活动的坎坷经历,和在为人处世方面始终坚持"淡泊名利,甘为人梯"的修养。对金鼓先生1942年为鼓舞民众抗日士气创作的《太阳出来喜洋洋》的创作背景、创作意图和歌曲内涵作了全面的介绍。撰写本书的主要目的是让读者更好地继承老一辈艺术家在那特殊年代对革命理想的追求和对艺术的追求始终抱着执着的信念,在传承、演绎民歌《太阳出来喜洋洋》时能准确、生动地表达出勤劳、朴实的中国人民积极向上的精神风貌。

燕 子

乍暖还寒的时候,
燕子飞来了!

几声呢喃细语,
唤醒了江南迷人的艳阳天气;
尾剪春水绿波,
又给大地披上了旖旎的新衣。

呵,燕子,
我们欢迎你!

在那些冰雪封天冻地的日子里,
我们深深地惦念着你!
年年春三月,
渴望着与你一同欢聚。
你那潜踪秘迹的信息,
多么难以寻觅!
而今,严寒逐渐消逝,
欣喜你飘然地来到了这里。

嗬,燕子的语音和倩影,依然如昔!

燕子，你不会忘记：
海滩上高楼大厦之间，
还留有你当年檐前的旧居。
在那里，你曾苦心经营，
为人类增添过多少诗情画意！

流光抹不掉深刻的记忆，
燕子是我们的旧相知！
歌唱新世界，需要美丽的诗句，
岂能没有你的呢喃细语！

呵，燕子；我们欢迎你，挽留你！
相见的时机贵重无比，
我们不能让你匆匆离去！
有你留在这里，
旖旎的春光，就永远不会消逝！

金 鼓

1981年春作于上海

注：该诗歌是金鼓先生为迎接以诗人、书法家柳倩先生为代表的20世纪40年代的老友们"文革"后首次在上海相聚而作。

我们的好父亲(代序)

今天是父亲金鼓先生百岁诞辰,也是他逝世五周年,我和妻子一同去墓地祭拜了他老人家。当墓碑上父亲和母亲相片中慈祥又亲切的笑容映入我眼帘时,心顿时怦怦直跳,呼吸也随之出现一阵阵窒息般的感觉,同时有一种从未有过的幻觉浮现在我的脑海里,仿佛听见了父亲的处女作四川民歌《太阳出来喜洋洋》那激越动人的旋律,周边的一切也仿佛回到了父亲在世时的情景,全家人聚在一起有说有笑的欢乐场面一幕接一幕地展现在我的眼前。

金鼓与夫人

记得在我童年的时候，清隽、肃穆但很慈祥的父亲经常在百忙中抽出时间关心我们的成长，他总是和蔼地把我们召集到他的身旁，幽默而亲切地给我们讲古今中外的典故，教我们念古诗，教我们唱抗战时期的革命歌曲，当然也不忘把他的处女作《太阳出来喜洋洋》第一时间教会我们。在为人处世方面，父亲将李氏家族传统的五项基本家训灌输到了我们每个孩子的心中："诚信做人，不计得失，宽厚待人，感恩图报，不添麻烦"，要求我们从小做到对朋友、对家庭、对社会有责任心。每当想起这些往事，我的面颊上就会情不自禁地挂满泪花，不停地后悔自己当初不该漫不经心，让多少聆听父亲教诲的机会悄然错过。这次也不例外，要不是一旁站着的妻子递给我纸巾，也许我还沉浸在这美好而又伤感的往事里！

我是兄弟姊妹中排行最小的一个，也是家里唯一的男孩，因此在物质方面受到父母的宠爱比起其他几个姐姐相对要多些。但是，在品德教育方面，受父亲严厉管教也远远胜过了几个姐姐。在本书中，写到了父亲对我严厉教诲的事例。常言道："父严子孝"，此时此刻我多么想再次回到童年时代，重新感受一回父亲带给我们的那份朴实、真挚、厚重的父爱啊！同时也想再一次发自内心地呼唤一声"爸爸，我爱你！"

父亲原名李才奇，后由他自己改名为李犹龙，究竟什么原因促使他改名，至今都是个谜。别名：金鼓、李俊、金蔚秋。出生于重庆梁山县（今重庆市梁平区）。职业：剧作家、诗人、音乐人。中国作家协会会员、音乐家协会会员、美术家协会会员。

父亲自幼受我爷爷李绍章（又名李英良）的影响，对琴棋书画产生了浓厚的兴趣，再加上受当地文化名人的指点，四岁就开始舞文弄墨，能写诗、能作画、还能唱歌，在当地小县城里声名鹊起。父亲小学毕业后就被我爷爷送到成都，先后在成都艺术专科师范学校、东方美术学校念书，之后又去了重庆剧专深造。在就读期间，受新文化、新思想的影响，反对黑暗社会、追求光明未来，毕业后，拂逆了我爷爷的愿望，放弃继承李家家业和优越的生活，毅然决然地跟随革命前辈车耀先生创办革命报刊《大声周刊》，从那时起，父亲就把自己所有的精力投入到了革命活动中。

我们的好父亲（代序）

父亲生前一贯以"淡泊名利、甘为人梯"为鞭策自己的座右铭。他性格秉直、坦率，真诚、乐于助人。在念小学的时候，就乐于帮助同学，经常将家里为他准备好的饭菜、点心，瞒着父母省出一部分，与家庭贫困的学生一起分享。在上美专的时候，由于学校资金一时周转不灵，发不出教师薪酬的时候，就从自己家里拿来200块大洋，解了校方燃眉之急。抗日战争和解放战争时期，当一起共事的同志们处于饥寒交迫的时候，父亲瞒着我母亲将家里省吃俭用积攒下来的钱，包括用于我母亲坐月子的钱，全部奉献给了大家。

父亲的一生，把"情义"看得比什么都重要，总是替别人着想，很少顾及自己的得失。朋友们对父亲最多的评价是"金鼓先生的一生是为朋友的一生！"父亲在交友方面从来不在意对方的职位高低和贫富，只要情投意合，无论对谁都推心置腹一视同仁。他学识渊博，有过辉煌，但始终保持谦虚谨慎的态度，从不居功自傲，把自己比喻为"浮尘过客一汉夫"。在他的眼里，沉浮升迁、荣辱进退、利禄功名都是过眼云烟。因此，天南海北都有他的朋友。父亲在世的时候，每逢休假日，我们家就像茶馆，四方的朋友都会聚集到这里谈论诗歌、文学和音乐，父亲还管他们午饭和晚饭，那段时期是我父亲最快活的日子！随着岁月的流逝，周围的朋友一个接一个因年迈衰老和疾病相继离父亲而去，从此，我们家也开始冷清下来，一向喜欢热闹的父亲也开始感到了寂寞和孤独，身体状况也每况愈下，于2013年5月离开了人间，享年96岁。

父亲离开我们已经近五年了，而他宽厚待人、为追求光明与真理而脚踏实地、默默奉献、乐观向上的精神，如同他的作品《太阳出来喜洋洋》一样，深深地印刻在我们做子女的心里！父亲虽不是什么了不起的人物，但就凭他身上焕发出来的那股子对朋友的真诚，以及对祖国的民族文化和民族音乐做出的贡献，我认为还是值得去传承和歌颂！我在写这本传记之前，明知以自己现有的写作水平，会出现许多不尽如人意的地方，但父亲的精神鼓舞着我克服困难，直至完成。写这本书的目的是希望喜欢民歌《太阳出来喜洋洋》的朋友们能更多地了解词曲作者金鼓先生鲜为人知的一面，更深层次地去理解这首歌的创作背景和蕴藏的内涵，让富有浓厚生活气息、富有极强感染力和富有积极向上的民歌《太阳出来喜洋洋》永远镌刻在我们的记忆深处，记住金鼓这个名字！

本书历经数年，汇集和编撰了父亲一生中各时期的重要经历，遗憾的是本人学识浅薄，文笔拙劣，因此在用词方面比较粗糙，对主要情节的描述也无法做到淋漓尽致，一定会给读者带去阅读上的不便，望给予包涵和指教！

父亲的部分主要作品：

歌曲类

《太阳出来喜洋洋》《指望大救星》《满江红》《小小马儿郎》《小铁匠》《啰嘀嘀》《小青蛙》《小花猫》等。

诗画类

《夜行军》《玻璃世界》《罪与罚》《手到擒拿》《工人诗歌》《伟大的恩格斯》《华东血战记》《北京》《丰年》《燕子》《事与愿违》《牧歌》《春风出玉门》《电车在前进》《信息》《我的心儿早已碎了》《紫藤》《牛郎中》《暴风雨我祈祷你》《红烛》《这里没有冬天》《香山》《红叶》《泰山》《晚钟》《好汉》《催眠曲》等。

戏剧类

川剧《乔老爷上轿》（改编），主编《一把钳子》《模范夫妻》《李逵探母》《劳动有爱》《喜期》《生产渡荒》越剧《钥匙》《孤岛虹霓》，沪剧《一件棉袄》等。

金鼓之子：李裴

2018年4月27日

目　录

父亲和李家的家风 …………………………………………………… 1

风雨同舟，同甘共苦（与车耀先先生之情缘）………………………… 46

兄妹之情，革命之家 ………………………………………………… 66

艰难岁月筑友情（在抗战的非常岁月）……………………………… 92

慷慨侠义，临危受命 ………………………………………………… 112

父亲与"活路社"和《活路》月刊 …………………………………… 124

重庆市立二中的非常岁月 …………………………………………… 168

襟怀坦荡，为人正直 ………………………………………………… 203

父亲和李家的家风

（一）

父亲金鼓（原名李才奇，后改名为李犹龙），1917年4月27日生于四川省重庆市梁山县（今重庆市梁平区）聚奎乡顺泰寨的一户大户人家。据说因县名与山东省"梁山县"同名，1952年12月3日，遂以境内有平坝而更名为梁平县，属大竹专区。1953年3月10日，大竹专区被撤销，梁平县被划归万县专区（地区）管辖至1997年6月，1997年6月划归重庆直辖市至今。据县志记载，西魏元钦二年（553）置梁山县。清末民初才子辈出，修建八角聚星楼，聚奎以此得名。民国初置聚奎镇，1940年改为聚奎乡，1958年改为聚奎公社，1983年复置聚奎乡，1992年复建聚奎镇。

聚奎镇气候四季更替，属于典型的亚热带湿润季风气候。热量充足，降水丰沛，空气湿润，冬暖春早，夏热秋雨，四季分明。蕴藏有丰富的煤矿、石灰石和阴沉木资源。福星庵、观音寨、黄土坎、猫儿寨等都是极好的旅游去处。农业以产水稻、玉米、小麦等为主，产业结构调整起步早，引进种植了优质水稻、小麦、油菜、大棚蔬菜、反季水果，引进发展了优良生猪、南江黄羊，蛋鸡养殖和水禽业初具规模。

父亲在兄弟姐妹中排行老大，我爷爷李绍章（又名李英良，1889年11月生），年轻时曾当过国民革命军二十一军某旅旅长，后从事工商业。以经营纸张和棉花生意为主业，家中除了持有良田若干，还有若干栋房屋和很大的宅院以及几十名长工，以防备"棒老二"（四川土话，指当时的土匪）的袭击，宅院四围砌起了高高的砖墙。由于面积如同一个寨子大小，后被取名为"顺天寨"，在当地堪称大户中之大户。宅院坐落于村庄正中央，坐北朝南，南面正对平旷的肥沃田地，一眼就能望到村头。北面大院紧连着一片茂密的竹林，竹叶青翠。竹林依山傍水，犹如巨大的屏障支撑着李家的整个大宅。后院的正中央放着一张石桌，桌面是一块约几丈长的青石板，石板四边虽因日晒雨淋留下了岁月磨损的痕迹，但仍然光滑透亮，仿佛镜面一般。石板由四个石礅支撑，每个石礅的表面都刻有青龙盘踞的图案，气势磅礴，特别耀眼，据说是祖先一代一代传下来的。确切含义父亲本人也说不清楚，只是小时候听家里的管家说过，但因当时年纪太小，细节部分都记不清了。大概的意思是说青龙盘踞在这里，如同守财的门，而"财"分为两个含义：一是"钱财"，二是"才气"，寓意是"发财"和"出才子"的地方。为此，爷爷把这块祖传的青石板视为李家的镇家之宝。父亲小的时候，经常看见爷爷一清早就吩咐李家的长工从院子里的那口古井里打水上来，然后反反复复往石板表面上浇，浇完后再用湿棉布一遍遍地抹擦石板表面，抹擦完以后再用井水冲洗一遍，最后用干布将表面彻底擦干净，天长日久，石板的表面自然就变得光滑透亮，犹如一面镜子。

听说爷爷从小喜爱诗歌和字画，长大后一直保留着这个嗜好，只要有时间，天气也晴朗，爷爷就一定会在这块青石板上看书、吟诗、作画。每逢乡里乡村有红白喜事，村民们都会来李家府上请爷爷替他们写上几副对联或悼词等。父亲回忆说，他小的时候，天刚蒙蒙亮就被爷爷叫起床，顾不上刷牙洗脸，首先坐到青石板前的石板凳上，爷爷教他认字、背诵古诗和练习作画。一年当中最让人煎熬的是冬季和夏季，冬季原本气温就很低，再加上在清晨气温就更低了，有时外面还刮着西北风，这对于一个才几岁的孩子来说，确实是很大的挑战。每天两只小手冻得发紫、发麻，两只小脚冻得直往地上跺，书和笔时常因手被冻僵捏不住掉落在桌面上，这时只好使劲地搓搓手，待到手指暖和，可以自由活动时再继续写字。夏季三伏暑日，坐下来不用多久就满头大汗，汗水像雨点般地沿着脸颊滴到画纸上面，捏笔的手也早已被汗水浸透，那样闷热的天气真让人喘不过气来，心烦意乱好难受，但这样的日子日复一日从未间断。

出了李家老宅正门，环视四周，都是高高的山脉，仿佛一道道坚固的城墙紧紧守护着李家宅院和这里的主人。由于李家老宅地势略高于其他农户住宅，眺眼望去，农田和农户住宅尽收眼底。这老宅据说是我太爷爷传给爷爷的，由于年深日久，风吹日晒，没有很好地维护和保养，建筑也开始出现老化和松动，爷爷接手这个宅院后进行了彻底的改造。改造后的宅院建筑风格与以往不同。结构融合了古典和现代的元素，古典是指用的建筑材料，主要以木、石灰、青砖、青瓦为主，平房瓦顶、四合头、大出檐的格局。现代是指在外表设计上一改以冷色调为主的朴素淡雅的西南传统风格，大胆地采用了以暖色调为主的江南地区秀丽、富贵的外形，整个建筑外形引人注目。由此可见，当时爷爷的思想和理念还是比较超前的，这和他长期以来从事贸易，奔走于全国各地，见多识广，受外界的影响是分不开的。

从外进入村里时，一进村口，抬头眺望，首先映入眼帘的便是李家宅院。当年，但凡有人路过李家宅院，都会情不自禁地放慢步子，或者干脆驻足观赏。人们对这幢背靠大山、翠绿掩映、具有独特建筑风格的老宅抱有浓厚的兴趣，一番品评之后，往往赞不绝口。中华人民共和国成立后，由于家中无人照看和年久失修，李家旧宅早已面目全非，再加上国家实行土地改革，原先的李家建筑也被拆除重建，主人也更名换姓了。

后来我在亲戚的引导下，来到了老家梁平县聚奎乡顺泰寨（现改为聚奎镇大来乡），想找回当初的情景，哪怕只有一点点的痕迹也行，费了九牛二虎之力才找到了李家宅院的原址，这块宅基地上已盖了新房，只在北面一个角落处，还能找到一点李家老宅的残余，单凭这些坍塌的砖木和瓦砾，很难想象出当年李家宅院的真实模样。我顺路走访了几家还住在那里的李氏家族老人，想从他们的口中了解一些李家和我爷爷相关的情况，这样对我而言多少也是些安慰，算是不虚此行吧。在和老人的交谈中无意中了解到我爷爷在世时，曾经请过风水先生来李家为这幢宅院看过风水门道，风水先生还在李家住了几天。当时据风水先生说，李家的宅基地是村里风水最好的一块，如同聚宝盆，不仅能聚财，还能出人才，是一块千载难逢的"宝地"。此话一出惊动了村里的所有人，一时间成为佳话在当地流传。爷爷听信了风水先生的话，高兴地在村里大办宴席，感谢祖先留下这块宝地。

由于父亲这辈正逢李氏家族的"才"字辈分，因此，爷爷和奶奶结婚后，每当为出生的孩子取名时，爷爷都会在孩子的名字中放入一个"才"字，以此来祝愿孩子们长大后能出人头地、光宗耀祖。如我父亲本名叫李才奇，父亲的弟妹们依次叫李才杰、李才珍、李才秀、李才远、李才双、李才嘉、李才雪等。孩子们长大以后，虽然没有取得惊人的成就，但还算为李家争气，在各个领域都有所作为，也算是没有辜负我爷爷对孩子们的期望。在李家的儿女中，我的父亲成了作家，二姑李才杰因把7个孩子中的6个培养成博士，1个培养成硕士，分别荣获"全美模范母亲"和"台北市模范母亲"，三姑李才珍成了大提琴家，四姑李才秀成为中华人民共和国成立后的第一批民族舞蹈家、教育家，叔叔李才远成了指挥家。遗憾的是，这块造就了孩子们的宝地，在孩子们陆续离开李家后，除父亲先后两次（一次是为《大声周刊》筹集经费，另一次是带我母亲回去度蜜月）回去过，之后就再也没有孩子回去过了。中华人民共和国成立后，孩子们又因分散在全国各地，平日里工作忙脱不开身，所以也没顾上回老家看看。当然还有一个原因，那就是爷爷、奶奶在中华人民共和国成立前都已经不在人世了。但孩子们的心里都始终装着养育他们的梁平老家和自己的父母，寄托着一个念想，以后有时间，再回老家看看。

（二）

虽从未和爷爷有过交集，但通过父亲以及亲人的描述，他老人家的形象也早已清晰地刻在了我的脑海里……爷爷秉性耿直、为人豪爽、英俊潇洒，身高虽一般，但体形匀称，脸颊方方的，鼻梁略有点扁平，两只眼睛不大却炯炯有神，说起话来慢条斯理、轻声轻气，举止儒雅而大方。平日里他对衣着特别讲究，经常穿一身雪青色全棉长衫，里面的棉布衬衣洗得雪白，衬衣的领子总要高出长衫领子三四厘米。平时衬衣和长衫都必须熨烫后才穿，脚上的那双黑色布面、白色鞋底的布鞋，总是干干净净的。光从外表上看，爷爷清秀儒雅，像个书生气十足的老师或者是一位文化人。爷爷天生就有经商的头脑，和奶奶结婚以后，先是在梁山县屏锦铺镇上开了一家造纸厂，凭他的勤奋和智慧，生意很快红火了起来，日子过得一天比一天富裕。钱虽然挣得多了，但爷爷始终保持着李家祖先勤俭持家的传统，平日生活里从来不乱花一分钱。但是在培养孩子方面却不吝啬，该花的钱，无论多少，爷爷都愿意拿出来。因为他明白，只有从小给予孩子良好的教育，将来孩子们才会有出息。所以李家的孩子很早就被送到当地最好的小学或中学去念书。除了在孩子的教育上肯花钱以外，爷爷还在老家聚奎镇李家湾买了大量的田产。爷爷认为，在当时兵荒马乱的年代，物价一天天在涨，钱也随之不断贬值，自己虽然赚了些钱，但要使这些钱保值，唯一的办法就是购置田地。即使以后到了什么生意都难做的时候，就这些田地的收益也能养活整个李家的大大小小。

到了抗日战争时期，果真像爷爷预料的那样，造纸行业开始全面走下坡路，生意越来越难做了，这也是爷爷预料之中的事。但爷爷很快凭借长期以来在生意场上摸爬滚打的经验和敏锐的嗅觉，找到了新的商机，做起棉花生意来。原因很简单，因抗战爆发，以往的运输渠道都被日本鬼子占领了，棉花产地很难将棉花运往全国各地，一夜间棉布成了紧缺商品，供不应求，特别是像屏锦铺这么一个地处重庆边远地区，交通和信息本来就比别的地方不便，这样一来，棉布就显得尤为短缺了。在穿着上，任何人也离不开棉布，而棉布的基本原料是棉花。爷爷想，把棉花运到屏锦铺镇，有了棉花就等于把棉布市场救活了，市场活了，布匹短缺的问题就能迎刃而解了，这本身是一件利民而又利己的事，何乐而不为呢！于是，爷爷果断地关闭了造纸厂，在镇上开了一家棉花店。爷爷发挥自己在各地的人脉优势，很快就将棉花运到了屏锦铺镇，销售业绩也如同预期，一天好过一天。从此，爷爷的名气不仅在镇上，就是在梁平县都被大家所熟知，生意随之也越做越大，钱自然是赚得越来越多了。钱多了，爷爷勤俭持家的本色却一点也没有变。哪些钱该用，哪些钱不该用，爷爷的心里始终把着一杆秤，因此，李家的生活变得更加井井有条，日子过得越发红红火火！

爷爷平时在家里的时候话不多，空余时间喜欢作画、练书法和吟诵古诗歌。他经常把自己关在书房里，不准家人和长工去打扰他，有时一待就是半天，除非有朋友或客人来访，否则爷爷不会离开书房半步。除了诗词、书画，爷爷还喜欢广交朋友，他是个非常重情义的人。朋友圈中，上至地方的军政要员和各地的文化名人，下至邻里街坊乃至家里长工。家中一年四季门庭若市，如同客栈一般。摆宴席请客、留宿已成为李家的常态。听父亲说，那时爷爷一年赚的钱不少，但一半以上的钱都用于社交应酬、接济朋友和捐助给当地的学校。

由于爷爷平时博览群书，知道的东西特别多，再加上因生意缘故四处奔波，见多识广，在遇到任何突发性事件时，爷爷总是能够沉着冷静；遇到一些棘手的事情，处理起来也是得心应手。他总是保持着贤达风度，平日里遇见村里人，总是以礼相待。碰到谁家遇上个难事，总是热心相助。每逢年节或灾难，爷爷就经常开仓济贫。另外，爷爷还开办了私塾，让那些家里没有钱的孩子也来上学。因此，爷爷深受村民们的敬重。有一年老家遇上灾荒，庄稼遭重创，有的村民家里颗粒无收，爷爷了解情况后，主动将承租李家良田的农户们的租金按受损程度给予减半或全免。对村里一些丧失劳动力或因灾揭不开锅的农户，爷爷总会伸出援手。爷爷的善举深得人心，大家对李家和爷爷都很感激。在李家遇上什么不便时，不用爷爷向他们开口，村民们就会争相前来李家帮忙，不图一分钱的回报。

对待家里的长工，爷爷同样以礼相待。他从来不拖欠长工的工钱，好饭好菜管饱为止。长工们如有事请爷爷帮忙，不管是本人还是家人的事，爷爷都会尽己所能地帮他们解决。做这些事，爷爷也是心甘情愿的，从不奢望日后得到长工们的回报，他只希望长工们在李家能够踏踏实实地干好活。

据留在老家的小姑说，抗日战争后期，爷爷的生意开始陷入困境。有一天，爷爷因常年劳累，心力交瘁突发重病卧床不起，当时子女们都不在身旁，尤其是父亲，身为李家的长子，这时候理应待在爷爷身边，照顾和安慰爷爷，要知道，爷爷有多少事想向我父亲交代，可先后派出很多人去重庆找，终因重庆太大，无功而返。这件事对我爷爷打击很大，也加重了他的病情，一段时间李家处于群龙无首，一片混乱的状态。从1947年下半年起，爷爷病情进一步恶化，再也没有体力和精力去关心自己的生意了。在没有子女替他打理生意的情况下，不得已，爷爷只好将棉花生意交给了家里的管家帮忙打理。能力和经验欠缺的管家，原本就大字不识几个，面对这么大一摊生意，根本招架不住，哪里还谈得上去经营和管理，接手不到半年，整个生意就走到了濒临倒闭的地步。

一边是李家的日常开销需要用钱，另一边是家里长工们的工钱和部分货款需要支付，在这走投无路的困境下，爷爷忍痛关闭棉花生意，把店转卖出去，用转卖掉的钱将全部的货款付清。另外，把家里值钱的东西都整理出来，找了个好买家都卖了出去，用这些钱来维持李家日后的日常开支。可是一个大家族的吃喝拉撒就靠这点钱，很快就被花得差不多了。爷爷趁身边还剩几个钱，决定先将长工的工钱发了，再发些遣散费给大家，并劝大家赶紧离开李家，去另找东家。可是不管爷爷怎么劝大家，长工们就是不愿离开李家，他们心里清楚，李家子女现在都不在爷爷的身边，正需要有人照顾，在这个节骨眼上大家如果离开了李家，就太对不起爷爷平日里对大家的关照了！所以宁可不拿工钱也要帮李家干活。就这样，长工们一如既往地照顾躺在病床上的爷爷和李家的老老少少，直到1948年爷爷驾鹤西去，这些长工们才陆陆续续离开了李家。

在爷爷病危的时候，父亲从老乡的口中得到过消息，但当时自己正在被国民党特务通缉，整天东躲西藏、寝食不安，所以也没能回老家见爷爷最后一面。我爷爷去世后，父亲曾抱头痛哭了一场，他一直埋怨自己是个不孝之子！作为爷爷生前最疼爱的人，又是家里的长子，没能替爷爷分担一些家务和烦恼，而且在爷爷最需要他的时候又不在爷爷的身边，李家一天天地败落，父亲认为和他有着直接的关系，因此长期以来心里一直有着深深的负罪感。爷爷去世后不久，父亲有过悄悄回老家一趟的打算，准备亲自去爷爷的坟前负荆请罪，并代表在外的弟妹们替爷爷烧炷香。但就在准备出发的前夕，父亲接到中共地下组织发来的消息，说特务已埋伏在李家附近等候父亲回来。得知消息后，父亲只能放弃回家的念头。人虽回不去了，但仍心系老家，想到自己小时候，爷爷为他的成长付出的心血，父亲心如刀绞，泪如泉涌。母亲回忆说，这是她和父亲结婚后首次看见父亲如此伤心流泪的样子。也就是因为这个，直至中华人民共和国成立后，父亲还一直心感愧疚，不敢去爷爷的墓地。父亲认为自己再也无脸去见九泉之下的爷爷和奶奶了。

之后的几十年，父亲也从来没有回过老家，即便是在1987年去重庆拜访老战友，鼓足了勇气回一趟老家，也只是在老家屏锦铺镇会了一些远亲和小时候一起玩耍过的好友，最终还是没有勇气到爷爷奶奶的墓地。父亲当天夜里就返回了重庆市，回到宾馆后思绪万千，整夜难以入眠，凌晨挥笔写下诗一首，以表示对家乡和已故父母的思念！

>梁邑古今镇川东，
>平原丘陵景色新。
>故园黄土屏锦铺，
>乡音仍传旧时情！

>南华梁平山，
>菩萨顶上峰。
>国正英才吉，
>灵秀乃所钟！

>佛寺双桂堂，
>海内久闻名。
>破山与竹禅，
>书画尽入神！

（三）

爷爷在世的时候，对子女的管教特别严厉，教会孩子们如何做人，如何做事。养成"做人讲诚信，不计较得失，宽厚待人，感恩图报，不给人添麻烦"的习惯，在家里制定了许多家规，如："吃饭时孩子一律不准上餐桌与大人一起共餐，给孩子每人配备一张小方桌和一只小板凳，各自在上面用餐；用餐时不准窃窃私语，碗筷放下时不准发出响声；在长辈未动筷子用餐之前不准先动筷用餐，用餐时嘴里不准发出咀嚼的响声，用餐结束后不准马上离开座位，必须等长辈们吃完离开后方能离开。平时遇见有客人来访时必须主动向客人问好；坐着时必须挺胸直背，两手放在膝盖上；站立时，膝盖不准弯曲，要挺胸收腹；在听对方说话时必须两眼目视对方……"如违反上述家规，就要罚跪，直至彻底悔悟认错。可以说，家里的孩子几乎都有过被罚跪的经历。由于长期在这样的环境里成长，父亲的潜意识里也养成了这样的理念，同样拿出李家的家规来教育我们，唯一不同的是去除了"罚跪"。记得我们小的时候，父亲同样用爷爷的训诫要求我们几个孩子"讲诚信，宽厚待人，乐于助人，知恩图报，讲原则等"。

记得父亲在上海作家协会任编辑的时候，每天都要审阅来自全国各地的稿件，工作特别忙。那时一周六天工作制，早上我们还未起床，父亲就夹着公文包急匆匆地出门上班去了，早饭几乎都是在家附近的一家饮食店里买几个包子，一边走一边啃着。下班时间也不固定，有时要开会讨论工作，回到家里已是夜里十一二点了。在我的记忆中，父亲和我们家人一起共进晚餐的次数屈指可数。周日休息的时候，父亲会尽量腾出时间来带我们几个孩子去离家最近的虹口公园（今为鲁迅公园）逛逛，让我们感受大自然的魅力。父亲会在一旁为我们写生作画，并在鲁迅雕像前给我们讲有关鲁迅先生的故事。

图1 父亲带我和姐姐去鲁迅公园

图2 父亲在公园的写生

也许平时工作太忙的缘故，父亲对我们的文化学习过问得不多，但是家里有位现成的教师，那就是我母亲，所以督促我们学习的事自然地就落到了母亲的肩上。可在教养方面，父亲从来都是说一不二严格要求。平时哪怕工作再忙，父亲都会挤出时间，找孩子聊天，只要被他发现哪个孩子做出有违传统教养的事，他是决不姑息，一究到底。

我是家里唯一的男孩，又是最小的一个，在大多数的家庭里，都会被视为膝下麟儿，是父母的心肝宝贝。但在我父亲的眼里恰恰相反，他认为男孩应该比女孩更要有担当和吃苦的精神，必须从小严格地管教。因此在家里，父亲对我的管教程度远远超出对几个姐姐。只要父亲在家，我的日子就不好过，难免会受到他的训斥。记得有段时期，自己还小不懂事，一直认为父亲对我的严厉管教就是不喜欢我，是故意在找我的碴儿，甚至还怀疑过自己是不是父亲亲生的，对父亲一直较反感，一度达到仇恨的地步。父亲在家休息的时候，我总是抱着能躲则躲的心态，经常会编造一些理由，如学校里有活动、去同学家讨论学习，等等，尽量离父亲远远的。每逢父亲在家搞创作时，我就在学校晃荡，东转转、西走走，尽可能晚些回家，譬如放学后，同学们都回家去了，我却有意地留在教室里帮值日生一起打扫卫生，卫生打扫完了又找借口让同学先走，自己则继续留在教室里，直到看门老大爷上楼来锁教室门时才勉强回家。回家后又生怕父亲追问，于是就事先编好一大堆晚回家的理由去搪塞父亲。

记得有一次正逢周末，难得全家人都在。一大早，父亲就陪母亲去了附近的菜市场买菜，回家后母亲直奔楼下的厨房开始了洗和烧。整整忙了一个上午，快12点时，一大桌丰盛的美味佳肴就出现在了桌子上面。母亲上楼喊我们几个小孩赶紧去洗手准备开饭。全家人陆续入席后，我怕在餐桌上不小心做错什么让父亲找到碴儿当着大家的面训我，于是一上餐桌便只顾低着头急急忙忙地扒自己碗里的饭，不敢正视父亲一眼，以此减少父亲对我的注意力，并尽可能减少夹菜的频率，特别是离自己较远的菜，怕在夹到自己碗里的途中不小心滑落在桌面上，因此干脆不去夹那些菜，尽挑放在眼前的菜吃。对于正在长身体的我而言，这确实有点残忍。要知道那可是个计划经济的年代，肉都要凭票供应，不是每天想吃就能吃到的。母亲那天因全家人难得有机会聚在一起吃饭，才特地烧了些荤菜。母亲的拿手菜是回锅肉和鱼香肉丝，这两道菜也是我的最爱，但一般都要到过年时或者是家里来了重要客人时母亲才会去烧这些菜。当时这两个菜让我早已馋得口水直流了，但因为搁在离我较远的地方，好几次我都想站起身来去夹菜，但又怕在夹的途中掉落，如果要是那样，菜不但吃不到，还会被父亲狠狠地教训一顿，所以最终还是咬了咬牙，放弃了这些自己最爱吃的菜。幸亏坐在我身边的母亲早已看出了我的心思，也知道我喜欢这两道菜，于是便给我碗里夹了好几筷子，让我终于满足了自己的口腹之欲。好不容易将碗里的饭菜一股脑儿地送进胃里，正准备放下碗筷起身离开餐桌时，耳边突然"轰"的一声巨响，我被吓了一跳，自然就止住了脚步。原来是我父亲那大嗓门在向我开炮："你给我坐下，碗里还有饭没吃干净，吃干净后再离开！"父亲突如其来的大嗓门也让在座的家人吓了一大跳。我惊恐不安地回过头往自己碗里瞅了一眼，也就是粘在碗壁上的十多颗米粒，我顿时怒容满面，心里嘀咕着，不就几粒米嘛，值得这样大呼小叫吗？但又不敢直接与父亲顶嘴，只好忍着怒火勉强坐了下来，绷着脸把碗里的米一颗一颗地吃干净。我对这件事印象很深，自那以后，我就养成了饭后碗里颗粒不剩的习惯，并把这习惯又传给了我的孩子。

还有一次，那年我18岁，拜师上海音乐学院著名二胡教育家王永德教授学习二胡，准备报考上海音乐学院民乐系。由于"文革"过后，市面上很难买到有助于学习音乐方面的资料和录音机、电唱机等，为了提高自己的听力和模仿他人的演奏技巧，急需一台电唱机或者是一台录音机。于是我托了不少人帮忙打听到哪里能买得到，结果都一无所获。因此，我的这个愿望很长一段时间实现不了。一次偶然的机会，著名音乐家沙梅先生来我家看望父亲。那天正好父亲去看望同事不在家，是我母亲接待了沙梅先生。那天刚好我也闲在家，出于礼貌，便陪坐在旁边，一边听母亲和沙梅先生聊家常，一边替

图3　父亲和沙梅先生（前）的合影

沙梅先生点上香烟、添添茶水。沙梅先生的性格和我父亲很相似，嗓门大，爱说话，遇见熟人就天南地北地啥都聊。在和我母亲的闲聊中，沙梅先生突然问起我的近况。我母亲便一五一十地把我正在准备报考上海音乐学院的事告诉了他，沙梅先生听了以后很高兴，鼓励我积极准备迎考，还说有什么需要他帮忙的尽管说出来，并预祝我考试成功，随后兴致勃勃地提议我演奏一首曲子给他听。一旁的母亲也觉得能单独演奏给音乐大师听，这机会太难得，要是还能受到沙梅先生的指点，那进步一定很大，于是在旁拼命鼓励我说："沙梅叔叔可是著名的音乐大师，别人想请他都请不到，你可要珍惜这次机会，赶紧演奏一曲，请沙梅叔叔指点指点，就算是正式考试前的预热吧！"我看没理由推托，就鼓起勇气演奏了。说实话，当时我非常羞涩和紧张，因为自己从未想过在一位大音乐家面前演奏。记得那天演奏的曲目正是我准备迎考的两首曲目《江河水》和《赛马》。沙梅先生听完我演奏后很满意，认为我继承了父亲的音乐天赋，在音律上把握得很好，同时也给我提了不少关于演奏上的建议。在谈话中，沙梅先生无意提到家中有一台电唱机闲置着。说者无心，听者有心。我抱着试试看的想法，向沙梅先生提出借用一下电唱机的请求，没想到沙梅先生爽快地答应了，而且还希望我尽快去他家拿。这意外的收获，使我兴奋不已，母亲赶紧替我向沙梅先生表示感谢。沙梅先生把家里的住址告诉了我，并约定下周日上午去他家取电唱机。

晚上父亲回来后，我母亲迫不及待地把沙梅先生来过我家的事告诉了父亲，顺便把电唱机的事也说了一遍。当时我父亲没做出任何反应，只是"嗯"了一声。一眨眼，周日就到了，那天天公不作美，一大早就下起了雨，因为是毛毛雨，我打算吃完早饭就骑自行车去沙梅先生家取电唱机。就在我准备出门时，雨突然大了起来，而且越下越大，最后竟是瓢泼大雨。我一时犯了愁，去还是不去？要是去的话，路程较远，雨又这么大，衣服被淋湿了回家后可以晾干，而电唱机被雨水淋了就会报废，哪怕外面用雨布裹上放在自行车后面，路途较远，长时间遭受雨淋，雨水难免会渗进去，要是真的变成那样，那以后如何向沙梅先生交代？犹豫来犹豫去，最后还是决定等哪天天气放晴之后再抽空去拿。

20世纪80年代初，通信条件不像现在这样，家家有电话、有手机以及其他各种联络方式，有事只要拨个电话就能通知对方。没办法，只好等到去的那天再向沙梅先生说明理由吧！没想到自从母亲跟我父亲提起这件事之后，他就把这件事装进了脑子里。这天父亲回家后，首先向我问起电唱机的事，原以为父亲平时事情多，不可能把这么点小事放在心上，也许早已忘了个一干二净，于是也没主动向父亲做解释。现在既然被父亲问到这事，我也只好老老实实地道出原委。原以为我的理由十分充足，父亲抓不到我任何不是。出乎我的意料，父亲还未听完我的解释，就把脸拉了下来，怒气冲冲地朝我说："人与人交往有你这么做事的吗？你怕电唱机淋雨会受损，这一点我没意见，但你也应该去一趟沙梅先生家打个招呼呀！你想过没有，沙梅先生也许是腾出时间在家里等你？！你这样做不仅浪费了沙梅先生的宝贵时间，而且也会丧失你自己的'诚信'，以后谁还愿意跟你打交道，还有谁愿意帮助你呢？跑一趟无非衣服被淋湿，回家后可以晾干，你自己掂量掂量这么做值不值得！"当时我还很不服气，心里一直在嘀咕，不就是没去打声招呼吗，以后见到沙梅先生再打招呼也不迟！认为父亲是在小题大做！

那天晚饭后，我靠在沙发上仔细琢磨父亲刚才的那番批评，渐渐意识到父亲话里的真正含义。为了挽回"诚信"两字，我悄悄地跑到楼下花园取了自行车，披上雨衣，专程为打招呼去了一趟沙梅先生的家。晚上9点多钟到达了那里，当我敲开沙梅先生的房门，发现他已经上床休息了。为了不打扰他休息，我向出来开门的季峰阿姨（沙梅先生的夫人）说明了来意，并请她转告我对沙梅先生的歉意！说完了正想离开的时候，沙梅先生走出卧室叫住了我，看到我裤脚管和上衣都被淋得湿漉漉的样子，怎么也不让我走，硬把我拖进了客厅，要我休息片刻再走。季峰阿姨赶紧给我递上了干毛巾，让我擦干脸上的水珠和衣服上的水滴，并为我煮了一杯滚烫的姜汤水，暖暖身子，以防感冒。当我把父亲批评我的事告诉沙梅先生后，他非常感动，并告诉我："我和你父亲交往几十年，他就是这么一个讲究规矩的人，对任何事都很认真，希望你好好地向父亲学习！"

离开沙梅先生的家已是晚上10点半左右了，雨还在下，但雨势要比来的时候小了很多。想到沙梅先生刚才的高兴劲儿，我的心里也总算踏实多了，同时也理解了父亲当初发那么大火的缘由。回家的路上，我拼命地骑着自行车往家赶，到家时大约11点半了，我轻轻地推开了房门，这时家里人都已经进入梦乡，唯独我父亲还坐在写字台前看书，显然是在等我回来。我进屋后就把去沙梅先生家的事告诉了父亲，父亲听完后什么都没说，只是随手递给我一块事先准备好的浴巾，让我赶紧把淋湿的头发擦干净，还端来一杯泡好的龙井茶。随后就上床休息了。我当时还挺纳闷，出门前我没对任何人说过自己要去哪里，可父亲的举动表明似乎一切他早已知道。虽然父亲没说一句表扬我的话，但他拿给我的浴巾和热茶足以让我感到父亲对我表示认可和关爱。我喝着热茶，身子开始暖和起来，心里更感到说不出的喜悦！

从小受到父亲的言传身教，对我以后的人生影响非常大，使我养成了"守信、守约"的良好习惯。自那以后，只要与人有约，我都会按时赴约；只要答应过他人托付的事，就会想尽一切办法做成。在工作、学习以及交友方面，我始终铭记父亲的教诲："做人讲诚信，待人要宽厚"，并时时以此提醒和鞭策自己。

（四）

父亲的良好教养和优良品德与爷爷的言传身教是分不开的。父亲算是幸运的，1917年4月27日在这么一个富裕的家庭里呱呱坠地，因为是个男孩，一出生就得到爷爷、奶奶的宠爱，过着要啥有啥的生活。

父亲是李家的长子，天资聪颖，而且非常懂事，虽然从小过着富裕的生活，起居都有人服侍，饭来张口，衣来伸手，但是在下人和外人面前，父亲从来不耍大少爷派头，他遇事明辨是非、通情达理。因此，爷爷对父亲的期望颇高，指望有一天由父亲来继承李家家业。在日常生活中，爷爷在物质上尽可能满足父亲的需要，但是在品行及知识方面，爷爷对父亲的管教却比其他几个孩子要严厉得多，为了培养父亲成长，爷爷投入了很多心血。每逢当地有什么聚会的时候，爷爷总喜欢带上我父亲，见识各种场面，认识各色人等，特别是文人墨客。在这样的环境熏陶下，幼年时，父亲在琴棋书画方面就开始展露出特有的天赋，当地的人把父亲誉为"神童"，父亲的名气也一天比一天大起来。爷爷为父亲不断地进步感到特别自豪。为了让父亲的天赋得到持续发挥，爷爷不惜重金聘请来当地最好的老师到李家一对一辅导我父亲。

一眨眼，父亲到了上小学的年龄，爷爷考虑到就近私塾的教学质量、教学理念和教学设施都比较落后，不利于我父亲的成长，于是决定送我父亲去离家几十里的屏锦铺乡上的屏锦小学（后改名为屏锦南岩小学，就是现在的屏锦第二小学）读书，路虽然远了点，还要住读，但这所小学受当时新文化运动的影响，摒弃了过去科举时代私塾的教育思想和教学方法，聘请了许多毕业于重庆师范学校的青年教师来校任教，无论从学校的教育理念、教学设施、教学环境还是师资力量方面都远胜过其他学校，在梁平县算是最好的学堂，也是许多孩子梦寐以求的学堂。唯独学杂费偏高，一般的家庭承受不了，在当时能把自家孩子送去这所学校念书，可谓是一件相当"奢侈"的事。爷爷一心想把父亲培养成为一个学识渊博、能文能武、受人尊重的男子汉，希望有朝一日他能挑起李家家业，能光宗耀祖。在决定送父亲去这所学校读书后，爷爷心里又产生了几分担忧和不安。因为父亲从小在家里吃喝拉撒都有人跟在后面照顾，没有吃过一点苦，现在突然让他一个人去学校住读，生怕父亲适应不了，万一有个什么头疼脑热，该怎么办？考虑来考虑去，唯一让爷爷可安心的办法就是派人陪着我父亲一起去住读，照料我父亲的日常起居，另外每周派家里的厨子给父亲送两次饭菜，确保父亲的营养。父亲入学时才6岁，单纯、幼稚，听说让他去镇上的学校念书，高兴极了，每天催着爷爷送他去学校。不久学校开学了，父亲也如愿进了这所学校。

在读书期间，父亲没有辜负爷爷的一片苦心，每次考试，各门成绩在全班都名列前茅，经常受到老师的表扬。课外时间里，父亲要么在宿舍读诗歌，要么练习画画，或者把家乡的民歌唱给同学们听。一学期下来，没有给家里惹过任何不愉快的事，这给爷爷脸上添了不少光彩。为此，爷爷常引以为傲，每当有亲朋好友来李家做客，爷爷的话语中便少不了对父亲的一番夸耀。

父亲不仅学习成绩优异，而且道德品行也备受同学们的好评。这一点应归功于爷爷从小对父亲的言传身教。在学校时，父亲对每个同学都一视同仁，乐于助人。譬如，班里有位同学叫李斛（后来成为徐悲鸿先生的高足，被誉为"中国的安格尔"，用中国纸墨以西洋画法写生第一人，我国著名西画大师，中央美术学院中国画系人物科主任、教授，1975年11月因肝病去世，终年56岁），从小家境贫寒，全靠舅姑接济才上了这所小学。他求知欲强，聪明伶俐，学习特别刻苦，自幼起就爱画画，课余时间就捧着一本画本不停地给同学们画人物头像。我父亲也喜爱画画，于是两人便不约而同地走到了一起，经常交流绘画心得，一来二去，两人关系更深了，只要是课余时间，两人总是形影不离。李斛很懂事，他心里明白，能来这所学校读书，对他而言，机会是那么的难得，因为学费、住宿费、生活费等都是靠他的舅姑出钱相助，说不定哪一天舅姑不愿出钱了，自己就会失去在这里读书的机会。为此，他特别珍惜每一天的学习。

为了不额外增加舅姑的经济压力，平时在生活方面非常俭朴，可以节省的尽量不花钱。学校其他同学到了下午或多或少会买些小点心之类的零食吃，而李斛从来没买过。年龄上父亲比李斛长一岁，于是便像哥哥一样经常关心他。两人相处时间长了，我父亲对李斛的家境也有所了解，在生活方面，父亲也比较关照他，常常把厨子送来的饭菜悄悄地分给李斛一些。另外，每逢我父亲回家休假返回学校时，总会把从家里带来的各种好吃的点心分给李斛和其他家庭经济条件比较差的同学，和大家一起品尝。父亲的这一举动，有一次被爱管闲事的长工发现，他背着父亲向爷爷打小报告，而爷爷听了之后不但没有责怪父亲，反而有意地吩咐厨子以后给父亲送饭的时候，菜的量要增加些，花色品种也要更多些。

父亲和李斛成了挚友后，寒暑假期间，父亲会主动邀请李斛来家里做客，在家里小住一段时间。在李家，爷爷目睹了李斛的为人和才华，曾对我父亲说，李斛这孩子将来必定是个人才，希望我父亲要好好向李斛学习，同时他也为我父亲能交上这么一位好朋友而感到欣慰。自那以后，爷爷不仅关心父亲的学习，还时不时向父亲打听李斛的学习情况。一晃，小学的学习生活就结束了，也许是两人平时接触的时间较长，彼此有了一种心心相印的感觉，他们两人的人物像画作，各自的画风里都留有对方的影子。

小学毕业后，爷爷再次不惜高昂的学费，送父亲去了离家更远的地方——成都某中学念初中，李斛留在了梁平县中学读初中，1932年李斛也在亲戚的帮助下转学到了该中学再次和我父亲在一起了。由于两人对美术的热爱，一起报考了成都艺术专科师范学校。据说这所学校在当时算是四川最好的艺术类学校，想去的学员特别多，因此入学考试竞争非常激烈，好在我父亲和李斛两人都以优异的成绩被学校录取。我爷爷得知消息后二话没说就同意了。遗憾的是李斛的舅姑考虑到承担不起高额学费和毕业以后的就业问题等因素，强令其改读了四川省立成都师范学校。去师范学校前，李斛特意将自己的一张自画像送给了我父亲存念，父亲考虑到李斛经济上比较拮据，故买了些画具（画纸和画笔等）送给他。

尽管两人最后不在同一个学校，但好在都在成都念书，因此一直保持着联系，并时不时在一起交流绘画心得。师范学校毕业后，李斛又考上了重庆中央大学艺术系，师从徐悲鸿等知名艺术大师，画技也突飞猛进，中央大学还未毕业，李斛的画作已经在当时的美术界崭露头角，他在重庆等地举办个人画展，名气不断提升。

李斛是个知恩图报的人，名气再大在我父亲面前仍然是当年的那个李斛，

图4　金鼓和李斛共同完成的素描像　　图5　李斛30年代自画像

父亲和李家的家风

图6 李斛40年代画作

图7 李斛40年代画作

| 浮尘过客 | 缅怀《太阳出来喜洋洋》词曲作者金鼓

图8 李斛40年代画作

图9 李斛40年代为金鼓父亲画的素描像

他念念不忘小学时我父亲给予他的帮助，经常在百忙中挤出时间去父亲住处看望父亲。每次两人相见，依旧保持着兄弟般的感情和默契。李斛经常将自己近期写生的习作赠予我父亲存念，还就绘画中遇到的技术性问题和我父亲一起探讨，累了就回忆小学时两人在一起的情景，经常会聊到深更半夜才分手。

有时对讨论某议题意犹未尽，李斛干脆就留宿在父亲的宿舍里。两人就挤在一张床上继续讨论，直至天亮。寒暑假他经常和父亲一起去我老家梁平小住，在那里和父亲一起去周边有山有水的地方写生，并互换作品。李斛是个写实主义者，每次去我们老家都会给爷爷和家里的其他人画肖像，深受大家的喜爱。

这样的交往一直持续到李斛应徐悲鸿先生之召由四川去北平清华大学营建系（建筑系的前身）任教。记得有一次（1946年12月16日）李斛专程来到我父亲的宿舍，那天他来时，手里提着一只黑色的画箱，当时我父亲感到好奇，以往来的时候他总是"两袖清风"，而今天却一反常态，出于礼貌，父亲没有直接问个究竟。坐下后没聊上几句，父亲一看已到了吃午饭的时间，于是让母亲赶紧准备几个下酒菜，父亲说要和李斛老弟好好聊聊。当时母亲考虑到现在去菜场买菜再回家烧恐怕会让李斛挨饿，于是决定就在附近小饭店炒几个菜，顺便按我父亲的要求买了瓶白酒回家。

那天父母见到久违的李斛特别的高兴，连我母亲也破天荒地喝了几杯。午饭在下午2点左右结束。就在我母亲准备把桌上的碗筷收拾干净，好让我父亲和李斛继续边喝茶边聊天的时候，李斛突然抢先站了起来，随后将我母亲按在原来的椅子上，深情地对着我父母说："吴姐（我母亲叫吴慎，当时父亲的朋友都称我母亲为吴姐），小弟这些年一直受到金鼓兄、吴姐的关照，上小学时，在我最艰难的时刻，是金鼓兄这位大少爷不嫌弃小弟家境贫寒，无私地向我伸出援手，生活上给予我莫大的帮助，这辈子我想忘恐怕都忘不掉

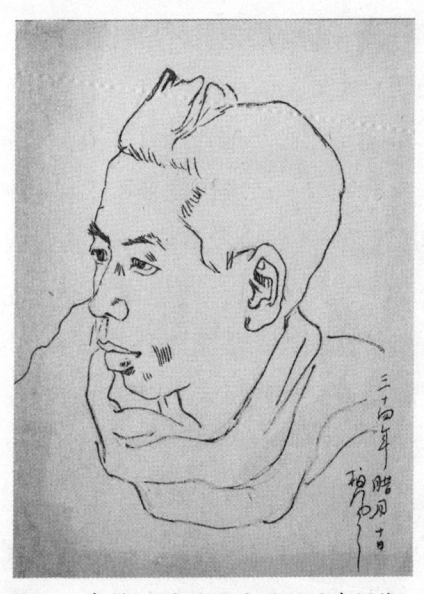

图10　李斛30年代为金鼓画的素描像　　图11　李斛40年代为金鼓画的素描像

了！还有吴姐你总是以礼待我！当时你和金鼓兄正处在谈恋爱阶段，记得好几次我饿着肚子贸然去了金鼓兄的住处，正好遇见你，知道我还没吃饭，就主动帮我煮面条，我至今还记得你煮的榨菜肉丝面，肉丝虽然没有几根，但味道堪称一流，现在我即将离开，以后也许吃的机会越来越少喽！今天我给自己放了一天假，专程为吴姐画一张肖像，一来作为吴姐的生日礼物，二来感谢金鼓兄和吴姐常年来对我的关照。"

话音刚落，父亲这才恍然大悟，原来今天是我母亲的生日，深感惭愧，自己还不如李斛有心！也明白了李斛今天带画箱来的用意。一旁的母亲被李斛的举动感动得差点落泪，连声表示谢意！父亲是学画的，他知道名家一般不会轻易在外面为谁专门作画，除非是极好的朋友。还有，李斛作品的分量我父亲清楚得很，这次他能专程为我母亲作画，其意义不光是艺术欣赏的价值，更重要的是在这幅画里将他们之间的深厚友谊保存下来，见画如见人！于是父亲赶紧催促母亲去卫生间梳洗一下，还将一把椅子搬到了光线充足的窗前。当母亲从卫生间出来准备坐下的时候，李斛已将画画的用具整整齐齐摊铺在了桌面上。见我母亲坐稳后，李斛从上到下打量了母亲一番，随后一声不吭地沉浸在构图中，几分钟后，他就拿起画板，提起画笔开始作画了。

时间一分一秒地过去了，李斛的画纸上逐渐显现出我母亲的面容。

不知不觉 5 小时过去了。在这期间，李斛没有喝过一口水，也未和父亲闲聊过一句话，全身心地投入到了这张画的创作上。在我父亲的记忆中，晚上 9 点左右才完成了这幅画，整整 7 个多小时。当李斛把这幅画交到我母亲手里时，母亲简直不敢相信画上的自己，无论从神态、逼真度，还是配色以及艺术处理上，都堪称完美，无任何可挑剔的地方，就连我父亲这个科班出身的人也暗暗称奇。父亲认

图 12　李斛 1946 年为金鼓夫人画的肖像

为，当时李斛正处于鼎盛的创作时期，这幅作品应该属于精品中之精品，难得呀！后来李斛在重庆举办个人画展时，曾多次将这幅作品作为他的彩墨画代表作呈现给观众。

李斛走了之后，父母把这幅画看成家中的一件宝物，父亲为了给这幅画配上一副合适的画框，不知跑了多少家店铺。之后，只要遇到我们家搬家，父亲就会把这幅画包裹得严严实实，并亲自带去新住处挂在客厅墙壁的中央，以此表示对挚友李斛的思念。

父亲还有一位朋友名叫张漾兮，是他在成都艺专读书时的同学。父亲自从考入成都艺专后，非常珍惜来之不易的学习机会，在绘画学习上努力钻研，虚心向班里的同学请教，不久有幸结识了比自己大几岁的张漾兮同学（原名张国士，我国著名版画家，浙江美术家协会原副主席，堪称我国"新兴木刻运动"的骁将和现实主义绘画精神的突出代表），由于张漾兮先生年长我父亲几岁，因此两人以兄弟相称。两人之所以能走到一起完全是由于父亲非常钦佩张漾兮对木刻的钻研精神，而张漾

图 13　张漾兮1932年画的水彩画

兮也很欣赏我父亲的多才多艺、乐于助人。在以后的学习和生活中，张漾兮处处以大哥的身份关心着我父亲。在校期间，两人形影不离，除了谈论各自的画作心得外，就是交流新文化思想，父亲还帮助张漾兮在校内用木刻技术制作讽刺漫画宣传新思想。毕业后两人依旧保持联系，张漾兮还时不时将自己得意的习作赠予我父亲。

1949年以后，张漾兮去了杭州工作，父亲去了上海工作，虽然工作地不在一起，但依旧保持着密切的往来，节假日不是父亲去杭州探望张漾兮，就是张漾兮来上海找父亲切磋作画心得。他每一次来，都会带上他的新版画作品赠予我父亲，并谦虚地请父亲提些意见，当然有满意的作品我父亲就会向上海的出

|浮尘过客| 缅怀《太阳出来喜洋洋》词曲作者金鼓

图14 右起金鼓、张漾兮、张永烈

图15 张漾兮版画《欢迎参军》

图 16　张漾兮代表作《西湖景色》

版社推荐发表。遗憾的是，这样的日子没能延续多久，1964 年，张漾兮先生就英年早逝！为了永远怀念这位好友，父亲一直将他的作品珍藏着！

（五）

父亲在校期间，得到多位老师和画家的指点，画技突飞猛进，特别是父亲的一幅石膏素描画受到当时正在成都艺术专科学校讲学的黄宾虹大师的高度肯定，并对父亲作了一对一的指导，后来该素描画被学校作为示范画，多次在学校里展出。

为此，父亲非常感激这些大师的谆谆教诲。有一次，学校资金方面一时周转不灵，有部分教师工资居然发不出来，这对上有老、下有少、全靠工资

图17 金鼓15岁时的素描习作

糊口的老师们，仿佛一下子掉进了冰窟窿，一切都乱了方寸，学校也面临颜面丢尽的尴尬局面。父亲闻讯后，心急如焚，向来乐于助人的父亲情急之下让人捎话给我爷爷，说自己急用钱，让爷爷派人速送200块大洋到学校。爷爷是非常信任父亲的，知道父亲是不会乱花钱的，一下子要这么多钱，一定是遇到了什么急需要花钱的事，于是二话没说，就派人如数将大洋送了过来。收到钱后，父亲本想直接将钱送到校长手里，后一想，这样会让校长下不了台。聪明的父亲顿时想出个主意来，他让一位同学向校长献上一计，说他认识一家典当行的老板，对方愿意出200块大洋买下学校里的一把小提琴，校长也认为是一个摆脱目前危机的唯一办法，于是就同意了。之后父亲又亲自去典当行告诉典当行老板事情的原委。最终，在父亲的周旋下，这场危机顺利地解决了。那把被送到典当行的小提琴也被父亲赎了出来，悄悄地放进了校长室。爷爷后来知道了这200块大洋的用途后，不但没有埋怨父亲，还大大地夸赞了父亲一番！

在和同学交往上，除了学习上的互帮互学，在生活上父亲也是处处想着关心别人。班里有些同学家庭经济条件差，平日里的生活很艰难，几乎看不到他们吃些鱼呀肉呀的荤菜。为了改善一下这些同学的伙食，父亲经常利用课间休息的时间叫上黄包车，到成都城里的"积雪饭店"买上十几笼蟹黄包子（据说当时这家饭店的蟹黄包子在成都很有名），然后叫上黄包车再返回学校让大家品尝个够。寒暑假或周末，父亲总是要拿出一些自己的零花钱在学校附近的餐馆里订上几桌饭菜，约同学们来打打"牙祭"（四川方言，意思是开开荤），让他们也改善一下伙食。

还有一次，一位同学因家里没有及时给他寄来学费，急得都快要哭鼻子了。父亲得知后，就把爷爷托人带来的学费先接济了这位同学，结果耽误了

父亲和李家的家风

自己交学费,在校方的再三催促下,父亲只好赶回家向爷爷"负荆请罪",并一五一十交代了事情的原委,请求爷爷原谅。爷爷是个明白人,助人为乐乃是中华民族的美德,岂有怪罪的理由,应该高兴才是!因此那天父亲非但未受到爷爷半句的训斥,反而又被爷爷大大地赞扬了一番。听了爷爷的称赞,父亲的心里也美滋滋的。

在成都艺术专科学校学习了近一年的美术和音乐后,在爷爷的授意下,父亲于1932年8月转入到当时赫赫有名的成都东方美术专科学校专攻绘画,师从于我国著名书画家、20世纪川渝地区中国画的奠基人、成都东方美术专科学校创始人冯建吴先生和国画大师吴一峰先生。与当代画家、长安画派掌门人石鲁先生(原名冯亚珩)同窗。在大师们的指点下,父亲的画技又上了一个新的台阶,在校期间就已经在一些刊物上发表过画作,得到业界的高度评价。这为以后父亲从事舞台美术和广告设计以及音乐创作打下了坚实的基础。

图18 金鼓1935年的山水画

|浮尘过客|缅怀《太阳出来喜洋洋》词曲作者金鼓

图 19　金鼓 30 年代绘画作品

图 20　金鼓 30 年代绘画作品

28

图 21　金鼓 30 年代绘画作品

图 22　金鼓 30 年代绘画作品

29

|浮尘过客|缅怀《太阳出来喜洋洋》词曲作者金鼓

图23 金鼓30年代绘画作品

图24 金鼓30年代绘画作品

图 25　金鼓 30 年代绘画作品

图 26　金鼓 30 年代绘画作品

| 浮尘过客 | 缅怀《太阳出来喜洋洋》词曲作者金鼓

图27 金鼓30年代绘画作品

在"东方美专"就读期间，父亲结识了革命先驱车耀先先生。在车先生的进步思想影响下，父亲开始利用自己的一技之长为中共地下组织领导的重庆西南话剧社制作舞台背景和音乐，还以演员的身份参加了革命剧的演出。1934年，父亲从东方美术专科学校毕业后，正式加入了重庆西南话剧社（任美术设计股长），在那里结识了著名表演艺术家吴雪（文化部原副部长）、席明真（著名戏剧活动家）、赵铭彝（戏剧家）、陈戈（著名表演艺术家）等，参与了抨击当时国民党反动派及其反动制度的戏剧演出，如《抓壮丁》《土地还家》等。

1942年，父亲应邀去重庆人间出版社任总编。同年，他创作完成了著名的四川民歌——《太阳出来喜洋洋》。

1943年应田汉、夏衍、阳翰笙、司徒慧敏特邀，父亲参加了中国共产党领导的中国艺术剧社抗日剧的演出工作，并参加了由郭沫若、阳翰笙同志任正、副主任的文化工作委员会的工作，配合参与由郭沫若、阳翰笙倡导的重庆文化界人士"对时局的进言"运动。

1946年，受岳平同志（川东地下组织负责人）委派，参加由中共南方局领导的秘密刊物《活路》月刊的创建和创刊工作，并担任秘密编委，属创办人之一。

1947年，受中共地下组织委派，以美术教师的身份打入重庆市立二中，指导学生举行"反饥饿、反内战、反迫害"的革命运动，并指导、策划五月诗学社，出版了寓意黑暗的国民党反动派统治即将过去、革命的曙光即将来临的进步诗歌集《月亮偏西了》。

1948年秋，因在重庆《新民晚报》上发表了讽刺国民党腐败政府的诗歌和漫画《玻璃世界》《罪与罚》等而遭国民党特务的通缉，之后在中共地下组织的安排下，从重庆转移到了上海。

1948年任通俗文化出版社主编。

1951年任华东文联诗歌组组长。

1953年任上海作家协会《文艺月报》《上海文学》编辑组组长兼巴金秘书。

1963年任上海出新越剧团编剧负责人。

父亲生前创作的音乐作品、诗歌及戏剧作品主要有：

1942年，创作四川民歌《太阳出来喜洋洋》。同年，创作诗歌《夜行军》，发表在四川《自贡新报》的副刊《动力》。

1946年，创作诗歌《指望大救星》，后由著名音乐家沙梅先生配曲，收编在1953年新音乐出版社出版的《沙梅独唱歌曲》、1957年中国青年出版社出版的《抗日战争歌曲选集》（第一集）、1982年内蒙古人民出版社出版的《革命歌曲大家唱》和1985年重庆出版社出版的《中国四十年代诗选》以及1996年中国文联出版公司出版的《中国新文艺大系（1937—1949）》里。

1947年，为中共地下组织主办的《活路》杂志出版的《民歌二集》设计封面一、封面二。

1947年，在《新民晚报》上发表了诗歌与漫画——《玻璃世界》和《罪与罚》，揭露黑暗的反动势力。

1949年，为欢庆重庆解放创作的诗歌《手到擒拿》发表在1949年12月3日的上海版《大公报·庆祝重庆解放特辑》上。

1950年，应《大公报》副刊《新儿童》主编陈伯吹特约撰写了《小小马儿郎》，发表在1950年5月上海版《大公报》副刊《新儿歌》上，后经丙彦配曲，又发表在上海北新书局1953年出版的《儿童选集》上，并被编入《小学唱歌补充教材》，20世纪50年代中央人民广播电台长期播送过这首歌曲。

1950年创作的《小铁匠》（新儿歌），发表在1950年5月上海版《大公报》的副刊《新儿童》上。

1950年编著《工人诗歌》《伟大的恩格斯》《华东血战记》等。

1950年主编《模范夫妻》《一把钳子》《李逵探母》《劳动友爱》（通俗文化出版社出版）。

1950年编著独幕话剧《喜期》，通俗文化出版社出版。

1957年成功将民间故事《黄界驿》改编为川剧《乔老爷上轿》。

1957年为黎英海改编的《浙江山歌》创作的歌词《啰嗬嗬》，后由中国唱片厂灌制成唱片，发行于中外。

1957年创作的儿歌《小青蛙》，后经陈啸空先生配曲，先后发表在由中国音乐家协会上海分会编《满江红》歌词月刊第3期和1958年上海音乐出版社出版的《小花猫》（幼儿歌曲20首）中。

1957年7月应中国音乐家协会上海分会《满江红歌词月刊》特约，创作了《高原牧歌》。

1963年编著越剧《钥匙》《孤岛虹霓》《山村花正红》，沪剧《一件棉袄》，戏剧《一张喜报》等。

1976年以后创作的诗歌：《北京》《丰年》《燕子》《事与愿违》《牧歌》《春风出玉门》《电车在前进》《信息》《我的心儿早已碎了》《紫藤》《牛郎中》《暴风雨我祈祷你》《红烛》《这里没有冬天》《香山》《红叶》《泰山》《晚钟》《好汉》《催眠曲》等。

生前熟悉父亲的一些朋友都经常称赞父亲多才多艺。作为他的儿子，我和父亲在一起生活了几十年，但只知道他擅长绘画和音乐，却还从未听他说过精通戏剧创作。在我们小的时候，曾经听说著名川剧《乔老爷上轿》就是父亲改编的，但及至后来长大却感到有点纳闷：这么大的一台戏，重庆川剧院当年为何非要请我父亲来改编？这个谜一直在我的心底里存放着，直到2015年我拜访曾经和我父亲一起在活路社共过事的老地下工作者、著名作家胡元（笔名田苗）老先生时，从他的口中得知我父亲从东方美专毕业后又考入重庆国立戏剧专科学校，和我国许多著名表演艺术家都是同班同学。他说，抗战时期，父亲参加过抗日演剧队，写过不少剧本，为救场需要临时改编剧本时大家都会找我父亲帮忙，是因为我父亲点子多，剧本写得又好，自己还出演过不少角色。2013年5月父亲离开了我们，在父亲的追悼会上遇见了原上海作家协会的一位搞理论研究的编辑，也是父亲生前的挚友杨秉岩先生。老先生当时也已经八十好几了，但一提起我父亲的才华，就一下子侃侃而谈起来。他是这样描述我父亲的："在作家协会和你父亲一起共事的时候，作家、编辑们对你父亲的才艺都佩服得五体投地，不叫他金鼓，都叫他李奇才，寓意是个'奇才'。只要有题材交到他手里，哪怕不是那么完整，你父亲都能把它改编成各种类型的作品，而且不会让人们失望。他每次的改编，都可以用'妙笔生辉'四个字来形容。"有了上述两位先生的介绍，我也理解了当初

图28　抗日战争歌曲选集

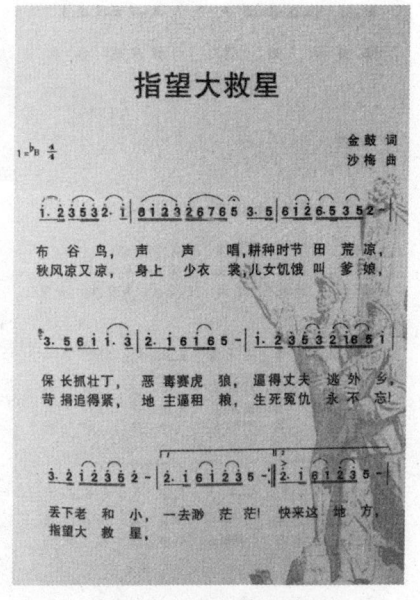

图29　金鼓1946年创作的歌曲

| 浮尘过客 | 缅怀《太阳出来喜洋洋》词曲作者金鼓

著名音乐家沙梅先生邀请我父亲来帮忙改编剧本《乔老爷上轿》的初衷了。沙梅先生在1946年就和我父亲有过合作，彼此都了解对方的才华，当年在重庆较为出名的抗战歌曲《指望大救星》就是由他两个人携手完成的，当时是我父亲作词、沙梅先生谱曲，之后被编入《抗日战争歌曲选集》《沙梅独唱歌曲》等书刊里。

父亲在上海作家协会和巴金先生共事期间，巴金先生经常在其弟李济生（李济生是父亲在成都时交识的好友，两人如同兄弟。1949年后，由于大家都住在上海，因此，一有空就会相互走动聊家常。父亲的许多朋友都认识李济生，父亲在和其他朋友聊天时，经常提到李济生的名字，由此可以想象他们之间的关系）面前夸我父亲说："你交上金鼓这么个朋友算是交对了，他不仅才华横溢，而且人品端正，在重庆时就和他见过面，现在一起工作果真如此。"由于巴老非常赏识我父亲的能力，每逢有他的新书出版，都会在第一时间签上大名和赠词送给我父亲。

图30　巴金赠予金鼓的书　　图31　巴金赠予金鼓的书（扉页）

（六）

民歌《太阳出来喜洋洋》的创作背景：

太阳出来喜洋洋

四川民歌
金鼓词曲

1=C 2/4
中速 高亢、乐观地

```
2̇ 3  2̇ 1  | 2̇     3 0  1̇ 2̇  3̇ 2̇  2̇ 1  6 0  5 6  1̇ 6  |
1.太 阳  出 来 (哟)  儿   喜 洋  洋(噢)  郎 啰),  挑 起  扁 担
2.手 里  拿 把 (哟)  儿   开 山  斧(噢)  郎 啰),  不 怕  虎 豹
3.悬 岩  陡 坎 (哟)  儿   不 稀  罕(噢)  郎 啰),  唱 起  歌 儿
4.走 了  一 山 (哟)  儿   又 一  山(噢)  郎 啰),  这 山  去 了
5.只 要  我 们 (哟)  儿   多 勤  快(噢)  郎 啰),  不 愁  吃 来

2̇ 2̇  6  | 5   6 0  1̇ 6  2̇ 1̇  1̇ 6  2̇  | 2̇ -  ||
(郎 郎  扯   光   扯)  上 山  岗(噢)  啰 啰)。
(郎 郎  扯   光   扯)  和 豺  狼(噢)  啰 啰)。
(郎 郎  扯   光   扯)  忙 砍  柴(噢)  啰 啰)。
(郎 郎  扯   光   扯)  那 山  来(噢)  啰 啰)。
(郎 郎  扯   光   扯)  不 愁  穿(噢)  啰 啰)。
```

四川民歌《太阳出来喜洋洋》是父亲1942年在重庆从事中共地下组织工作时创作的一首歌曲，该歌曲的词曲从头到尾都贯穿着浓郁的四川乡土气息，充分反映出父亲当时人在他乡，心系家乡父母、弟妹以及乡亲的真挚情感。这首民歌是父亲一生创作的音乐作品中最引以为豪的一首歌曲，也是他对外公开音乐作品中的第一首，可以认为是他的处女作。自问世以来，这首歌始终伴随着父亲，并且一起走过了那些艰难的岁月。在父亲人生处于最低谷的时候，是这首歌给了父亲勇气和力量。当然，在父亲人生处于巅峰的时刻，也是这首歌为父亲带来了辉煌。父亲说他非常感谢《太阳出来喜洋洋》，每当遇到困难、挫折或者心情不舒畅时，父亲便会哼唱这首歌，并且陶醉其中。

在"文革"期间，父亲被扣上"反动学术权威""反革命"等帽子，每天都要被拉到街上去游斗，人被整得死去活来，曾经有过一死了之的念头，

但是，就在这一瞬间，突然耳边响起了《太阳出来喜洋洋》的旋律，让自己一下子清醒起来，最终没有走上极端，并坚信春天很快就会到来！每逢他站在批斗台上接受批斗时，就会情不自禁地在心里哼唱起这首歌，为自己壮胆加油，鄙视那些造反派。"文革"结束后，有人向我父亲问起当年是怎样熬过来时，父亲会很自豪地说："是因为有了《太阳出来喜洋洋》这首歌的陪伴，心底里始终充满了阳光，因为有了《太阳出来喜洋洋》作底蕴，相信人生尽管有阴霾，但阳光一定会存在，今天的夕阳可以西下，但一觉醒来时，一轮新鲜的太阳又会从东方升起！这就是我为什么能熬过来的法宝，感谢《太阳出来喜洋洋》！"

　　父亲回忆写这部作品时说，当时正处于抗日战争最激烈的时期，在重庆街头，每天目睹大批从全国各地涌入重庆避难的同胞，他们有家不能回，露宿街头的凄惨情景，让人身心感到特别的压抑，寝食不安，夜夜难眠。又逢重庆的冬季很少见到太阳，气候阴湿、云遮雾罩、阴雨连绵、潮湿气闷，越发让人的情绪烦躁，心神忧伤。时常勾起他对远方梁山老家父母的担忧和对亲友们的思念，期盼早日云散日出、赶跑日本鬼子。这期间日本特务在重庆活动特别猖獗，特别是对我进步文化人士进行追杀，父亲也在被日本特务追杀之列，在这种状况下还要坚持工作，每天神经绷得紧紧的，稍有不慎就会被抓，一颗心始终悬在半空中，随时做好转移准备。在这样的精神压力下，回到住处后即便躺在床上，也很难踏踏实实睡个安稳觉。长时间的劳累和缺乏睡眠，父亲的身体状况也几乎到了崩溃的地步。这次好不容易盼来了一个休息日，父亲周六晚上回到宿舍后，顾不上洗漱就一头钻进被窝呼呼大睡。也许是长时间堆积的劳累和知道明天是休假日的缘故，神经一下子放松了很多，一觉居然睡到了第二天的中午！这对长期缺觉的人来说，是多么奢侈和幸福的事啊！当父亲睁开眼时，暖暖的阳光早已笼罩了整个床面，强烈的阳光让父亲一时睁不开眼睛。如此晴朗、明媚的好天气在当时的重庆已有好长一段时间没有和人们见面了。重庆的冬季很少见到太阳，一般都是阴雨绵绵、天气阴湿。一旦某一天出了太阳，重庆人的心情就像过节般的高兴！大家纷纷涌上街头，尽情地享受着阳光的沐浴。有的人会约朋友在茶馆里一起喝茶、聊天，泡上一天；有的人会带着家人和孩子去公园玩；有的人会去逛街、购物；也有的人忙着走亲访友。总之，这一天是非常的热闹。

父亲出生于重庆，遇到这样的天气，自然和大家一样，心情也显得非常舒坦和"喜洋洋"，仿佛这一刻能让平日堆积在心里的疲劳和压抑一下子烟消云散。同时又生怕久违的太阳瞬间又会躲进云雾里，于是赶紧跳下床，顾不上洗漱，便一屁股坐到了窗前那张陪伴父亲多年的陈旧不堪的写字台前的椅子上，抬着头，双手托着下巴，紧闭双眼，面对着从窗户射进来的阳光，美美地吸了一大口空气，随后慢慢地往外吐出，细细品尝阳光带来的温暖和惬意，就这样静静地坐了约莫三十分钟。在享受阳光沐浴的这段时间里，脑子里浮想联翩，心想着等打跑了日本鬼子，人们就能过上不愁吃、不愁穿、不愁住的幸福生活，自己也可以回老家梁平拜见久别的父母、弟妹和从小和自己一起玩耍的伙伴了。与此同时，眼前还断断续续地出现小时候自己看见梁平人在温和的阳光沐浴下喜悦耕耘的劳动场面和欢声笑语的情景。也就是在这样复杂情感的驱动下，父亲突然萌发出为家乡人民写一首歌，将劳动时的欢乐场面融进民歌里把它展现出来的想法，这也算是献给家乡人民的一份礼物和抒发对父母及亲朋好友的一种思念。当然还包含着鼓励人们的抗日士气。

说干就干，父亲顺手从笔筒里拿出了铅笔，又从抽屉里拿出了一张信纸，便唰唰唰地写了起来。歌词的主题自然是围绕太阳展开，第一句歌词"太阳出来喜洋洋"是最先出现在脑海里的七个字，一是为了表达那天因明媚太阳的出现，长期压抑的心情得到了释放；二是为了表达梁平人在明媚的太阳下辛勤耕作的劳动场面。就是这么简简单单的理由，这七个字就成了该歌曲的头一句。之后的歌词主要是凭自己对小时候在梁平老家看到乡亲们整天忙忙碌碌干农活的印象编写而成。中心思想是表达重庆梁平人那种憨厚、朴实、勤劳的精神风貌和渴望丰收的心情。为了烘托出这种喜悦的心情，父亲还有意将大量表达热闹的衬词"啰儿""啷啷扯光扯"等掺入到每小段歌词的末尾，用来模拟锣鼓等打击乐器发出的声音，演绎时可以更好地营造欢乐的气氛。歌词花了一个多小时就基本写完了。将"太阳出来喜洋洋"定为歌名主要是出于以下三个方面的考虑：一是朗朗上口，充满喜庆，没有局限性；二是词句通俗，容易记，便于传唱；三是词韵搭配恰当，叫起来响亮。但是在编曲方面就没有那么轻松了，为此父亲动了不少的脑筋和耗了不少的时间。

　　起初打算就以小时候在梁平老家常听人哼唱的民间小调作为该歌的曲调，但套用了好几首民间小调，都达不到父亲期待的那种音乐效果，问题主要出在这些民间曲调一不够大气，无章无规，断断续续，不能形成完整的旋律。其次有些地方表现方式比较低俗，难登大雅之堂。最后经父亲再三斟酌，决定放弃原先直接套用的想法，对民间小调进行重新改编，即在保留民间小调原有韵味的基础上，加入自己想要的民歌元素。在改编中，父亲反复地进行试唱，对于那些稍有不理想的地方立刻进行修改。反反复复直到自己满意后才算定稿。定稿后的曲调实现了父亲所期待的愿望，既保留了民间小调的韵味，符合了正统音乐旋律的规则，又展现出民歌所具有的曲调之美。歌曲完成后，父亲兴奋不已，当晚邀请了几位搞音乐的朋友在自己的住处一起喝酒到深夜。趁着酒兴，父亲把自己刚创作好的四川民歌《太阳出来喜洋洋》献唱给大家听，得到了朋友们的一致好评，其中就有一位朋友对我父亲说："这首歌将来一定会成为经典民歌！"没想到，真的被这位朋友说中了。那天晚上，父亲喝得酩酊大醉，是朋友把他抬到了床上，据朋友说：父亲睡在床上嘴里还哼着这首歌。自那以后，父亲不管遇到高兴的事，还是不高兴的事，都会把这首歌挂在嘴边，用来助兴或解愁。而且在每次与朋友聚会时，这首歌也成了父亲在大家面前一展歌喉的保留曲目，很快就在当地里流传开了。

　　1946年的某一天，父亲在和挚友——我国著名歌唱家蔡绍序（四川安岳人）先生聊天时，蔡先生叹着气对父亲说："我至今在全国各地演唱了不少歌，但从未唱过一首让我满意的既有家乡韵味又适合我嗓音的民歌。这些年来，我一直在苦苦寻求，想找一位能为我量身定做的词曲作者，但始终未能实现这个愿望。"说完，便朝父亲半开玩笑地说："金鼓老弟（蔡先生是1909年生，比我父亲大八岁），你是学音乐创作的，抗战时期听说你在演剧队时除了写剧本，还写了不少音乐作品，大家对你的作品评价很高呀！要不，你来为我写一首四川民歌吧？"这突如其来的请求，父亲一时不知所措，愣了片刻，才如梦初醒似的回答说："你不是在耍我吧？我哪有这个本事为你这位赫赫有名的歌唱家写歌？你高抬我了，还是另请高明吧！"父亲推托着，没想到蔡先生还是坚持要我父亲为他写歌，原以为蔡先生是随便一说，父亲也就不好坚持，顺口先答应了下来。数月过后，在一次朋友的聚会上，父亲再次与蔡先生相见，双方客套了几句后，蔡先生又提起写歌的事，原以为蔡先生早已忘记了这件事，没想到他还真把我父亲上次答应的事当回事，搞得父亲哭笑不得。事到如今还是坚持推托，一定会让蔡先生感到失望！就在进退两难的时刻，父亲突然灵机一动：与其让蔡先生失望，倒不如就拿自己的处女作《太阳出来喜洋洋》让蔡先生试一下。如果蔡先生看不上这首歌，也证明了自己就这点水平，趁机顺水推舟，把这份差事推托掉，既不得罪蔡先生，又让他感到自己努力过，自然也就不会抱怨自己了，这岂不是一举两得的好事？想到这里，父亲赶紧向朋友要来了纸和笔（因为创作原稿没带在身上），当着蔡先生的面，一口气把歌词和曲写了下来，还一再强调，这是一首很不成熟的作品，望蔡先生包涵，顺手将写好的纸递给了蔡先生。蔡先生接过歌谱后，聚精会神地看了一会儿，随后又抬起头来朝我父亲看了一眼，当时我父亲的心紧张得扑通扑通直跳，还以为蔡先生会当着大家的面将歌谱还给他。出乎意料的是，蔡先生不但没有还给我父亲，反而当着众人的面哼唱了起来，连续哼唱了两三遍后，突然又把目光朝向我父亲，并当着众人的面大声吆喝道："好一个金鼓老弟呀，你这可是神来之笔呀！我说你会写歌你还谦虚，现在印证我的话了吧？这么好的一首歌你还掖着藏着，你看，词是多么的有意境，朗朗上口；曲又是这么的美妙动听，正宗的四川味啊！这歌注定是为我所写，非我莫属！"被蔡先生这么一说，父亲当时一下蒙住了，赞美来得太快，一时还接受不了这个现实，好一会儿才缓过神来，紧张的身子也放松了不少，对蔡先生给予的高度评价连声表示感谢。

  蔡先生的嗓音洪亮，音质好，音域宽，再加上他平时说话时带有浓郁的四川口音，所以这首歌到了他的嘴里，果真把歌的气势和欢乐劲头淋漓尽致地表现了出来，产生了美妙的效果，不仅让在场的人为之一愣，就连作者我父亲本人也感到受宠若惊，父亲第一次感受到自己这部作品的巨大魅力，同时也树立起今后继续创作音乐作品的信心。但是，蔡先生在肯定这首歌的同时，也毫不客气地对曲调部分的不足之处提出了一些修改意见，父亲谦虚地接纳了他的建议。

那天返回住处后，父亲立马按蔡先生提出的建议进行了修改，为了便于大家今后传唱，父亲又在音域上动了脑筋，将曲调音域限制在六度，目的是让高、中、低音的歌手都能够演唱。修改完之后，父亲又专程去拜访了蔡先生，并请他不吝赐教。蔡先生从我父亲手中接过修改稿后，直接来到了钢琴前坐下，一边用钢琴伴奏，一边放声歌唱，还时不时地与我父亲沟通曲调上的一些细节，父亲当即在现场做了调整。两人这次的磋商，前后也就三十分钟，就正式定了稿（即现在的歌曲版本）。定稿后，蔡先生希望我父亲将这首歌的首唱人授权于他，父亲也认为只有蔡先生作为该歌的原唱人最为合适，于是接受了蔡先生的请求。从那以后，蔡先生无论在哪儿演出，都必定会将这首歌献给广大的听众，而且还是以他的主打曲目亮相。民歌《太阳出来喜洋洋》在蔡先生的多次演绎下，知名度越来越大，起初只是在西南地区广泛传唱，慢慢扩散到了全国各地，而且每次都是迎来一片赞誉声。

父亲是个把名和利看得很淡的人，在出版发行这首歌时，就曲作者署名问题，父亲本着实事求是的态度，主动要求出版社不要署上自己的名字，父亲认为曲调是根据四川民间小调改编而来，自己只是修改修改而已。可是按音乐界惯例，这首歌的曲子基本上属原创，应该署上我父亲的名字，但父亲是个非常讲原则的人，一旦自己认定的事，无论旁人再怎样劝说都不会改变自己最初的想法。1953年，上海人民唱片厂制作《太阳出来喜洋洋》专辑时，拿着唱片的设计样稿来征求父亲的意见，设计稿词、曲作者栏里都写着我父亲的名字，父亲看了以后，当即将曲作者栏里的金鼓名字划掉，并嘱咐唱片厂的设计人员就按"四川民歌或者四川山歌，金鼓词"的署名标识发行，但上海人民唱片厂还是为这首歌署上了"词曲：金鼓"。

由于《太阳出来喜洋洋》的歌词结构短小、形式简练、曲调明快，富有四川人民热情和豪迈的性格特点，再加上歌词朗朗上口，具有浓郁的四川乡土气息。唱片一经问世，便得到大家的认可和媒体的关注，父亲金鼓的名字也开始被大家所熟悉，各音像专卖店和新华书店也相继推出了这张专辑。不仅在四川，甚至全国都被广泛传唱。

　　1953年，在上海兰心大戏院举办的文艺晚会上。蔡绍序为大家献唱了四川民歌《太阳出来喜洋洋》。通常蔡先生都是将这首歌曲作为保留曲目放在最后演唱的，那天临时改为登台后第一首演唱的歌曲。高亢激昂、热情洋溢的词曲，再加上蔡先生独特的男高音歌喉，在他刚唱完第一句"太阳出来啰儿，

图32　1953年人民唱片厂发行的唱片 　　图33　中国唱片公司发行的唱片

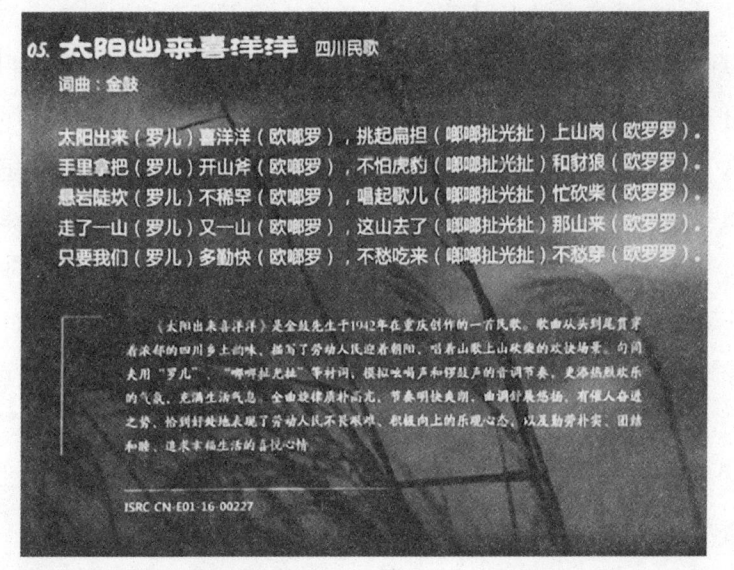

图34　《太阳出来喜洋洋》歌词

喜洋洋欧嘟啰"时，已经把听众的心抓住了，现场的气氛一下子达到了高潮，台下的听众再也按捺不住激动的心情，情不自禁地随着歌曲的旋律一边鼓掌一边跟着蔡先生哼唱。据说，当时台上台下互动的场面十分感人。蔡先生的歌声刚落，现场听众都激动地站了起来，为蔡先生、也为这首歌鼓掌。少先队员们上台向蔡先生献上鲜花，台下掌声雷动、久久不息。

其实在那场演出的前一天，蔡先生还特地派人去作家协会给我父亲送入场券，并亲自打电话叮嘱父亲一定要准时到场。当时父亲一口答应，但遗憾的是，就在音乐会当天下午，作协办公室临时通知父亲晚上有紧急会议，不能缺席！无奈之下，父亲只好放弃了这次音乐会，把入场券送给了别人。第二天一大早，蔡先生给我父亲打来了电话，电话里很生气地埋怨我父亲不该放弃观看这次演出的机会。虽然单位里有特殊情况，但父亲还是感到对不起蔡先生的一片诚意，这也成了我父亲平生以来唯一的一次失约。事后听蔡先生的爱人说，那天蔡先生好几次从后台跑去剧院门口等我父亲，就在快上场的前几分钟还去了一次。蔡先生原本是想在当天演唱完《太阳出来喜洋洋》后，将歌曲作者介绍给大家。父亲这才明白为什么蔡先生那天在电话里会朝自己发那么大的火！同时也很感激蔡先生对自己的关照。

那天的文艺晚会结束以后，上海的各大报纸记者相继采访了词曲作者金鼓和歌唱家蔡绍序先生。之后，父亲收到不少音乐学校的邀请，想请他去为学生开音乐讲座；报社、杂志社也来约稿，希望我父亲写些关于《太阳出来喜洋洋》的创作过程和当时的心情等之类的文章。没过几天，中国唱片公司就打电话到巨鹿路675号上海作家协会《文艺月刊》编辑部找父亲，说要将这首歌灌制成唱片，父亲当即就与唱片公司签订了出版合同。出乎父亲意料的是，和唱片公司的合同签订只隔了一天，这首《太阳出来喜洋洋》便被灌制成了唱片，并很快在全国传唱、流行了起来。在我们住的弄堂里甚至有人遇见我父亲不呼其名，改叫"喜洋洋"了。作家协会的同事们看到经常有这首歌的稿费寄给我父亲，开玩笑地让父亲请客。父亲便会到毗邻的淮海中路上颇有名气的"上海哈尔滨食品店"去买些糖果招待大家。

1961年，蔡绍序先生加入中国艺术团随同当时的国务院副总理兼外交部部长陈毅访问印度、缅甸、印度尼西亚时，每到一处，蔡绍序先生都会将《太阳出来喜洋洋》作为保留节目呈献给当地的人民。艺术团回国后，蔡绍序先生邀请我父亲去他家做客，给我父亲介绍了各国的风土人情和为当地人民演出时发生的故事。在谈到演唱的曲目时，蔡先生兴奋地告诉我父亲，带出去的曲目不少，唯独《太阳出来喜洋洋》是最受外国朋友欢迎的，大家对这首民歌评价很高，特别是在印度尼西亚演出，常常唱完这首歌准备回到后台卸妆时，一路上被当地的音乐爱好者围堵，希望能教会他们唱这首歌。从台上走到后台就短短的一两分钟时间，有时会被爱好者们围堵得水泄不通，不是要他签名，就是想和他一起照张相，有时会花费半个多小时才回到后台。

蔡先生为了感谢我父亲写出如此脍炙人口的好歌，把艺术团发给他们的出国补贴省下一部分在印度尼西亚买了一束孔雀羽毛带回国内送给了我父亲，当时父亲特别感动。回到家里后，父亲非常珍惜这份礼品，为了让孔雀羽毛有个美丽的花瓶衬托，父亲好几个休息日都在上海的各大商场和小商品市场转悠，寻找满意的花瓶。由于那个年代正是我国物资匮乏时期，说是大商场，里面的商品其实少得可怜，还不如现在那些小超市里商品丰富。一般的家庭是不会想到去买花瓶的，在那个年代花瓶绝对算得上是个奢侈品，能供应的商店屈指可数，想要买到一个称心的花瓶谈何容易！经父亲的不懈努力，最终在南京路上永安公司边上的一家小铺子里找到了，还是这家铺子自己用来插鸡毛掸子的，对外不卖。这个花瓶的外表是用竹藤编织的一个细长的筒子，筒子里面插着一只长玻璃瓶，外形素雅大方，加上竹藤材料很适合与孔雀羽毛相配。这花瓶原本人家是不外卖的，可父亲实在喜欢，于是缠着店铺的老板说了许多好话，老板才同意卖给父亲。花瓶拿回家以后，父亲立刻把孔雀羽毛插入花瓶里，并放在家里最醒目的壁炉台上，几十年来从没移动过地方，有朋友来我家做客，父亲一定会向大家介绍花瓶中孔雀羽毛的来历。

风雨同舟，同甘共苦

（与车耀先先生之情缘）

  2013年1月，也就是父亲去世前几个月的某一天，他突然把我叫到身边。当时我的第一反应是父亲有什么事想要交代于我，因为依我对父亲的了解，没有重要的事情是不会这么急匆匆地把我叫到他的身边的，一般的事情都会叫大姐去办。我记得，那天天气非常晴朗，太阳照在身上暖洋洋的，父亲的精神也比往常要好得多，父亲见到我之后就要求我把他的轮椅推到养老院楼下的草坪上。我看父亲的心情这么好，外面又是阳光明媚，于是马上答应了他的要求，将父亲扶上了轮椅直奔草坪。我刚在石凳上坐下，父亲就迫不及待地开口说："今天请你来这里，是想跟你聊聊我在抗日战争和解放战争时期的革命经历，和曾经跟自己一起出生入死的老战友和老朋友的事情。"他希望我能对他的过去有一个全面的了解，这样也可以告慰后代，他的一生不是窝窝囊囊的，而是有过辉煌，对祖国和人民是做过贡献的。

  被父亲这突如其来的一席话弄得我当时确实有些不知所措，好久才缓过来神。难道父亲心里还藏有什么重要的事情吗？这么些年来，父亲从未和我们提起过他在中华人民共和国成立前的经历，有时我们问起他，他不是不回答就是露出"反感"的神情，今天突然主动约我谈起这件事，这反而让我感到怪怪的，难道太阳从西边升起来了吗？我琢磨来琢磨去，觉得只有一种可能，那就是他已经感觉到自己的日子不多了，想把心里的一些"秘密"告诉我！为了不让父亲留下遗憾，我按捺住性子仔细地听他诉说着。在父亲诉说的过程中，我印象最深的是父亲谈到他和车耀先先生相处的那段经历时情绪一度失控，显得特别激动，极力想用双手支撑着轮椅站起来，这反常的举动把我吓出了一身冷汗，我赶紧按住他的肩膀，安慰他坐下继续说。在我的安抚下，父亲的情绪渐渐平复了下来，他深深地喘了口气。温暖的阳光透过斑驳的树影，投射到不远处的草坪上，微风都不愿扰乱这位老人的回忆，吹得小心翼翼……父亲沉思良久，方又开口：车耀先先生是照耀我走上革命征途的第一盏明灯，车先生既是我的老师，又像是我的父亲，车先生不仅人品好，文笔也好，我做学生的时候就一直崇敬车先生，我记得车先生写过这样的一首诗：

……
投身元元无限中，
方晓世界可大同。
怒涛洗净千年迹，
江山从此属万众。
……
愿以我血献后土，
换得神州永太平。

这首诗是车耀先先生加入中国共产党后写的一首诗。车先生是个了不起的中国共产党人，父亲嘱托我去重庆时一定要替他去重庆烈士陵园祭拜车先生。当时，没等话说完，父亲的眼眶已经湿润了，哽咽得说不出话来。我见父亲过于激动，赶紧用手掌轻拍他的后背，安抚他的情绪，还故意把话题岔开。就这样，将近过了十分钟，父亲的情绪才再一次稳定了下来。接着又回到了刚才的话题，他继续回忆说：

那是1932年5月9日的一个下午，父亲如同往常一样肩背画夹，手提挎包去成都少城公园写生。就在父亲选好作画场地，摆好作画工具，聚精会神构思画面主题时，一向安静的公园某一处突然传来了一阵阵鼓掌声和欢呼声，父亲起初认为是游客们偶尔遇上了什么稀奇古怪的事一时喧闹罢了，过会儿自然就会平静下来，因此也没有特别在意，还是只顾自己写生。可是没想到这喧闹声不像自己想象的那样短暂，而是一直持续着，并且声音越来越大！受干扰，父亲的注意力也渐渐分散开了，无心继续作画的父亲无奈之下，只好暂时收起了画具和挎包，带着好奇心想去那里张望一下，看看究竟发生了什么，随即慢慢地从小板凳上站起来，朝着喧闹的方向走去。

随着离喧闹的地方越来越近，父亲也渐渐看清了那里的状况，有许多青年学生和民众聚集在那里，正簇拥在一位身穿灰色长衫的先生周围，大家聚精会神地听那位先生的演讲，具体什么内容因离得有点远听不太清楚，只是看见人们时不时地鼓掌和高呼口号。就在父亲到达聚集地的时候，天公不作美，突然下起了雨。开始雨势并不大，只是零星细雨，聚会的人们都没把这小雨放在心上，还是一动不动地站在原地聆听那位先生的演讲。随着演讲的不断深入，雨也越下越大，从零星细雨变成了瓢泼大雨，可是大多数的人依旧一动不动地冒雨听先生演讲，有部分学生争先恐后地为那位演讲的先生撑伞遮雨，但都被先生婉言谢绝。先生虽然从头到脚都被大雨淋湿了，但依然岿然不动像巨人般地屹然在原地继续他的演讲，而且演讲时的激情越发高亢，后来竟一步登上了公园的石凳子，用他那沙哑却极具感召力的声音和坚定有力的肢体动作，向聚会的青年学生和民众大声宣传抗日救国的思想，怒斥蒋介石的卖国投降政策，并带领大家高喊口号："打倒日本侵略者！还我河山！日本帝国主义滚出中国去！"参加集会的学生和民众里三层外三层地把这位先生团团围住，父亲因站在人群外围，怎么也听不清楚先生的具体演讲内容，也无法看清先生的容貌。

受到这种气势感召，父亲拼命地往人群中挤，费了九牛二虎之力总算挤到了第一排，定下神后从头到脚仔细地打量起了这位先生。先生四十岁左右，个子中等，属典型的四川人体型，瘦瘦的脸庞，小小的眼睛，当时给父亲留下的印象是先生眼睛虽然不大，但炯炯有神，目光极具穿透力！先生梳着大背头，穿着一件灰色布料做的已经褪了色的长衫，领圈边上还打有补丁，一条腿虽然有些跛，但丝毫不影响他的整体形象和气概。从装束上看这位先生像是一位受人尊敬的老师，但从他的眼神和极具气势的演讲来看又像是一位气度非凡的政治家或军事家，最让父亲心灵为之震动的是这位先生当着学生和群众的面发出钢铁般的吼声。他说："我是旧军人出身，在内战（指四川军阀混战）中丢了一条腿，现在国难当头，我还愿意为抗日战争的胜利献出我另外的一条腿，乃至我的生命！"这铿锵有力的誓言，一下子打动了父亲的心，也顿时点燃了父亲的革命热情，他迫切地想知道先生究竟来自何方，姓什么，职业又是什么。为了尽快找到想要的答案，父亲不停地向身边的学生打听。不问不知道，一问吓一跳，原来这位先生就是自己在老家时就常听父亲（指爷爷）说起的川军英雄、铮铮铁汉车耀先先生（1929年加入中国共产党，任川康特委军委委员、省委书记。1940年3月18日在国民党制造的"抢米事件"中被捕，1946年8月18日被枪杀于重庆松林坡，终年52岁），在来成都念书期间父亲经常听同学说起车先生的传奇故事，那时起就一直渴望有一天能够目睹车先生的风采，成为像车先生那样既有学识又有胆略的铮铮汉子，没想到这天来得这么快，自己的偶像竟然此刻就出现在自己的面前，这简直让父亲不敢相信！父亲内心充满激动，同时也为这次有幸聆听车先生的演讲而感到无比的自豪。

车先生的精彩演讲就像一块磁铁，把周围学生和民众的心紧紧地连在了一起，大家热血沸腾、斗志昂扬，纷纷站到台中央发出誓言："坚决不当亡国奴，为挽救祖国和人民的幸福甘愿奔赴战场与日本鬼子刀枪相见，与祖国共存亡！"父亲更是被车先生的人格魅力所倾倒，全身被雨淋得就像刚从水里捞上来似的，但父亲居然一点都没有察觉到，两眼一眨不眨，全神贯注地听车先生的演讲。当车先生的演讲进入尾声的时候，一帮国民党军警突然闯进公园，直逼聚会的地方。军警手里挥舞着警棍和枪托，强行驱赶聚会的学生和民众离开公园，但是学生和民众不畏强暴，立刻奋起反抗，阻止军警冲散会场，防止他们冲向演讲中的车先生。一开始聚会的人们和军警只是肢体上的冲突，之后在学生和民众的强烈阻止下，军警逐渐暴露出了凶恶的嘴脸，面对手无寸铁的学生和民众，气急败坏地抄着警棍和枪托，如雨点般地砸向学生和群众。刹那间，有的学生的头被打得鲜血直流，整个脸庞都被染红了。

但学生和民众不但没有退缩，斗志反而更加坚定。他们不屈不挠，勇敢地高呼着革命口号，进行着顽强的反抗！然而国民党军警的人数越来越多，手无寸铁的学生和民众被他们冲击得七零八落。面对凶残的军警，车先生临危不惧，他带领着学生和民众高呼"打倒独裁主义，团结起来共同抗日，打倒投降卖国主义"的口号。看到民众们的士气高涨，国民党军警更加气急败坏，他们疯狂地驱赶着围在车先生身边的学生和民众，妄图抓走车先生。为了保护车先生的生命安全和尽快让车先生脱离险境，学生和民众在敌众我寡的情况下，手拉着手筑起了一道人墙，抵挡着国民党军警发起的疯狂进攻，誓死保卫车先生。在学生和民众们宁死不屈、舍身保卫车先生安全的精神感召下，父亲也义无反顾地冲了上去，与国民党军警展开了搏斗！父亲当年才十五岁，个子不高，身子瘦小，又是头一回参加这样的革命运动，一点儿经验都没有，因此在搏斗中多次被军警打翻在地，衣服被撕破了，画箱也被踩烂了，脸上被打得青一块紫一块的，但父亲没有退缩，他双手死死抓住军警手里的警棍，不让他们打向车先生。这期间，敌众我寡，学生和民众接二连三地倒在了血泊中，父亲又赶紧扑过去搀扶受重伤的学生撤离到安全的地方。在这场搏斗中，父亲也几次差点被军警抓上囚车。所幸的是，经过一个多小时惨烈的搏斗，在学生和民众的掩护下，车先生安全地脱离了险境。

这场斗争，给父亲上了一堂生动的革命教育课，同时也使父亲彻底看清了国民党的卖国嘴脸，懂得了只有在中国共产党的领导下，全国人民团结起来，共同与国民党和日本鬼子进行不懈的斗争中国才会有希望，中国人民才能过上安稳、幸福的生活。返回学校后，父亲的心情久久不能平静，脑海里不时地出现公园里发生的惊心动魄的一幕幕，心里一直牵挂着刚才被军警带走的学生和民众的安危。夜深人静了，父亲还是翻来覆去地难以入眠，眼前不断出现车耀先先生大义凛然的身影和铿锵有力的演讲，"天下兴亡，匹夫有责"这句话时不时地在父亲的耳边响起。父亲暗暗下定了决心，等学业结束后暂不回老家，要跟随车先生投身抗日救国运动，做一个像车先生那样受人尊敬的真正铁汉子。

1934年，父亲从成都东方美术专科学校毕业后，在朋友的介绍下，参加了由车耀先生主办的"注音符号传习班"（通过宣传汉字改革，灌输抗日救国思想，引导青年走上革命道路）。但在正式加入之前，父亲的内心曾有过犹豫和纠结，原因有三：一是爷爷为了培养他成才，自父亲幼年起，就为他付出了太多太多的心血，希望父亲学业有成后回老家能继承李家家业、生儿育女、光宗耀祖。而现在突然改变主意，势必忤逆我爷爷的心愿，这样做会有太多的愧疚感，不仅对不起爷爷，更是对不起李家祖宗。还有，一旦被李家的亲戚和乡里乡亲知道了，爷爷的脸面又往哪儿搁，自己还会背上一个"不孝之子"的骂名！这些暂且不说，就留在成都参加革命活动一事来说，也会被认为是极其荒唐的举动，老家的人是不会原谅自己的。另外，弄得不好，还会给李家招惹来麻烦。真要是那样，以后父亲又怎么去面对爷爷和奶奶呢？再者，就这么不辞而别，什么时候再能回老家还是个未知数，今后是死是活自己也说不清，万一有个三长两短，或者是爷爷、奶奶有个三长两短，作为李家的长子，父亲又怎么向李家的后代交代，又怎么面对自己的列祖列宗呢？而这也会让自己终生感到愧疚呀！但是经过一段时间的煎熬，再三权衡，父亲还是舍去了小家，为了民族大义，奋不顾身投入到抗日救亡运动中去，留在成都跟随车耀先生参加革命活动。

　　那一年，父亲十七岁。决心下了以后，父亲还是有点忐忑不安，认为再怎么也应该当面跟爷爷、奶奶打声招呼，不然他们会为自己着急，但自己又没有勇气去面对爷爷，因为父亲知道，如果将这件事向爷爷和盘托出，那结果就只有一个，惹他老人家生气！与其那样，倒不如不回去，反正都是个生气，现在不辞而别反而会好受些。考虑来考虑去，最后决定还是换一种方式告诉爷爷一声。父亲便写了一张字条，编了一个善意的谎言，请在成都打工的同乡辛苦替自己跑一趟老家，将字条交给爷爷。字条上写的内容大致意思是这样的："父母大人，孩儿不孝，辜负了父母对我的养育之恩！因多个学校之邀请，孩儿又难以推托，故已同意校方暂留成都任教，未能征得父母大人的同意就擅做决定，恳求原谅！到时一定回老家当面负荆请罪！"

　　爷爷收到字条后，一度觉得很沮丧，神经也几至崩溃，派了人去成都寻找父亲，并吩咐一旦找到父亲就立刻押回李府。但由于派去的人人生地不熟，除了向几个去成都打工的老乡打听外，没有其他任何途径，结果问来问去，谁都说不知道。其实，父亲早就预料到爷爷可能会派人来成都寻找自己，于是便提前向知道自己住处的几个同乡打过了招呼。来人在成都待了两天，打听不到关于父亲的任何消息，不得已，只好回去了。自那之后不久，爷爷突发大病，卧床在家，据说治疗了大半年才有所好转。奶奶也因为思念父亲和担忧卧病在床的爷爷的身体状况，时间长了自己也病倒在床上，虽请了当地不少名医为她诊断，但奶奶的身体状况却一直没有好转，终于于1935年冬离开了人世。

父亲自参加"注音符号传习班"便算正式地结识了车耀先先生，在和先生交谈中，父亲对先生有了更进一步的了解。印象中车先生总是容光焕发，气宇轩昂，始终保持着充沛的精力，虽行伍出身，但在私下里和学生们交谈时，温文尔雅，思路清晰，说理透彻，语气里时而流露出豪放侠义的气概。他广闻博识，谈锋犀利，谈古论今，分析局势力透纸背、入木三分。父亲每次听先生纵论天下大事，总有一种茅塞顿开的感觉！父亲当时之所以能明白许多革命的道理，也是受车先生的影响，父亲对共产主义和共产党才能救中国等革命道理从最初的朦朦胧胧发展到坚定不移，甚至愿意为此付出自己的一切！都得益于车先生的教诲。

在"注音符号传习班"以外的时间里，父亲协助车先生一起上街宣传抗日救国思想，车先生走到哪里，父亲就跟随到哪里。在那段艰苦的岁月里，父亲的才华、人品和吃苦耐劳的精神得到了车先生的肯定和欣赏，成为车先生的重点培养对象和得力助手。除了在工作上关心我父亲外，生活上车先生同样处处关心和照顾我父亲，很快两人的关系便情同父子（车先生比我父亲整整大二十三岁）。父亲有什么想法就会毫无保留地和车先生交流，车先生也随时指点父亲，父亲一天天成熟了起来。

得到车先生的绝对信任后，车先生带父亲去了中共地下组织当时在成都的秘密联络站——"努力餐"餐馆，这个餐馆对外名义上的经营者是车耀先先生，但实际是在中国共产党地下组织的领导下开设的，目的是用来掩护党的地下组织活动，是党组织召开重要会议的地方，同时用来筹集活动资金。

父亲每次去餐馆工作，车先生总是让父亲吃了饭再回住处，有时工作之余，车先生还给父亲单独授课，谈马列主义理论、抗日救国的重要性以及中外进步人士的事迹。他们经常谈到深夜才结束，车先生要求父亲多读书，用文化的武器与敌人作斗争；还经常借给父亲一些进步书籍，如：鲁迅先生的《狂人日记》《呐喊》《彷徨》《朝花夕拾》《伪自由书》等，茅盾先生的《蚀》三部曲——《幻灭》《动摇》《追求》等，以及《新民主主义论》《共产党宣言》等，这些书籍，父亲都认认真真地读完，并同车先生谈自己的心得体会。

由于对父亲高度信任，车先生开始把一些秘密任务布置给父亲去完成。据父亲讲，跟着车先生的那段日子，是他受益最大的阶段，自己好像一下子变了个人似的，老练了不少，从一个两耳不闻窗外事、一心只钻研艺术的文艺青年变成了关心政治、关心国家大事，先天下之忧而忧、后天下之乐而乐的革命青年。和车先生从不相识到相识，从相知到无话不聊的知己，最后成长为抗日救国革命队伍中的一员，这些都得归功于车先生的引导。

由于工作的缘故，在餐馆里待的时间一长，父亲和车先生的子女们也开始有了更多的交往，父亲的年龄比他们都要大，自然成了他们的大哥。父亲和他们在一起的时候，不仅是好朋友，而且更似兄弟姐妹，于是在和弟妹们交往中，父亲充分发挥自己擅长绘画、音乐和戏剧的才能，常常是父亲拉手风琴，他们和着手风琴的旋律唱一些进步歌曲。娱乐之外，父亲还辅导他们吟诗作画，一起读书学习，交流学习心得，偶尔父亲还演戏给弟妹们看。父亲的这些才能深深吸引着他们，也使他们非常愿意和父亲在一起。后来父亲离开车先生去了重庆，和弟妹们的见面也少了许多。

重庆解放以后，父亲在上海工作，和车先生重庆的子女们失去了联系，但父亲始终没有忘记和他们在一起的那段快乐的时光，一直牵挂着他们，经常在家里和母亲聊起车耀先先生和他的子女们。

1936年10月，车先生以"注音符号传习班"的名义，联合成都四十多家社会团体发起并组织了"成都各界救亡联合会"，父亲作为车先生的得力助手，积极地、努力地开展抗日救亡运动。他们设计和制作抗日传单，组织学生上街游行，其中有好几次都上了国民党特务的黑名单，险些被特务抓住。那段时间,父亲由于出色的表现,得到了车先生和中共地下组织的多次表扬。

为了更好地配合抗日宣传运动,1937年1月,车先生在中共地下组织的指示下,以"努力餐"餐馆为掩护,创办了《大声周刊》杂志社,"大声"寓意着:大声疾呼停止内战、团结抗日。杂志社的地址就设在餐馆内,车先生任社长,因父亲能写能画、思维敏捷,被车先生亲点为该杂志社的编辑。父亲回忆说,那是他终生难忘的一段极为艰难而又极其危险的岁月,每天的生活就像在刀尖上跳舞,稍不留神就会被国民党追杀,平日里晚上睡觉都是穿着衣服和鞋子躺在床上,一颗心悬荡在半空中,随时都做着撤离的准备。

为了不暴露自己的身份,父亲用笔名"李俊"的名义在杂志和报纸上发表抗日文章和对外联络,不了解情况的人还非常羡慕父亲有一份很不错的工作。其实并非如此,听起来是在杂志社工作,可是谁都不会想到这里的工作有多危险,不但没有任何薪水可拿,有时自己还要往里贴钱。平日里的吃饭钱都要靠自己利用业余时间在外面打工赚来。实在找不到工作,就要靠大家东拼西凑来填饱肚子,经常是有一顿没一顿,一天吃一顿饭的日子已是常有的事,有时为了赶一篇稿子,不要说没钱吃饭,就是有饭也顾不上吃,不分昼夜地拼命赶稿,真可谓分秒必争。经常是放下稿件后才感觉到肚子已经饿得咕咕直叫,才发现自己已经工作了整整二十个小时,还未进过一点食物。

父亲也就是在那个艰难岁月里落下了胃病,一熬夜便经常发病。病情轻的时候,用手撑着胃,喝点热茶缓解缓解,继续写稿子;可是病情严重时,头上冒出的汗珠像黄豆一般大小,不停地往下淌;再厉害时,就会疼得在地上打滚。尽管都疼成那个模样,但他还硬忍着,因为口袋里根本没有钱买药。有时一起工作的朋友会拿来些家乡的草药给父亲暂时止止痛,稍有好转,他马上又投入工作。有一次,因长期劳累,导致胃出血,幸亏发现得早,才拾回一条命。

在大家的辛勤努力下,一篇篇反日文章和抨击、揭露国民党亲日派挑动内战阴谋的文章以及宣传共产党方针、政策的文章纷纷发表在《大声周刊》上,有力地打击了敌人的嚣张气焰,宣传抗日救国思想,鼓舞各界民众积极投入到抗日斗争中。就在《大声周刊》出版到第13期时,国民党亲日派再也

风雨同舟，同甘共苦

坐不住了，他们明目张胆地跳出来干涉《大声周刊》业务，找出各种"莫须有"的理由强制要求《大声周刊》停刊。在被车先生拒绝后，国民党四川省党部执行委员程天放，带着一帮党部宪兵闯进"努力餐"楼上的《大声周刊》编辑室，对编辑同志大打出手，砸烂文件柜，洗劫全部资料，勒令停刊，取缔查封，并暗地里追捕办刊物的主要同志。由于大量的稿件均出自父亲之手，因此父亲也上了亲日派的黑名单。为了避免无谓的牺牲，保存实力，父亲接到车先生的命令，于当晚撤离了杂志社回老家躲避去了。

《大声周刊》是当时四川抗日救亡运动的重要宣传阵地，经常受到国民党亲日派的袭扰，最后被查封，为了继续与敌斗争，继续办刊，《大声周刊》更名为《大生》，宣传报道的内容不变。另将杂志社办公地点从"努力餐"餐馆迁移至更隐蔽、更安全的地方。不久，父亲接到车先生的指示，急速从重庆返回了成都，继续参与新杂志《大生》的编辑工作。

为了弥补前一段因停刊造成的损失，编辑部的同志更加忘我地工作，《大生》刊物的前期准备工作很快就绪。就在准备开印的时候，办刊经费出现了困难。原先的《大声周刊》经费，主要来自车先生开办的"努力餐"餐馆，之前虽有点积累，但在编辑《大声周刊》时，已陆续用去了部分资金，剩余的部分也已注入了《大生》杂志的前期运作上。后来，餐馆的生意大不如前，客人也少了，营业额自然也不如以往，餐馆的经营陷入困境。没有经费就意味着刊物无法按照党的要求按时出版发行，身为社长的车先生，心急如焚，每天一清早就四处奔波，找熟人筹措资金。在那样一个特殊年代，大家都一贫如洗，能保证有三顿饭吃已经算是相当不错了，哪里还存有闲钱，要想借点钱更是难上加难，而且车先生要借的还不是一笔小数目。为筹款的事搞得车先生饭也吃不香、觉也睡不好，人明显地瘦了一大圈，大家也和车先生一样为筹不到资金而着急，但又使不上劲，眼睁睁看着一天天就这么过去，刊物什么时候能够出版，谁也说不准。

父亲也是心急如焚，因为为了这些刊物的正常出版，父亲和车先生一起克服了种种困难，付出了巨大的努力，走到今天，实属不易！父亲曾经暗暗发誓，在办刊的路上，无论遇上多么大的坎坷，都要帮车先生把刊物办下去，现在正是车先生遇到的最艰难的时刻，父亲想："我是车先生的学生，又是车先生的好朋友，一定要尽我最大的努力帮助车先生和杂志社渡过难关，以此来报答车先生平日里对自己的关爱和教诲之恩。"滴水之恩当涌泉相报，父亲就是这么个性格，为了朋友可以两肋插刀，可以赴汤蹈火，何况是自己最崇拜的车先生！父亲说干就干，先去找成都的亲戚帮忙，凡是只要能扯上亲戚关系的，哪怕从来没有见过面，父亲也是一户不落地去拜访。亲戚跑完了就跑朋友的家。目的只有一个：借到钱。几天时间，跑遍了整个成都市，但都因大家的日子不好过，大钱没借到，只借到了一些小钱，还是亲戚朋友东拼西凑来的，离社里需要的资金相差甚远。眼看离地下党组织要求的出版期限也越来越近了，在成都想要凑再多钱的希望已经很渺茫，一时间父亲也不知所措，迷茫起来。就在犹豫来犹豫去的时候，突然想到回老家搞钱的念头，这也是父亲当时能搞到钱的最后希望了，但又担心上次自己擅自留在成都已经让爷爷气得够呛，现在突然跑去向爷爷要钱，从常理上看也是不可能的事，弄得不好，不仅拿不到一分钱，还会被爷爷扣在老家。要是那样，就等于自投罗网。斟酌来斟酌去，又没有其他更好的办法，最后父亲还是决定冒一次险。回去的事暂时不能让爷爷知道，直接找管家想办法，因为李家的钱是交给管家在保管，父亲是李家大少爷，管家一定会给他这个面子的，万一真的不行，再想别的办法。决心虽定，但父亲对这次回老家筹钱仍没有一点把握，因此走之前也没向车先生打招呼。

那个年头，从成都去一趟重庆不是那么容易，当时的交通工具不像现在有飞机、火车、汽车、轮船，而是要先搭货车到泸州，再从泸州转乘重庆民生公司的轮船去重庆，一路最少也要耗上好几天才能到。再有船票也不好买，买不到当天的就要在泸州留宿继续等，直到买到为止，剩下的交通工具只有搭载运货的大货车，大货车比起船来相对要快得多，它能够直达重庆。如果一路顺利的话，需要两天左右的时间，但遇到刮风、下雨，路不好走的时候，就不好说了。还有，要想搭大货车，就需要自己去马路边寻找开往重庆的货车，要和司机商量，给一点钱做路费，人就坐在货车后面堆放货物的地方。这样，一路要遭受风吹雨淋，非常辛苦。为了争取时间，父亲也顾不得那么多了，决定选择坐大货车去重庆。当晚，父亲就去托朋友找个第二天一清早就能启程去重庆的货车司机。说来也巧，托的这个朋友的姐夫就是跑成都至重庆的货车司机，听到这消息，父亲顿时欣喜若狂，连忙和朋友一起去了这位司机的家里，但听司机说他的车要两天后才能出发去重庆，这又让父亲犯起愁来，现在自己正是在和时间赛跑，晚两天动身就会影响到《大生》的出版！这样可不行，于是只好一遍又一遍地恳求这位司机帮个忙，第二天就发车，同时答应出双倍车费给他。司机答应了父亲的请求，并约定第二天凌晨发车。

车子定下后，父亲立刻返回了自己的住处，因为第二天要起个大早，所以父亲简单地收拾了一下行李就上床休息了。这天晚上，父亲躺下后又生怕睡过了头，耽误上车时间，整个晚上翻来覆去睡不着，勉强坚持到了凌晨四点左右，父亲再也憋不住了，干脆起了床，当时屋外还是一片漆黑。父亲简单洗漱之后就匆匆忙忙出了家门，直奔约定地点。那个时候正逢深秋季节，凌晨气温很低，那天外面又下着雨刮着大风，父亲的身上除里面穿着一件薄薄的毛衣外，外面就是一件外套。刚出门还没感到特别冷，走了一段路以后就开始感到寒气逼人，原打算返回住处添上一件内衣，但又怕耽误了赶车时间，最终还是放弃了回去添件衣服的念头。父亲一手撑着伞，一手提着行李，黑灯瞎火地迈着大步直冲约定地点。马路是泥泞的土道，路面上到处是坑坑洼洼，走在上面泥泞地打滑，稍有不慎就会摔个四脚朝天，跨出的每一步都非常艰难，父亲的鞋子好几次嵌入泥里几乎都拔不出来。他想，要是照这样走下去，一定会耽误了上车的时间，于是干脆把鞋脱下来提在手上，光着脚赶路。寒风萧萧，踩在冰凉的大道上，不一会儿两只脚被冻得僵硬。为了赶路，父亲只好咬着牙忍耐着，风雨交加，一路上不知滑倒了多少回，衣服上也都沾满了泥巴，就这样跌跌撞撞、连滚带爬地按时赶到了约定地点。这时，司机已经坐在驾驶室里了，看到父亲这副狼狈样，司机也为之一震，看不出一个书生气十足的文艺青年竟然能吃这么大的苦，深受感动。

上了车，司机看见父亲的衣服被淋得湿漉漉的，裤脚和上衣上到处都沾着泥巴，两只没穿鞋的脚已经冻得像胡萝卜，实在不忍心看下去，突然改变了主意，让原本坐在副驾驶座位上的助手和父亲互换一下。父亲坐到副驾驶位子上之后，司机招呼父亲赶紧把淋湿的上衣脱下，把它晾在发动机上面，又顺手拿了一块烘干的毛巾递给了父亲，还从热水瓶里倒了一杯开水让父亲喝下去暖暖身子。由于一路受寒时间较长，当时父亲手里虽然捧着滚烫的热水杯，但身子却在不停地哆嗦，咕噜咕噜不一会儿就把热水喝了下去，过了好长时间身子才感到暖和起来，打战的频率也低了下来。当然，由于体内的寒气还没有彻底被排出来，多少还是感觉有些冷，于是父亲将双臂紧紧抱住身体蜷缩在椅子上，望着车外的风景，随着车子的颠簸，不知不觉犯起困来。也许是平时堆积的疲劳，再加上前一天晚上一夜没睡的缘故，车子还没驶出多远，父亲就闭上眼睛进入了梦乡，一路上呼呼大睡，一直到晚上司机把车子停靠到旅馆门口准备过夜时，父亲才被叫醒。一看时间，已经睡了将近十个小时。在旅馆留宿了一个晚上，第二天清晨又继续赶路，大约在晚上八点车子到了梁平屏锦铺镇。

由于镇上离李家还有一段路程，父亲下车后又坐上滑竿继续往李家赶，在晚上十点左右总算到了村口，下了滑竿远远就能看见李家宅院。由于是深夜，周边的农户早已熄灯休息了，四周一片漆黑，鸦雀无声。为了不惊动爷爷和李家的其他人，父亲没敢从正门进去，而是从后院翻墙而入，并悄悄地来到了管家的房门前，轻轻地敲开了管家的门。刚从睡梦中醒来的管家，神志还迷迷糊糊，年纪又大，手里拿着油灯，慢慢地打开了房门。由于灯光灰暗，再加上当时父亲蓬头垢面，满脸疲惫，光着双脚，浑身泥浆，手里还提着一双破旧的皮鞋，就像个叫花子，把管家吓了一大跳，还以为是遇见小偷，一紧张，手上提的油灯"哐啷"一声掉到了地上。就在管家正准备放开嗓子大呼抓贼时，说时迟那时快，父亲伸出手捂住了管家的嘴，怕管家的叫声惊动到爷爷和其他长工，然后用力把管家推进了屋里，并在管家的耳边小声地喊："是我，李才奇、李才奇呀！"管家这才明白过来。说实话，当时父亲那副人不像人、鬼不像鬼的模样，不要说吓到了管家，就是换了别人，恐怕同样会被吓到。管家情绪稳定下来后，父亲叮嘱他千万不要把自己回来的事透露给任何人听，特别是爷爷，接着让管家赶紧去厨房为自己准备些吃的东西。

一会儿工夫，管家就把饭菜端了进来，还没等饭菜上桌，父亲饿得实在撑不住了，也顾不上讲卫生，将一双脏兮兮的手直接伸进菜盆子里，抓起一把菜就往嘴里塞。此情此景，让一旁的管家惊呆了，急忙把筷子递给了父亲，一大碗饭和几个菜一转眼工夫就被父亲颗粒不剩地装进了肚子里。管家怎么也不敢相信，眼前这位狼吞虎咽的人竟然是李家的大少爷！父亲刚放下碗筷，管家就为父亲打来了热水，让父亲好好洗洗身子。已经两天没有好好洗漱过，父亲刚脱下外衣，一股呛鼻的汗臭味就迸发了出来，呛得管家赶紧捏住鼻子连声说道："这是啥子气味，让人实在受不了！"因为这时已经是深夜一点左右了，所以父亲只是简单地擦了一下身子，换上干净衣服后，立即把管家拉到了自己的身边，开始谈起正事来。原本想对管家实话实说，但父亲觉得不妥。于是灵机一动，临时编了个谎言对管家说，自己在外面犯了些事急需用钱摆平，否则会引来杀身之祸。由于管家是看着父亲从小长大的，也特别喜欢父亲，父亲在家的时候也对管家特别好，从来不把他当下人，而是一直把他当成自己的长辈来看待，因此两人的感情很好，现在听说父亲遇上难事，弄得不好还会搭上性命，急得满脸通红，额头上直冒冷汗，说话也变得结结巴巴起来。可是心里不停地在想，救人要紧啊！现在不替大少爷筹钱赎命，万一真的遭遇不测，到那时，让老爷知道了怪罪下来，自己可是要吃不了兜着走呀！情急之下，管家也豁出去了，一口答应了父亲的要求。这时天也快亮了，父亲意识到农村人起得早，李家包括长工在内，上上下下有几十号人，万一被其中哪个人发现自己在这里，马上会去通报给爷爷的，那时自己再想走恐怕就没那么容易了。与其那样，不如趁现在天还没有完全亮，就赶紧离开李家大院，找个地方躲一躲，再有，父亲考虑到自己要筹的钱不是一笔小数目，想要立马拿到钱也不现实，总要给管家一点时间去准备。于是，就和管家约定好，晚上自己再回来取钱，说完后就离开了李家老宅，躲进了后院对面的竹林里。

父亲走后，管家就开始琢磨筹钱的事，因为不是一笔小数目，这也让管家犯起愁来。他在想，这几年，李家的生意每况愈下，资金周转已经出现了问题。目前，李家上上下下几十号人的吃喝拉撒和孩子们的读书费用都已经在吃老本了，这个时候要是瞒着老爷从库存里抽出一笔钱给大少爷，这对李家而言如同釜底抽薪，要是日后让老爷知道一定会拿自己兴师问罪。但现在如果把这件事说给老爷听，又怕把事情搞砸了，不仅大少爷的事解决不了，说不定还会将大少爷的仇人引到家里来，要是真的那样，会给李家的名声带来多大的影响啊！再有，现在大少爷遇上麻烦求他帮忙，他不去帮少爷，万一真是因钱不到位丢掉了大少爷的性命，自己也同样脱不了干系。管家权衡再三，先保住大少爷的性命要紧，其他一切暂且不管，等这件事彻底摆平了，大少爷也脱离了生命危险，再找机会和老爷解释这样做的初衷是为了救大少爷，相信老爷会原谅自己的。从坏里想，最多给老爷痛骂一顿罢了！想到这里，管家一下子有了底气，就悄悄打开库房房门替父亲准备好钱。

父亲躲进竹林以后，想到还要等到天黑才能去见管家，至少要等将近十个小时，全身顿时打了个哆嗦。与其这样干等，不如趁这段时间好好地睡上一觉，恢复一下几天来被透支的体力。于是便找一块有草的地方躺了下来，盖上从管家房里带出来的一条薄薄的被单，躺下后就迷迷糊糊地睡着了。深秋季节，原本树林里的气温就比较低，再加上刚下过雨，阴霾潮湿，夜里树林里的温度一下子变得很低，照理说，父亲身上只盖了一条薄被单，根本抵挡不了这样的寒气，但是，由于几天来的体力透支和睡眠不足，一头倒下去就进入酣睡如泥的状态，完全感觉不到冷与热，睡了近十个小时，人被冻得缩成了一团，手脚都冻得冰凉，身体也似乎失去体温，多亏老管家及时赶来叫醒了父亲，否则父亲会一觉睡到见阎王。

管家费了很大的劲才让父亲睁开了眼睛，但这时父亲已经处于神志不清的状态，连说话的力气都没有，嘴唇发紫，身子不停地发抖。管家看到此情景，顿时意识到事态的严重性，如不及时处理，父亲的手脚就会残废。凭他多年的经验，先帮父亲不停地搓背搓腿，搓完后又把自己的外衣紧紧裹在父亲的腿上，然后再搓父亲的双手，直到手心和手背发红为止。就这样折腾了好一阵子，才使父亲缓过神来，看见父亲有了好转，管家赶紧把带来的热汤让父亲喝下去，喝完后拉着父亲的手慢慢地围着树林来来回回地活动，一直到腿脚灵活才停下。活动完，管家又把带来的炸酱面给父亲吃。慢慢地，父亲的体力有所恢复，精神也提了起来。刚有所恢复，父亲就急忙问管家："钱带来了吗？"管家也急忙回应："带来啦，带来啦！"一边从口袋里取出一沓银票交到父亲的手中，一边再三叮嘱父亲，这钱来之不易，千万要保管好啊！回成都把事情了结了就叫同乡捎个口信给他，也好让他放心！父亲从管家手中接过了钱，赶紧把它放进了自己的内衣口袋，站起身子就一边向管家挥着手，一边拿着行李高高兴兴地朝着树林外面跑去，还未等管家把话说完就已经跑得无影无踪了。

事后父亲听姑姑说，那天，自从父亲走了以后，管家在家中一反常态，整天坐立不安、心事重重，做事也不像平日里那么上心麻利，没过几天自己就扛不住了，主动向爷爷一五一十地坦白了事情的经过，爷爷听完后气得直跺脚，当场晕倒在椅子上，李家上上下下的人见此情景，慌成了一团。管家赶紧去镇上请来了大夫对爷爷进行了救治。由于治疗及时，爷爷才算没有大碍。这也是父亲让爷爷第二次生这么大的气！前一次是因为父亲的不辞而别气得爷爷生了场大病，至今身体状况还没有彻底康复，现在再次给了爷爷一个打击，所以自从那以后，爷爷的身体状况急剧下滑，平日里很少出门，再加上一直为父亲孤身在外闯荡担忧，渐渐对自己的生意也开始厌倦起来，经常让管家替他去镇上打理业务，时间一长，账上也出现了入不敷出的状况，往日李家一派欣欣向荣的气象也一去不复返了。1948年，爷爷终因长期的心力交瘁，病逝于家中……

2013年，父亲在临终前还提起自己两次对不起我爷爷的事，希望我抽时间去爷爷、奶奶的坟上替他向两位长辈磕头谢罪，希望他们原谅他的不孝，如果有来世一定加倍孝敬他们！

父亲从管家那里拿到钱之后就直奔重庆长寿，在那里还是坐货车返回了成都，下车后又马不停蹄地往车先生所在地"努力餐"餐馆赶。由于父亲回老家前没和车先生打招呼就离开了餐馆，这让车先生整天为我父亲的安危忧心忡忡，担心我父亲被亲日派的特务抓走。在这期间车先生派人四处打听我父亲的下落，走遍了他平时常去的地方，但都没有得到任何消息。就在父亲突然回到"努力餐"餐馆并出现在车先生面前时，车先生不知有多高兴，他展开双臂紧紧地拥抱父亲,从上到下不停地打量父亲,当得知父亲一切安然无恙后,车先生这才深深地舒了一口气,几天来一直挂在脸上的担忧也随之飘到了九霄云外。还没等车先生开口问起失踪的原因,我父亲抢先一步,从内衣口袋里掏出一沓银票递到了车先生的手里。接过银票的车先生一脸茫然,还没搞清钱的来龙去脉,只是疑惑地看着我父亲,愣了好半天才恍然大悟,原来我父亲这几天的失踪是为社里搞钱去了!顿时如释重负露出满脸笑容,用手指着父亲开玩笑地说:"你这家伙,招呼不打一声就消失得无影无踪,可把我急疯了,你再不回来,我都要去报社登寻人启事啰!"也许这钱来得太突然,车先生还是显得有点半信半疑,在听完父亲的详细陈述后心中才踏实。

父亲拿来的这笔钱对《大生》杂志的顺利出版起到了一定的积极作用,全社的同志听说了这笔钱的来历以及父亲为此付出的代价后,都非常震撼和感动,大家都过来拥抱父亲,以表示钦佩和感谢。车先生也代表地下党组织向我父亲表示了衷心的感谢。车先生想到我父亲远道而归,一路一定很辛苦,为了让我父亲好好休息,转身去厨房为他泡了杯好茶。等茶泡好转过身来的时候,发现我父亲早已趴在桌子上打着呼噜睡着了,车先生第二天就把父亲的行为向中共地下组织做了详细的汇报。经费到位后,为了把前些日子耽误下来的时间尽快弥补回来,全社的同志齐心协力,夜以继日地投入到印刷和发行工作中。功夫不负有心人,在大家的努力下,《大生》杂志很快就与民众见面了。当时正值抗日救亡运动高潮,《大生》杂志受到了广大民众的欢迎,同时也极大地鼓舞了民众对彻底打败日本侵略者和铲除亲日派的信心。遗憾的是,《大生》杂志只发行了5期,又被国民党以发表反政府言论为由取缔了。之后,车先生在征得中共地下组织的同意后,又以《图存周刊》取代《大生》,继续宣传全面抗战,绝不妥协。几经周折,1937年11月《大声周刊》复刊,成为四川抗日救亡运动的主要宣传阵地。

出于对父亲的信任以及为了更好地发挥父亲的才华,车先生1939年将父亲引荐给一位对外公开的名字叫"岳平"(原名宋至平,又名宋学芬)的川东地下党组织负责人。岳平的年龄只比我父亲大一岁(1916年生),但外表上略显苍老、成熟,不苟言笑,神情严肃。车先生希望我父亲和岳平同志保持联系,并且要求今后有什么事要和岳平同志商量。由于父亲和岳平的年龄相仿,兴趣爱好也一样(都喜爱诗歌和文学),一下子就拉近了两人的距离。一见面,两人就聊得很投机,互相作诗交流,都有一种相见恨晚的感觉,仅仅半天时间就成为好朋友。不久,在岳平同志的介绍和车先生推荐下,父亲加入了重庆西南话剧社,那是中共地下组织办的剧社,在那里结识了中国近代著名艺术家、编剧吴雪(1949年后任文化部副部长),戏剧活动家、编导席明真(四川省川剧艺术研究院院长),著名电影演员、导演陈戈(1949年后任长春电影制片厂导演)等,父亲当时任剧社的美术设计股长兼演员,参与了《苏州夜话》《颤栗》《这不过是春天》《抓壮丁》《土地还家》等。1940年父亲进了中国电影制片厂工作。

临走前一天,车先生在小酒店里订了一桌菜为父亲饯行,并邀请岳平同志一起参加。在闲聊中,大家感觉到车先生的话里始终流露出对我父亲的离去的不舍之情。那次话别后,父亲就再也没有和车先生见过面……

1940年3月,车先生在国民党制造的"抢米事件"中不幸被捕,相继关押于贵州息烽监狱和重庆渣滓洞监狱,父亲人虽在重庆,但无时无刻不惦记着车先生的安危,党组织曾有过营救车先生的计划,但都未成功。1946年8月18日,在蒋介石的密令下,车先生在重庆松林坡被杀害。

车先生虽已去逝半个多世纪了,但父亲从未忘记他,并在以后的人生中也同样处处以车先生为榜样,车先生就像一座永不倒塌的雕像屹立在他的心里。1949年后,父亲只要是去重庆,哪怕在重庆只待一天,也一定会抽出时间去烈士陵园祭拜车先生。休息在家的时候,父亲也经常会大声背诵车先生创作的诗歌,以此勉励自己不断进步!其中让人印象最深的一首是车耀先生1929年加入中国共产党时写的《自誓诗》:

自誓诗

幼年仗剑怀佛心,放下屠刀求真神。

读破新旧约千遍,宗教不过欺愚民。

| 浮尘过客 | 缅怀《太阳出来喜洋洋》词曲作者金鼓

投身元元无限中,方晓世界可大同。
怒涛洗净千年迹,江山从此属万众。

不劳而食最可耻,活己无能焉活人。
欲树真理先辟伪,辟伪方显理有真。

喜见东方瑞气升,不问收获问耕耘。
愿以我血献后土,换得神州永太平。

1992年,父亲多方打听寻找车先生的子女,最后从成都的老战友那里了解到车先生的子女均健在,而且生活得很好,原先的"努力餐"餐馆也依旧存在。得知消息后,父亲很高兴,在七十五岁高龄那年,身体状况虽不如前

图1 车耀先照片正反面
注:背面是车耀先之子车伯英的亲笔字。

些年，可他仍不顾家里人的反对，执意要赶赴成都与车先生的长子车伯英先生见面。四十多年的离别，使得父亲的心情相当复杂，在去成都的火车上，父亲的心一直平静不下来，吃饭的时间到了，他也没有食欲，脑子里尽是当年他们在一起的欢乐场面。当父亲和车伯英先生相逢的那一刻，两位老人激动得一时哽咽说不出话来，在互相凝视对方片刻后，两人同时展开双臂紧紧拥抱在一起，泣不成声，那天在场的亲朋好友都被这激动的一幕所感染，为两位老人能够在相隔近半个世纪后再次重逢而流下了激动的和幸福的热泪。

那天夜里，两位老人一直谈到了凌晨才休息，他们一同回顾了当年车耀先先生的革命斗争经历和他们在一起的革命情谊。第二天中午话别时两人依依不舍，车伯英先生还送给父亲一张车耀先先生被捕前的照片作为存念！父亲原先有过和车先生一起的合影，但是在"文革"期间连同书籍都被抄走了，除此之外再也没有与车先生有关的材料了，这是父亲的一大遗憾！这次有机会再次得到车先生的相片，父亲格外地珍惜，返回上海后就把相片放进了自己的相册里，平时都保存在写字台的抽屉里，便于自己随手就能拿到相片，时常可以瞻仰车先生的遗容，以表自己的思念之情。自父亲和车伯英先生见面之后，两人一直保持着书信来往，直至车伯英先生去世。

兄妹之情，革命之家

（一）

父亲在李家子女中排行老大，从小聪明伶俐，性格开朗、多才多艺，有着一副好嗓子，时常在田埂边为乡亲们演唱一些乡土气息浓郁的民间歌曲，为之博得当地村民们的喜爱，每逢谁家有喜事，他们都会请父亲去唱上几首，久而久之父亲在当地小有名气。弟妹们也把这位大哥当成他们追逐的偶像，做梦都在想长大以后成为大哥那样多才多艺的人。平日里见大哥有空，弟妹们就会不约而同地围在大哥身旁，跟随大哥一起背诵古诗，去后院的竹林里跟大哥学画画和听大哥唱歌。

身为大哥，自小学毕业去了成都念书，每时每刻心里总惦记着老家的弟妹们。多么渴望弟妹们也能够像自己一样到成都或者是重庆来念书，以便摆脱老家的所谓传统的封建礼仪和封建思想，和其他来成都的青年一样接受新思想、新教育。但苦于自己当时还是一名学生，没有任何收入，难以实现心中的这个愿望，即使是这样，但父亲也从未放弃过。

1934年父亲顺利地完成了学业。毕业后，为了实现上述的愿望，他拼命地工作，一改原来大少爷的作风，生活上省吃俭用，将挣来的钱大部分积攒起来，到了1940年，到中国电影制片厂工作，有了一份相对稳定的收入。除了自己日常的开销外还略有闲钱，再加上原先积攒下来的，在经济方面开始有了一些底气。这时，父亲认为接弟妹到重庆念书的时机基本成熟，于是开始筹划具体的实施方案。要知道在当时的农村，封建思想极为顽固，就一般家庭而言，要把弟妹们一个个带离家乡去城市里读书，不说世俗偏见，就财力方面也难以实现。一般有条件的家庭也只允许自家的女孩读到小学毕业，之后就拜托当地的媒婆为自家女儿找户人家嫁出去便罢。但爷爷视野要比当地一般人家开阔些，所以平时就主张不论男孩、女孩都应该送去学校念书，培养孩子们的文化素养。他为李家的女孩开了绿灯，允许女孩可以念到初中毕业，之后再找一户好人家嫁出去。但继母（父亲的亲生母亲1935年去世后爷爷续娶的老婆）思想却截然不同，她是个典型的封建礼教旧思想的受害者，满脑子装着三从四德、重男轻女，自己不仅没有文化，还不爱看书学习，更不愿接受新思想，她的理念是女孩子就应该留在家乡，不需要学什么文化和技能，女子无才便是德。因此对李家的几个女孩，早有把她们尽快嫁出去的打算，谁要是想把李家的女孩们送出远门去念书或者去创业，都被认为是对祖宗和对父母的最大不孝，也是犯了李家之大忌，绝不容忍！当时，父亲的弟妹们想要离开老家去成都、重庆念书，或闯一番自己的天地，可谓比登天还难！尽管如此，在老家的弟妹们还是不甘心，不愿把自己的未来就这样埋没禁锢在这么一个又闭塞又封建的小乡村里。为此，把希望都寄托于我父亲的身上，盼望我父亲有一天带他们远走高飞，去重庆乃至更远的大城市。

父亲天性要强，脾气倔强，有主见，一旦自己认定的事就会想方设法地去做，而且一定要把它做成。真可谓明知山有虎、偏向虎山行。父亲经再三考虑，决定瞒着爷爷、奶奶，悄悄地把弟妹们陆续从老家带出来。第一个是带二姑李才保（后改名为李才杰）出来，随后再找机会逐一把其他几个弟妹带出来。在拿定主意后，父亲托了一个老家屏锦铺镇的朋友，请他先到李家悄悄将自己的想法转告给二姑，让二姑尽快找个借口去屏锦铺外婆家住上几天，待时机成熟后由这位朋友带她去重庆找我父亲。父亲之所以急于带二姑去重庆，是基于有一年父亲学校放暑假回老家梁平休假时，二姑多次找我父亲倾诉自己内心的愿望，她不愿就这样毫无作为地度过自己的一生，要寻求自己想要的人生，活出人生的价值，希望我父亲能把她带去重庆继续深造。当时父亲被二姑发自肺腑的话所打动，同时对二姑强烈的求知欲望感到非常的敬佩。父亲自了解二姑真实想法起就已经开始筹划具体的实施方案了，为此也动了不少脑筋。考虑到二姑是一个地地道道的乡下姑娘，打出生起就从未离开过老家梁平，对老家梁平以外的世界了解甚少，她所知道的，也就是从我父亲口中得知的那些东西。如今让二姑一个人去重庆找父亲，仅仅去重庆的路线就会让二姑晕头转向。退一万步来说，即便她摸到了重庆，也会因人生地不熟、两眼一抹黑，难以找到父亲的住处，非有人带着她才行。否则，在这兵荒马乱的年代，一旦迷了路后果不堪设想。

二姑接到父亲托人捎来的口信后，高兴至极，恨不得马上动身赴重庆见父亲。可是她心里明白，一旦消息走漏，传到继母的耳朵里，那事情就麻烦了，以后也别想再有机会离开梁平了。因此她对这次机会非常珍惜，对其他的弟妹都没敢透露半点消息，只是耐心地等待出走的机会。没几天，机会终于来了。那是我爷爷要去屏锦铺镇上的棉花店办事，二姑称自己在家待的时间太久，想去镇上看看久未谋面的姨妈，顺便在那里玩上几天。当时爷爷也没多想就一口答应了。二姑为了避免爷爷起疑心，决定把事先准备好的行李暂时不带去重庆。二姑到了她姨妈家后，把实情告诉了姨妈，并得到了姨妈的支持，姨妈还为二姑准备了一些路上吃的东西。临行前，二姑请姨妈转告爷爷一声，就说自己去重庆找大哥了，随后急匆匆地赶到父亲朋友的住处。第二天，爷爷来到姨妈家，打算带二姑回家时才得知二姑已经离开了屏锦铺，这让爷爷的肺都快气炸了，本想派人去把二姑追回来，可转念一想，二姑已经走了一天一夜，现在去追，恐怕也是徒劳，最终只好放弃了这个念头，但还是气不打一处来，对着姨妈发了一通脾气后气呼呼地回家了。

二姑和父亲的朋友会合后，一刻不停地赶往重庆。梁平到重庆市相距甚远，当时的交通不像现在这样方便，只有坐滑竿或搭乘运货的卡车。为了赶时间，二姑他们只好选择了坐滑竿先到长寿，然后从长寿乘船到重庆。从梁平到长寿，一路上都是崎岖山路，走起来非常辛苦。到了长寿坐上船，还要走几天几夜才能到达重庆的朝天门码头。虽说有人带着二姑上路，但父亲还是不放心，生怕一个从小就没有吃过苦见识也不多的姑娘会出什么意外，替她捏着把汗。在未见到二姑之前，父亲就整天坐立不安，要是真有什么意外，往后又该怎样向爷爷、奶奶交代！自己也会为此事内疚一辈子。但事到如今，再怎么担忧都为时已晚，父亲祈祷二姑能早日平安地到达。在二姑未到重庆之前的几天里，父亲隔三岔五就去朝天门码头打听船到达的信息。盼星星盼月亮，有一天早上，父亲刚起床不久就听见有人敲门，打开房门一看，二姑和父亲的朋友站在了门外。看到二姑安然无恙，悬在父亲心中的一块石头才算落了地。

对于二姑的到来，父亲感到非常高兴，一个人忙里忙外地照顾二姑。他知道二姑这几天一路颠簸，一定没有吃过一顿像样的饭菜，人也显得非常憔悴。为了让二姑恢复体力，父亲赶紧去附近的小饭馆买了几个荤菜。刚忙完饭菜又急急忙忙跑去街上为二姑张罗日常用品等，因为二姑这次来重庆什么都没带。把二姑安顿下来后，下面要解决的问题就是读书的问题。为此，父亲放弃休息的时间，到处跑着找朋友帮忙。因为在当时，要想进一所好一点的学校，没有人推荐是不可能的。好在父亲在重庆教育界有好多朋友，因此，没等几天就有了好消息，是父亲的好友李岳南（我国著名诗人）出面推荐二姑进了重庆国立师范学校（原名北碚劳作师范学校）。当时的国立学校，学生的学费和伙食费由政府财政部门拨款，学生自己不需要掏一分钱。这样不仅解决了二姑一天三顿的饭菜，而且还大大地减轻了父亲的经济压力。所以每月父亲只需承担二姑的零花钱以及购买少量的日常用品即可。

二姑进了重庆国立师范学校后，很快就适应了学校的集体生活，并全身心地投入到了学习中。由于二姑自身的努力，再加上聪明伶俐的头脑，她的成绩始终在班里名列前茅，为此，推荐人李岳南先生感到特别自豪，再碰见父亲的时候，不断地夸赞二姑，父亲为此也感到脸上增添了不少光彩。

二姑在重庆国立师范学校读到二年级时，结识了从江苏苏州逃难到重庆的同班同学吴逢祥，吴逢祥学习刻苦、成绩优秀，两人相识后在学习上互相帮助，生活上也是互相关心，渐渐确立了恋爱关系。吴逢祥家境非常贫寒，逃难到重庆时身无分文，在学校念书期间也没有任何经济来源，虽说生活过得相当艰辛，但个性坚强。二姑从小心眼就好，贤淑能干，同时乐于助人，爱打抱不平，颇有侠女风范。在和吴逢祥交往的过程中，她经常瞒着我父亲，把父亲给她的零花钱贴补给吴逢祥，尽量让吴逢祥的生活过得和其他同学一样。在一次偶然的机会，父亲发现二姑在谈恋爱，同时也得知自己资助给二姑的钱她又资助给了吴逢祥。二姑原以为父亲知道后会大发雷霆，但万万没想到不但没有被父亲责怪，相反还受到父亲的赞扬，称赞她助人为乐的行为很高尚。从那以后，父亲还有意增加了平时给二姑的零花钱。另外，父亲考虑到他们这个年龄段正是长身体的时候，学校虽然有三餐供应，但伙食的质量相当差，满足不了年轻人成长所需要的营养，于是经常把他们叫到自己的住处，烧一些好吃的菜招待他们俩，并借吃饭的机会，向二姑他们灌输进步思想，希望他们除了在学业上保持旺盛的精力外，还要抽出些时间多关心关心国家大事，和进步学生一起积极参加抗日活动，多做些对国家对人民有用的事。在父亲的启发和引导下，二姑开始参与学校的抗日爱国活动，并走上街头演唱抗日歌曲和参演抗日话剧。1943年10月，二姑和吴逢祥走进了婚姻殿堂。父亲拿出自己平时省吃俭用省下来的钱替他们操办了婚事。1945年二姑和吴逢祥以优异的成绩毕业于重庆国立师范学校。毕业后，父亲想方设法替二姑他们每人找到了一份教学工作，从此他俩过上了比较安稳的生活。

1947年，吴逢祥辞去了教师工作，瞒着父亲去了南京，当时二姑也想随同一起去。父亲得知该消息后，曾找吴逢祥谈过话，劝他再慎重考虑一下，留下来继续从事教育事业，但最终没能挽留住他。后来二姑在离开重庆之前，也来向父亲辞行。辞行时，父亲同样劝阻过二姑不要去南京，让她和弟妹们一起留在重庆，参加"反饥饿、反内战、反迫害"的学生运动。但二姑认为，既然自己已经嫁给了吴逢祥，那就应该和自己的丈夫在一起，同舟共济，生死相许。父亲见二姑去意已定，再挽留也无济于事，最后只有尊重二姑的选择了。二姑离开重庆那天，父亲原本不打算去码头送行，因当时特务正在四处通缉父亲，码头又是特务把守最严的地方，稍有不慎就会自投罗网，但父亲心里非常矛盾，当天晚上翻来覆去地怎么也合不上眼，当想到自己和妹妹即将分别、不知以后何时才能再相聚时，怎么也抑制不住内心的忧郁，最后竟然毅然决然地改变原先的想法，决定第二天亲自去码头为二姑送行，哪怕有生命危险也在所不惜，这样也算尽到了做大哥的一份责任！于是，第二天一早父亲就赶到了码头。那一天，二姑对父亲不顾生命危险来码头为他俩送行感到非常激动，她紧紧拥抱着父亲，泪流满面。特别是想到父亲这么些年对她和丈夫吴逢祥的无私付出时，二姑一时哽咽，不知说什么才好，只能用一双泪汪汪的眼睛望着父亲，以此来表达自己对父亲的感激之情。天底下哪有骨肉分离不心疼的？其实，二姑这次离去，对父亲的打击也很大，父亲一直担心，在如此动荡的年代，离开了自己的妹妹，未来等待她的将会是什么，是福还是祸，谁都说不清。事到如今，既然二姑去意已决，父亲心里虽然依依不舍，但也只能暗暗为自己的妹妹祈祷，祝他们一路顺风。临别那一刻，父亲拉着我二姑的手再三叮嘱："去了南京以后，千万要给我捎个信，报个平安！如果在那里过得不好，那就别勉强，赶紧回家来，这里永远是你们的避风港，是你们的家。人在外面，一定要多做对国家、对人民有益的事。"自那年兄妹码头一别后，竟然等了四十三年才再次相会。

1949年后，父亲听说我二姑跟吴逢祥到南京后不久，又于1947年10月一同去了台湾。自从二姑和姑夫去了台湾后，每逢有什么运动掀起，父亲总会受些牵连。然而尽管那样，但父亲从未在家人或者朋友们面前流露出埋怨或责怪二姑的意思。相反，他更加惦记二姑一家的状况。每逢春节来临，父亲总会在家里祈祷，期盼二姑一家平平安安！直到1989年的一天，父亲突然收到二姑托朋友捎来的信，当得知这么多年来二姑一家一切安好时，他欣喜若狂，并于当晚提笔给二姑写了回信。内容大致如下：

寄给台湾亲属的一封信

二妹：

你好！久违了！代表你嫂子以及侄子们特向你们全家问安，祝愿身体健康、万事如意！

你一定会感到特别惊奇！是的，一定会的。因为我的心在急剧跳动，我的血似潮水般奔腾。它能使你感到意外，这确实是人之常情！我们阔别了半个世纪，彼此音讯杳无，不知生死存亡，而今天却出人意料地突然有了信息，它能不使人高兴、欢乐吗？这真是人生最大的幸事！

| 浮尘过客 | 缅怀《太阳出来喜洋洋》词曲作者金鼓

  时光是无情的，转瞬间我们兄妹离别了近五十年，时间是过得快呀！人生百岁不易。五十年，五十年，多么珍贵的五十年呀！黄金时间，不能不使人感到抑郁！

  过去的一切，又在眼前出现。你还记得吗？在抗战胜利后的那个年代，我们正是青少年，为了求得知识、争取进步，度过了多少酸甜苦辣的日子，我们求生的希望随着抗战胜利又转入了苦难的历程。那一年，你们夫妇二人带着向往回到了江南，但那曾遭受敌寇摧残的家园，无法容纳你们的留恋，为了生活，靠着同学的帮助，仍操粉笔生活，去台湾当了小学教员。因为，我在被特务追捕中到了上海，也见不到你们的面。一九四八年，父亲去世了，我们大家也无法赶去为老人家送葬，却是终生之恨！后来你们想回大陆谋生，我无能为力，因为我也求业不易，忙碌于生死之间。这事我始终感到遗憾！事过不久，内战到了最后阶段，海峡隔断了两岸，人为地使我们像风筝断了线，让情感、思念在天空中飘散。这真是人间的悲哀！

  海岛、大陆，是我们伟大祖国的神圣领土，岂容隔开！同胞骨肉怎能长久分离，炎黄后裔只有紧密团结，共同繁衍。所以，我时常在想，为了国家民族不受外来侵害，我们应各尽所能，促成国家统一、民族团结，把祖国建设成一个先进的、现代化的强国，这是可能的，只要大家竭力以助。我们每个人都有责任。

  常言说：一个人的躯体，不能分割零散，骨肉情感，永远不会消失。你说是吗？当那特殊的年代，我在海边上生活，每每望着东南方天海一线之处，我就担心你们是否在台湾还能存在。这种想念，时隐时现，历经这么多年。想你也同样有这种思念！现在，又到清明节了，尤其会思念亲人，何况天涯游子！要是你们回大陆，我们一起回乡祭祖，撒一抔黄土在祖坟，献一束鲜花，撒上捧草籽，让明年坟头上青草离离，我们做后代的心才会平静些。我企望、我等待你们早日归来！大家共同努力争取机会、争取时间吧！时间是不等人的呀！

  虽然我们前一段时间没有直接通信的机会，但从海外报刊上看到了你们全家照片，读过介绍你们一家情况的文字，知道你们过得很好，使我们感到慰藉。悬着的心终于放下了。你做过一些有益于社会的慈善事业，在美洲获得过"模范母亲"的奖励，你们辛苦抚养的众多儿女们也个个成才，在海外都取得了博士学位，有从事文教事业、工业经济的能手，也出了个闻名的"体育大使"，还有获得国际青年钢琴大赛冠军的女儿，所有这些，都使我们分享着荣幸！听说你身体时有欠安，希望你随时注意，多多保重啊！如需大陆药品，请告知，当遵嘱奉寄。

不例外，你一定想知道我的近况吧。我和你嫂嫂，因年老退休在家，因对生活条件要求不高，所以，也过得心安理得。子女共六人，大家都工作了，中等生活，第三代也在健康地成长。儿女、小儿子均在海外，情况颇佳，这是值得向你们告慰的。希勿念！

你托人从香港带来的物品收到了。深表感谢！我尤其喜爱那只手表，因为是你们电子公司的产品，而且题了名字在表中送给我。我随时看着时间的进程，等待你们回大陆来探望的时刻！我们翘首以待！

有空、有便时，给我一个信息。

情长纸短，说不完、道不尽我的心绪！就此打住。匆祝！

大哥手草于上海
1989年春

父亲发自肺腑的召唤信深深地打动了在海峡另一头二姑的心，1990年，二姑随时任"财团法人赵廷箴文教基金会"执行长的丈夫吴逢祥先生，为促成两岸文化交流回到大陆探亲，在国家有关部门的安排下，终于在上海见到了阔别四十三年的亲哥哥。这天，父亲亲自去上海虹桥机场迎接自己的妹妹及妹夫。去机场当天，父亲为了让自己的妹妹回忆起分别时的情景，一大早就开始忙着梳洗，特意换上了当年在重庆朝天门码头送二姑上船时穿过的那套已褪色的灰色西服，并为了图个喜庆，挑了一条红色的领带系上。据说，这套西服还是1940年父亲在中国电影制片厂工作时，请老裁缝量身定做的，虽然已有一定的年头，但西服依旧完好。自从在朝天门码头穿过后，父亲就再也没舍得穿，今天拿出来穿上，仿佛在告诉自己的妹妹，哥哥还是以前的那个哥哥，对妹妹的情感一点也没有变。就在二姑出现在上海虹桥国际机场到达出口处的时候，她一眼就认出了自己的哥哥；同样，父亲也一眼认出了自己的妹妹。几十年隔海相望，朝思暮想的痛苦情感，让兄妹两人控制不住重逢的喜悦心情，拥抱在一起号啕大哭。此时此景，也让陪同父亲一起去机场接机的亲朋好友感动至极，大家也忍不住掉下了眼泪。兄妹俩互相打量着对方，得知大家一切安好时，双方的脸上都露出了灿烂的笑容！特别是二姑，看见已经七十三岁的哥哥依旧精神焕发、帅气不减当年时，笑得乐开了花。在交谈中，父亲了解到二姑去台湾后，不参与政治，一心扑在了公益事业上，为当时国民党军队溃败退据台湾的众多需要帮助的难民提供帮助，特别是大陈岛撤退后，大批难童急需得到照顾，台湾当局又无力解决现状时，是二姑义不容辞地挑起了这个重任。为安置好这些难童，四处筹集经费开办孤

图 1　金鼓夫妇和家人与台湾的二妹一家在上海虹桥机场合影

儿院，并且得到了陈香梅女士的大力帮助，二姑不久创办了第一所孤儿院，后又因孤儿院日常经费短缺，自己又开设了私立幼儿园，用挣来的钱贴补孤儿院的经费缺口。那个时候，只要有难童需要帮助，二姑总会在第一时间伸出援助的手。二姑收养了成千上万名孤儿，并把他们培养成才。为此，台湾方面授予二姑"模范母亲"的光荣称号，还受到陈香梅女士的高度评价。父亲为二姑做出的成绩深感欣慰和自豪。2005年，二姑在新加坡溘然长逝，远在美国的陈香梅女士得知消息后，特撰写一文，以表达她的思念和哀悼！

悼念好友李才杰

陈香梅

欲祭疑君在，天涯哭此时。

李才杰女士走了。二〇〇五年七月七日清晨，她在新加坡溘然长逝，享年八十四岁。没有痛苦，只在睡梦中离开这个多灾多难的世界，也算福寿了。

五十五年前，我和李才杰在台北认识，当时我和先生美国飞虎将军陈纳德在台湾主理民航空运公司业务，和台湾军政界领导熟识，李才杰想在台北办孤儿院，救济难胞孤儿，她看中了一块地，认为可以利用做托儿所，请我代为向军方申请。她的善意得到认可，于是她的愿望也成为事实，这使她大喜过望。当然，对我也异常感激，我也给了她一些建议。托儿所建成后，我也常去那儿看望孩子们，我们无话不谈，成为好朋友。

托儿所建成后，她又设立了幼稚园，借此补助托儿所的经费，用心良苦。她虽然已是七个孩子的母亲，但她每天上班，照顾无助的孤儿。欲祭疑君在，天涯哭此时。当年大陈岛撤退，有更多难童需要照顾，才杰义不容辞，总是努力担当，热心感人。这是她四川人的爽快本色。才杰为人就是热心而爽快，五十多年来，除了热心公益之外，也有中国妇女的优良传统，她相夫教子，不遗余力，七个孩子六个是博士，一个是硕士，每人学业有成，受到母亲的影响，也都服务国家和社会，这一点才杰是值得引以为豪的。

七十年代我已在美国华府工作，但也经常去台湾，因此，和才杰仍保持联系，我们每次相叙都无话不谈。五年前她迁居新加坡，我们没有再会面的机会，但我们仍经过管道互相关怀，人生不过百年，有一二知己算是幸运，我有友如才杰，也是幸事……

安息吧，才杰。

陈香梅
二〇〇五年七月八日于华府

那些年，二姑人在台湾，心却一直牵挂着海峡对面的大哥和弟妹们，当在上海见到父亲时，二姑含着眼泪深情地对我父亲说："大哥，这么些年，我一直感到最愧疚的就是对大哥你了，在重庆那么艰难的时期，有时在外忙了一天，肚子饿得咕咕叫，你连碗豆花都舍不得吃，硬是把钱省下来供我念书，每当我和吴逢祥在经济上遇上困难时，你都主动伸出手帮助我们渡过难关，将自己平日里省吃俭用积攒下来的钱无私地给了我们，同时还给予我们许多精神上的鼓舞。在重庆临别的那一天，你放心不下我这个妹妹，竟然冒着被特务抓去坐大牢的危险，为我和吴逢祥送行，这份骨肉情义，我一直铭刻在心里。哥哥临别时在码头上对我的嘱咐，'要多做对国家、对人民有意义的事！'这句嘱咐我一直没忘。在台湾，我始终用它来激励和鞭策自己，努力为需要帮助的人服务，为社会服务。这次我和吴逢祥回大陆，目的就是想为大陆做些事情，捐投文化事业，为大陆人民做一点小小的贡献，也是报答哥哥多年来对我和吴逢祥的恩情。"听完二姑的这席话，父亲激动得一下子从椅子上站了起来，笑呵呵地竖起了大拇指连声赞扬："好啊，太好了！现在大陆的建设正需要各方支援和帮助。"为了表示对二姑和二姑夫爱国举动的钦佩，父亲当即在和平饭店宴会厅，为二姑、二姑夫以及在场的外甥吴经国（国际奥委会委员）、外甥女吴冠英（著名钢琴家）每人送上一幅字，以示激励。

送给二姑、二姑夫的是：

逢凶化吉祥如意，才气过人杰地灵

图 2　金鼓送二妹一家诗画
（左起：吴冠英、吴经国、金鼓、金鼓夫人、李才杰、吴逢祥）

送给外甥吴经国的是：

龙虎精神

送给外甥女吴冠英的是：

宇宙心声

二姑及二姑夫的爱国行为也受到当时上海市人民政府的高度重视，时任上海市副市长的谢丽娟代表上海市市政府接见了我二姑、二姑夫和父亲。接见中，谢丽娟副市长在感谢二姑夫妇爱国行为的同时，对父亲在促进两岸交流方面做出的贡献给予了高度的评价。

在上海探亲期间，二姑看到父亲当时的生活条件并不富裕，为了报答父亲当初给予他们的无私帮助，三番五次地提出要在经济上给予父亲援助，但均被父亲婉言谢绝。父亲很坦率地对二姑和二姑夫说："我一生帮助过许许多

|浮尘过客|缅怀《太阳出来喜洋洋》词曲作者金鼓

图3　时任上海副市长谢丽娟接见金鼓和二妹夫吴逢祥

多的亲朋好友，但从未想过得到对方的回报，何况你是我的亲妹妹！我给你的帮助是我这个当哥哥应尽的责任和义务，常言道：'长兄如父！'父亲不在了，我就是父亲嘛！"

2001年我国申办2008年国际奥运会的主办权，父亲得知自己的大外甥吴经国（国际奥委会委员）的一票对我国申奥的成败有着至关重要的作用后，寝食不安，不停地给在台湾的二姑打去电话，有时一个电话就打一两个小时。在通话中，父亲一再希望二姑多做些外甥吴经国的思想工作，希望外甥记住他们都是中华儿女，台湾和大陆同属一个中国，是一家人。作为李家的后人，要为我们李家祖宗争光，务必将手中的一票投给中国！并嘱托二姑一定把他的意思尽快转达给大外甥吴经国。国际奥委会投票的那一天，父亲一大早就打开了电视机，坐在沙发上等候投票开始的那一刻。直播开始后，父亲紧张得坐立不安，时不时地围着沙发来来回回地转，直到最终结果出来。当听到电视解说人发出中国胜出的消息时，父亲再也按捺不住心中的喜悦，举起双手高呼祖国万岁！同时，悬在心中的石头也终于落了地。在这之后的电视报道中，又得知大外甥吴经国不负众望，将手中的一票投给了中国，为中国成功取得了2008年奥运会主办权立下了汗马功劳时，父亲再次兴奋不已，为外甥吴经国的正确选择感到自豪！并情不自禁地掉下了激动的眼泪。那天晚上，父亲高兴得一夜难眠，满脑子在为外甥吴经国的这一举动叫好。第二天一大早他就出了家门，奔向亲朋好友家，将这一重大喜讯挨家挨户地告诉了大家。

（二）

自从二姑李才杰偷偷离开老家出走以后，爷爷、奶奶非常生气，李家上下闹得沸沸扬扬。但最终还是考虑到人已经走了，再怎么着也找不回这个事实，就只好作罢。可奶奶还是心有余悸，生怕有了这个先例，今后其他的孩子也都会去模仿，要是再来个不辞而别，那又该怎么办！因此，为了防止有损家规的不孝行为再度重演，奶奶开始防范起另外几个女孩来。她觉得唯一有效的防范措施就是尽快为她们找到婆家嫁出去。于是奶奶在当地四处打听媒婆，出高价让这些媒婆赶紧为李家的女孩寻找婆家。没多久，大批的相亲人家蜂拥而至。

其中有一户地主人家看上了我四姑李才秀，四姑长得眉清目秀、亭亭玉立，很讨人喜欢，但她性格刚烈，也很有主见。奶奶未得到四姑的同意，就擅自为她做主答应了对方，很快对方就来李家提亲。结果提亲的那一天，正逢我父母他们在老家度蜜月，家里发生这么大的事自然也惊动了我的父母，母亲来自杭州，比起封闭、较落后的梁平来，思想相对要开放得多，（来到梁平的当天，就已经看不惯李家所谓的封建家规，现在又亲眼看见奶奶包办婚姻的做法，母亲简直不敢相信这是真的）她认为这就是落后的封建制度下的逼婚，早应该被取缔！因此好几次想找奶奶去理论，但都被父亲拦住。父亲也认为奶奶（继母）的做法有点过分，但这样的意识在当地人的脑子里已经成了一种习惯，一时半会儿改变不了。母亲又是刚嫁到李家，来梁平还没有几天，就直接冲撞奶奶，势必会引起风言风语，也会伤到长辈的自尊，甚至会背上一个不孝的名声。母亲虽然被父亲拦下，但心里还是憋着气，冲着父亲发火："早知道你们李家如此封建，我就不会跟你一起来这里了！既然我不便出去理论，那你呢？作为李家的长子，平时在学校对学生宣传进步思想，怎么触及你李家的事就没勇气去阻止啦？"在母亲的责问下，父亲无言以对，答应出面替四姑说上几句。要知父亲从小到大就没有正面和爷爷、奶奶顶撞过一次，因此，见到爷爷、奶奶后，到嘴边的话又咽了回去。一声不响地站了好大一会儿才鼓起了勇气，父亲结结巴巴地对爷爷奶奶说："爸，妈，四妹现在才十四岁，这么小的年纪你们把她嫁给一个她不喜欢、年龄又比她大那么多的一个老头，这不是把四妹往火坑里推吗？再说现在时代变了，包办婚姻那是封建思想，在重庆都早已行不通了，请爸妈取消四妹的婚约吧！"爷爷尽管是个读书人，思想也相对比一般的村民要开明得多，但毕竟深受封建思想影响，现在要说出取消婚约，谈何容易？要真是那样，会遭到周边亲朋好友的谴责，被大家看不起的，那今后李家的脸面往哪里搁！进退两难的爷爷，最终保持了沉默，既没有表示赞同父亲的观点，也没有表示反对，就假装没听见，只顾看自己的书。但一旁的奶奶却按捺不住了，死活也听不进父亲的话，坚持要把这门婚事办成。这也难怪，奶奶从小在农村长大，没读过什么书，没见过大世面，封建思想在她的身上也是根深蒂固，现在突然要她去违背传统的封建礼教接受新思想，无疑比登天都难。这一结果也是父亲之前所预料到的，他认为一时半会儿是改变不了的。唯一能让四姑逃脱这门荒唐婚事的办法，恐怕只有赶紧告诉四姑事实真相，让她做好心理准备，寻找适当的机会离开梁平老家了。

　　四姑是个性子刚烈的女孩，她吃软不吃硬，当听到奶奶执意要把自己嫁出去的消息后，火冒三丈，坚决不接受这门婚事，还没等父亲把话说完，四姑就怒气冲冲地去找奶奶评理。哪知奶奶是个老顽固，她根本就容不得四姑这么任性。在这种情况下，四姑只能以死相抗。那个时候，梁平还是比较落后的地方，那里的封建意识很强，因而留下来许多不合情理的所谓的传统风俗习惯，如：子女的婚姻应由父母做主，子女抗婚是对祖宗的不孝，犯的是不可饶恕的重罪，要以活埋的方式来进行惩罚等。奶奶认为，四姑这次的抗婚行为已经败坏了李家的家风和家规，必须按传统的活埋规矩进行处罚。于是让家里的长工用麻绳把四姑的手脚紧紧捆绑住关进储物间，并派了一名长工二十四小时在门外看守，待到第二天下午太阳落山之前，如果四姑还坚持抗婚的话，那就只有押去山上进行活埋了。眼看事态越来越严重，凭父亲对四姑的了解，即便到了第二天，她也不会服软，这样只能白白地去送死。当时父亲心急如焚、坐立不安，在一旁早已吓得浑身战栗的母亲，也心乱得不知所措，全指望父亲去救四姑了。

母亲怎么也搞不懂，就因四姑不愿嫁给那个男人，就会惹来杀身之祸？难道梁平没有王法了吗？父亲是土生土长的梁平人，小时候曾经看见过村里一些人家对抗婚子女做过这样野蛮愚昧的事，那时候因年纪还小不懂事，还认为是应该的惩罚。但现在不同了，自己已长大成人，又受过新思想的教育，对是非有着强烈的判断能力。在这人命关天的时刻，要是不去阻止，一旦惨剧发生，自己会为此事内疚和痛苦一辈子！必须想出一个营救四姑的好办法。最后，在和母亲一同策划后，他们终于想出了一个既不会得罪爷爷奶奶也不会背上一个不孝的骂名，又能帮助四姑逃离这场灾难的好办法，那就是送四姑去重庆读书。主意拿定后，父亲立即开始实施。

在三更过后，李家上下都已进入梦乡，周边一片寂静，父亲认为解救四姑的最佳时机已到，于是和母亲打了声招呼，就离开了自己的房间，轻手轻脚地摸到了厨房后面的储物间。把守在储物间门口的长工一天农活下来累得够呛，早已睡得死沉沉的。父亲悄悄打开房门，用手势暗示四姑不要出声，然后解开她身上的绳索，让她跟着表弟连夜逃到屏锦铺镇太奶奶家里暂住一宿，等到天亮赶紧坐滑竿去长寿，到了长寿最好坐当天的船去重庆。如果没有船，就在长寿待上一天，次日有船，再去重庆，到重庆后直接去找父亲的朋友，然后就在那里住下，等父亲和母亲蜜月结束后回重庆。至于以后的事情，到时候父亲会安排。说着，父亲顺手从口袋里拿出事先写好的朋友的住址和一些盘缠塞进了四姑的上衣口袋。

被解救出来的四姑，按父亲说的连夜赶到了太奶奶家，一进门就眼泪汪汪地向太奶奶哭诉，把家里发生的事情原原本本地告诉了太奶奶。太奶奶听了四姑的话，非常同情和理解四姑，也知道目前只有这一条路可走了。因离天亮没多少时间了，太奶奶赶紧让四姑先躺在床上休息，第二天去重庆的事由她来张罗。第二天，天刚蒙蒙亮，太奶奶就跑去镇上的亲友处，用自己的一些土地做抵押借了些钱给四姑做盘缠。为了防止奶奶发现后派人到屏锦铺来找四姑，太奶奶赶紧催促四姑立刻上路，和表弟一起坐上滑竿直奔长寿。

四姑出逃后，爷爷奶奶把责任都归咎到了看守的长工身上。特别是奶奶，像发疯似的在李家大院大吼大叫，说一定要把四姑找回来，并派出家里所有的长工去四处寻找。结果整整找了一天，派出去的长工们一个个都无功而返，最后李家只好拿出一部分钱赔给了提亲方，这才算把事摆平。四姑虽然离开了梁平，但父亲的心还是平静不下来，替四姑担心。一个才十四岁的乡下姑娘，在家时一切还要靠人照顾，对外面的世界两眼一抹黑，现在让她一个人出远门，万一有个三长两短，怎么办？如果真那样，可就对不起四姑了！所以，在四姑走后没两天，父亲就开始坐不住了，心也早已飞到了重庆。但又怕突然向爷爷提出要提前回重庆，等于不打自招，爷爷、奶奶一定会认定是父亲在帮助四姑逃跑的。另一方面，这次回老家度蜜月还没过上几天，现在马上带母亲回重庆，母亲会不会有什么想法？于是决定再忍一忍，看看情况再做决定。可是，父亲的心思早已被母亲看出来，只是母亲一直在装糊涂。

其实，自从母亲跟着父亲来到李家后，面对当地的饮食习惯和传统的封建家规，她早已产生了厌烦情绪。每天吃不好，睡不香，心情感到非常压抑，一直在想找个借口早早离开这个地方。但又怕自己这次是来度蜜月的，还没住上几天就闹着要回重庆，情理上也说不过去。还有，如果早早就走了，周边的乡亲又会怎么看这个李家的大媳妇呢？叫爷爷、奶奶以后在老家怎么做人？再有，父亲也没办法向爷爷、奶奶交代！再怎么说，总要给父亲留点面子吧！想到这些，母亲只好一忍再忍。现在机会来了，母亲就将计就计，借四姑的事逼父亲吐出心里话。没想到这一招还特别灵，父亲听说母亲也有回重庆的意思，心里一下子豁亮起来，几天来堆积在心里的苦闷也顿时释放了出来，当着母亲的面，父亲把自己的想法一五一十地说了出来，母亲非常赞同父亲的意见。于是第二天一大早，父亲便事先编好理由去找爷爷谈，可是到了爷爷书房门口，父亲不由得放慢了脚步，他的心里还是有点害怕，生怕爷爷看出什么破绽来。另外就是担心爷爷还在生四姑的气，这时候贸然去找我爷爷，岂不是正好撞在爷爷的气头上？万一开了口，爷爷不同意，并硬要

兄妹之情，革命之家

把两人留下来，这样岂不是会让在重庆等着自己回去的四姑着急，那该怎么办？父亲在书房门口徘徊了许久，也想不出其他更好的办法，最后还是咬了咬牙，壮着胆子进了爷爷的书房。理由虽然编得很充分，但直面爷爷，难免有点心虚，所以也不敢像平常那样看着爷爷。好在那天爷爷心情没有像父亲想象得那么糟糕，父亲赶紧将已经编好的学校急等新学期备课资料，要他立即返回学校的理由结结巴巴地跟爷爷说了一遍。其实在四姑的事发生之后，爷爷对父亲就已经有所怀疑了，即使没有确凿的证据，但一想起上回二姑出逃的事，爷爷断定，这回十有八九又是父亲干的。当然，怀疑毕竟是怀疑，另一方面，考虑到父亲这次回老家是来度蜜月的，把事情挑明了对大家都没有好处，于是就装着什么都不知道的样子不去捅破这层窗户纸。爷爷心里想，再怎么说，四姑毕竟是自己的闺女，一个女孩家孤身一人在外，做父母的心里总有点不放心，让父亲早点回重庆也并非一件坏事。再说，有父亲在四姑身边，自己的心也能放下，一个农村孩子去大城市，也可以长长见识，多学点文化，要是将来有点出息，那就更好。想到这里，爷爷便立即同意了父亲提前回重庆的请求，并吩咐管家马上去准备些自家腌的腊肉和腊肠给父亲他们带回去。

之前还是一脸犯愁的父亲，忽然得到爷爷出人意料的爽快答应，一下子变得眉飞色舞，高兴得不得了，然后三步并成两步跑回了自己的房间，把这一好消息告诉了母亲。有了爷爷的许可，父亲和母亲立即着手收拾行李。那天，两人兴奋得连午饭都顾不上吃，在房间里整整收拾了一天，直到长工前来叫吃晚饭了，这才算收拾完。趁着和爷爷、奶奶以及弟妹们一起吃饭的时候，父亲正式向大家辞行。听说父母他们要走，除了奶奶有点不高兴外，其他的家人都显得比较平静，包括爷爷。第二天天蒙蒙亮，父亲他们就离开了梁平，由长工帮忙挑着行李，坐上事先准备好的滑竿，急匆匆地向码头赶去。

三天后，船到达了重庆朝天门码头。下船后，父母赶紧去了朋友处看望四姑。四姑自从来到重庆，对周围的人或者事都感到是那么陌生，虽说有父亲的朋友在，可又都是成年男子，没有共同的语言。再说，四姑还是个农村来的十四岁小姑娘，腼腆得很，哪来那么大的勇气和陌生人说话，所以只好

83

整天待在屋子里，结果吃也吃不好，睡也睡不好，满脑子想的就是她大哥何时才能回重庆来接她，那几天可以用"度日如年"来形容四姑当时的心情。这天当父母突然出现在四姑面前时，四姑高兴得像小孩那样向父亲怀里扑去，要不是母亲眼疾手快在父亲身后撑一把，也许父亲就要摔一个四脚朝天。父亲看到四姑一切都好时，心里也踏实了许多。为了让四姑尽快适应城市生活，融入到革命大潮，父亲有意将她送进由陶行知先生创办的育才中学（被称为"延安鲁艺"，地址在红岩村八路军办事处）念书，这是一所讲自由、讲民主的进步学校。学员在这里不仅可以学到各种专业文化知识，而且可以经常下工厂和农村，参加劳动、了解工农的疾苦，并参加抗战宣传运动。当时的政局比较混乱，国民党特务非常猖獗，为了防止敌人混入学校进行破坏，学校除了对每个有意入学的学生进行严格的筛选外，还必须有学校内部的地下组织成员介绍后，方能入学。为此，父亲找到了时任该校文学组主任的艾青先生（我国著名诗人），由艾青先生出面推荐，四姑这才有幸进入育才中学学习戏剧舞蹈，指导老师是父亲的好友、中共地下党员李乃忱先生。

　　刚把四姑的事安顿好，父亲还没来得及喘口气，三姑李才珍又找上门来了。她也是因为不满奶奶的逼婚，背着家人，带着二叔李才远偷偷跑来重庆投靠父亲。

　　虽说父亲也有把三姑和二叔带到重庆念书的计划，但没打算这么快就把他俩接过来。这回他俩事先也没托人给父亲捎个信，冒冒失失地就来到了重庆，给了父亲一个措手不及，把父亲原计划彻底打乱了，一时间不知如何才好。但考虑到人都已经来了，犯愁也解决不了问题，只能去面对现实了。可是，眼前最让人为难的事是如何解决他俩的住宿和吃饭问题。这一时半会儿能去哪里找地方让他俩住呢？父亲只有将他俩先领回自己的住处住下后再想办法。弟妹们的突然到来，使得母亲有点手忙脚乱、不知所措了。

　　刚把四姑送到学校还没安静几天，紧接着又来了两个人，就这么一间像螺蛳壳大小的房子，四个人怎么住呀？如果不让三姑和二叔住，那他们又能去哪里呢？总不可能把他们赶到大街上去住吧？实在没办法，最后父亲和母亲商量的结果，还是得留他们两人暂时住下。于是到了晚上，父亲和二叔打地铺睡，三姑和母亲睡床上。那张床，本是靠墙放的一张小号的双人床，平时是由父母睡的，就这张小床，已经占了房间一半的面积，剩下来的地方就是过道了，平时父母两人在的时候，母亲已经唠叨房间太小，连走路都不方便了。这回又在地上搭个铺，可以想象走路会有多么的艰难。夜里母亲想要上厕所，稍有不慎就会踩到睡地铺的人。另外，过道里连一张席子都放不下，只好把一半席子放入床底下，另一半露在外面，还好二叔个子不高，躺下后，下半身子在床肚底下，上半身子露在床肚外面，长短正好。折腾了半天，住的问题总算暂时解决了，父亲和母亲这才松了口气。但一想到三姑和二叔如此轻率的举动，母亲心里多少感到有点不快。夜深人静，父亲静下心来仔细想想，觉得这样也好，他俩反正早晚要来，这次能顺利出来，不仅打消了平日里对他们的牵挂，而且日后也不用父亲再去动脑筋把他们从老家接出来了。就让他们像二姑、四姑一样，在重庆接受新教育，在革命运动中锻炼自己，成长为有文化、有觉悟的进步青年吧。

　　住下没几天，父亲的头又犯疼了。家里一下子增加了两个人，而且还是正值食欲旺盛时期的两个年轻人，一个人的饭量就抵父母两人的饭量，长期这样下去，光凭父亲现有的薪水，恐怕远远不够了。虽然之前家里略有点积蓄，但先前为了安顿来重庆念书的二姑、四姑，基本上已经耗尽。现在，吃饭的问题如果不趁早解决，用不了多久，家里就会陷入揭不开锅的困境。

　　想到这里，父亲认为，走到今天这一步，完全是因自己的弟弟妹妹到来所引起的，不能让母亲跟着一起操这个心，更何况母亲肚子里还有个宝宝，要是出个三长两短，那就太对不起母亲和宝宝了。再难，也要想办法迈过这个坎，这也是做丈夫和做大哥应尽的责任。对父亲的焦虑母亲非常能理解，她一直安慰父亲说："目前弟弟妹妹都已住下，至于吃饭的钱，可以慢慢地想办法，天无绝人之路。即便现在有些钱，这样下去迟早也会用完，与其解决眼前的事，倒不如从长计议，彻底解决问题。我看，当务之急是应该尽快替弟妹安排去学校念书。念书的问题解决了，吃和住的问题也就迎刃而解了。剩下的无非是每个月给弟妹一些零花钱罢了，这些钱我们平时省一点下来不就解决了吗？"听母亲这么一说，父亲的焦虑打消了，他觉得母亲说的有道理，于是就按母亲的意见去办了。

为了尽量让弟妹们吃饱，父亲有意减少自己的饭量，平时吃两碗饭，现在只吃一碗饭，甚至吃半碗饭。省下来让弟妹们多吃点。那段日子，父亲除了去学校教书，其余的时间都花在为三姑和二叔找学校的事上了。他前后托了不少朋友帮忙，最终父亲的好友李岳南先生（中共地下党员、著名诗人）作为三姑的介绍人，让三姑进了重庆女子师范学院读书（大提琴专业），而二叔因年龄太小（才十一岁），不够入学资格，所以无法和三姑在一起。父亲只好另外再托人寻找适合二叔的学校。可是父亲担心，如果让二叔一个人去别的学校，他年纪小，在老家的时候没吃过苦，每天过着饭来张口、衣来伸手的生活，现在一个人，生活自理完全成了问题。最后经反复斟酌，觉得还是把二叔送进育才学校比较好，因为四姑在那里，平时也有个照应。因此，父亲又去找了艾青先生，请他再帮一次忙，把二叔也安排到和四姑同一所学校上初中。这样二叔念书的问题解决了，父亲就不用再担心了。

安顿好弟妹们的学习、吃住以后，接下来就是解决他们平日里的零花钱问题了。虽说零花钱与吃住的费用相比，只是冰山一角，但就父亲当时的经济状况而言，这也是一笔不小的开销。好在这时二姑已经结婚，父亲又替姑夫吴逢祥谋到了一份教书的工作，这样二姑的那份零花钱就不需要父亲再去操心了。现在父亲要承担的就是三姑、四姑和二叔的零花钱。

当时母亲正在怀孕期间，需要增加些营养，而父亲每月的薪水即使用于自己的小家庭也感到有点吃力，因此，弟妹们的零花钱只能另想办法去解决了。为了搞定这些钱，父亲只好自己多辛苦一些，利用业余时间马不停蹄地奔走于几所学校之间，多代上几节课。有时候白天忙了一天，晚上还要去广告公司揽些零散的活儿，因此经常是工作到半夜三更才回到住处，没睡上几个小时，第二天一大早又夹着皮包去学校上课了。尽管自己身心俱疲，但在弟妹和母亲面前，父亲从未叹过苦经，也从来没有抱怨过谁。妹妹和弟弟在校学习期间，每逢周末都会来父母处看望他们，其实说得好听一点是来看望哥哥嫂嫂，更多的恐怕是来改善一下伙食了。

在那个动乱的年代，物资匮乏，再加上国民党政府腐败，拨给学校的经费常常被中饱私囊，学校的伙食也是一天不如一天，从表面上看每日都在为学生提供三餐，但供应的却只是一些萝卜和牛皮菜，没有一点儿油水，学生们经常处于半饥饿状态。因此，弟妹们也只好来父母这里打打牙祭了。母亲也很体谅弟妹，她知道弟妹们正处于长身体的阶段，需要多吃食物。因此每次他们来父母这里，父母都显得特别高兴，父亲也会配合母亲洗菜、淘米，尽可能多烧几个荤菜给弟妹们。三姑和二叔也就像在梁平老家一样无拘无束，敞开肚子拼命地吃。有时烧好的菜刚端上桌，三姑和二叔瞪大眼睛，个个馋涎欲滴，还未等父母就座，就迫不及待地端起了饭碗，狼吞虎咽地吃了起来，不一会儿桌上的菜盆子个个底朝天，弄得父母连一口都没吃上。没办法，母亲只好又重新下了面条和父亲一块儿吃。由于母亲烧的是江浙口味的菜，三姑和二叔特别喜欢吃，每次在吃完饭后都会朝母亲竖起大拇指称赞说："嫂子的手艺太高超了，烧的菜色香味齐全，好吃！太好吃了！"每当听到弟妹们的称赞声，母亲会感到自己的一切付出都值了！

晚饭结束后，父亲总会把弟妹们叫到身边，除了了解大家近期的学习情况外，多数的时间用于讲人生哲理、人生价值、人生理想以及阅读进步书刊。要求他们在学校要积极争取上进，主动接近进步学生，和大家打成一片，投入到校内反蒋、"反饥饿、反内战、反迫害"的学生运动中去。由于受父亲的影响，弟妹们开始从原先什么都不懂的乡下孩子慢慢发展为主动关心国家大事，积极参加校内的进步社团工作，成为带头发起反蒋游行的积极分子。尤为突出的是四姑李才秀，她脾气刚烈、性格直爽，政治立场坚定，敢说敢干，积极要求上进。进入育才学校才几个月，就已参加了各种进步的读书会，带头组织了一批同学在校内以不同形式声讨国民党反共反人民的罪行，还主动地接近中共地下组织。

1946年圣诞前夕，当北平发生的美军强奸北大女学生的事件传到重庆后，全市民众义愤填膺，再次将反帝、反蒋的革命运动推向高潮。各大学、中学学生也不甘示弱，他们纷纷走上街头参加抗议游行活动。四姑带领着三姑和其他的同学走上街头，和其他学校的抗议学生一起组成了一支声势浩大的抗议游行队伍，四姑始终走在队伍的最前面。特别是1947年1月6日重庆全市举行的声势浩大的抗议示威游行。这次游行，三姑和四姑都参加了。四姑带领育才学校的学生冲在示威游行队伍的最前头，她带领大家高呼革命口号，三姑李才珍则紧跟其后。在抗议声一浪高过一浪的时候，国民党再也坐不住了，他们派出了大批便衣特务和军警对游行的学生、民众实行了镇压。面对凶残的国民党，学生和民众勇敢向前、毫不退缩。四姑带领学生们勇敢地突破了军警设置的阻拦学生通过的人墙。在游行队伍的冲击下，特务和军警们节节败退，眼看阻挡不了游行队伍的时候，突然又出现了大批的军警，他们开始对手无寸铁的学生和民众痛下黑手，用棍棒和枪托狠狠地朝游行民众打去，企图用暴力来阻止这场革命运动。可是他们万万没想到，民众不仅没有被他们的疯狂举动所吓倒，相反，革命斗争的气势越来越高涨。

当时四姑和三姑冲在队伍最前列，因而也遭到了军警的殴打，全身被打得青一块紫一块，有的学生头被打破了，有的学生脸被打肿了，有的学生被打晕在地，四姑好几次被打倒在地上，但她不畏强暴，爬起来继续和军警扭打在一起，还不断地边高呼革命口号边向特务和军警冲过去！在扭打的过程中，头被打破了，鲜血流得满脸都是，头晕目眩，一次又一次地倒在地上，但她还是一次又一次地从地上爬起来，继续带领学生和军警展开斗争。面对学生和民众的宁死不屈和顽强抵抗，国民党增派更多的军警，肆无忌惮地围攻游行民众。当一帮特务发现四姑和其他几位学生表现得特别突出后，就迅速把四姑他们团团围住，棍棒如雨点般地朝学生们身上砸去。

由于寡不敌众，四姑他们被打得遍体鳞伤，鲜血渗透了衣服，一个接一个地倒在了血泊中。但四姑他们非常顽强，虽然一次次被敌人的棍棒打倒在地，但他们摇晃着又从地上爬起来，直到完全失去抵抗力，晕倒在血泊中！场面血腥暴力、惨不忍睹，在场的民众也都为之流下了眼泪。最终，在民众的保护下，四姑他们被送进了医院抢救。

这次的流血事件震惊了全国，举国上下各大报纸及电台广播相继以头条新闻报道了该事件的经过和四姑等几位学生被国民党特务和军警打成重伤的消息。记者们纷纷涌入医院采访四姑，各界代表也前来慰问。中共中央对这次流血事件也非常重视，周恩来、邓颖超等领导同志也亲自来医院看望和安

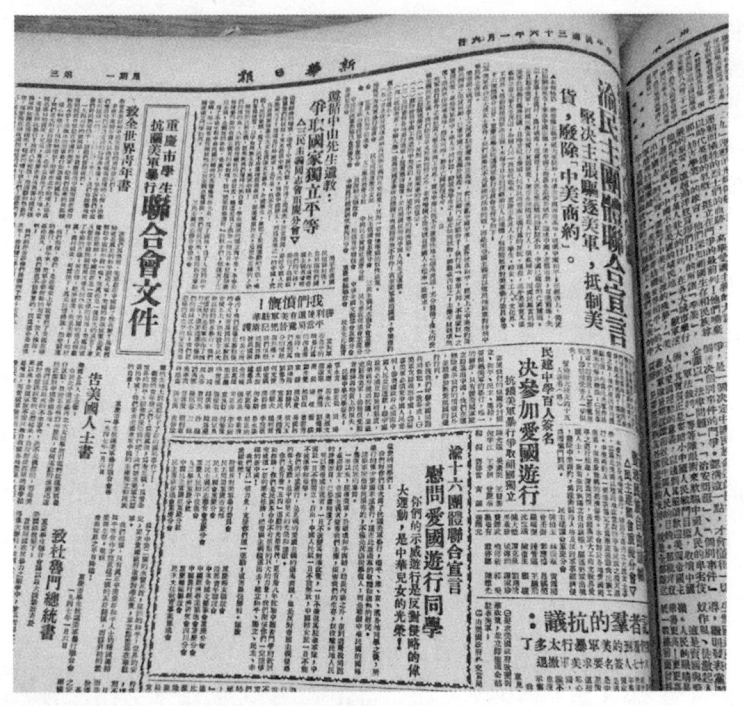

图4　1947年1月6日《新华日报》

抚四姑及其他受伤的学生，赞扬学生不屈不挠的革命精神和正义感，并当众对国民党惨无人道的行径表示愤慨，强烈要求国民党政府立即停止镇压革命学生和革命民众的正义行动，对残害手无寸铁的学生和民众的凶手要进行严惩。一夜间，四姑李才秀和其他几位受伤学生的名字迅速传遍了重庆的大街小巷，成为市民们茶余饭后必聊的话题。民众对他们的革命行为给予了高度评价，并呼吁大家向四姑等学生学习。另外，民众还自发组织了慰问团来医院慰问四姑等受伤学生，全国各地的慰问信函也如同雪片一般飞来，鲜花堆满了整个病房。在四姑的革命事迹影响下，许多平时不闻不问国家大事的学生，也决心向四姑学习，纷纷要求加入到革命运动中去。

父亲闻悉四姑的事迹后倍感自豪，对自己为弟妹们所做的一切感到值得！父亲和母亲一同前往医院看望了四姑，嘱咐她安心养病，等把伤彻底养好后继续投入到革命运动中去。父亲的朋友们得知四姑的事迹后，也都来向父亲表示慰问，并对四姑的英勇精神表示钦佩！四姑出院后，一刻也没闲着，继续带领学生与国民党展开斗争，虽然多次遭到特务的恐吓，但她依然临危不惧，直到1948年毕业。

1949年年初，育才学校根据中共地下组织的指示，从重庆迁移到上海，四姑也随校一起来到了上海。不久，受中共地下组织推荐，四姑前往解放区成为浙东金萧游击支队文工队演员。1950年后成为中央戏剧学院舞蹈团演员，中央民族歌舞团演员、教员、编导。1957年为组建少数民族舞蹈团，被调入中央民族学院，任艺术系舞蹈专业负责人和艺术系主任等职务。四姑在这个岗位上一干就是几十年，培养出一大批优秀的少数民族舞蹈人才和教育人才，为少数民族舞蹈的发展做出了积极的贡献。前后还担任过中国舞蹈家协会理事、拉班舞谱学会副秘书长、北京民间文艺研究会副会长。改革开放后，四姑又将精力投向国际文化交流活动，为了将中国的民族舞蹈推向全世界，从1982年起，四姑多次应邀赴加拿大、美国、英国等多个国家讲学和考察，2005年获加拿大萨斯喀彻温省"百年庆典杰出领导贡献奖"。四姑创作的主要作品有《喀什之春》，1985年获北京市建国35周年文艺作品舞蹈创作二等奖；发表的文章有《敦煌壁画中的世俗乐舞形象》《从敦煌壁画中的舞姿看古代西域与内地的乐舞交流》《台湾高山族民间舞蹈》等。1992年离休。

三姑李才珍在那次大游行后，因表现突出，被地下党外围组织——新民主主义青年社（简称"新青社"）吸收为社员。入社后，三姑更加积极、主动地参与各种革命活动。在此期间，她秘密组织同学印刷反蒋宣传单，并亲自分发到每个寝室和办公室，还组织进步学生举办读书会。在读书会上，三姑将从父亲那里借来的进步书籍和诗歌分享给大家。当然，三姑的进步行动也被叛徒多次向特务告密，上了特务的黑名单，在新青社组织的一次外出宣传活动中，由于事先走漏消息，被特务在刹车上动了手脚，在大巴士行驶至崎岖的山路下坡的途中刹车突然失灵造成翻车，三姑头部受了重伤，被紧急送往医院抢救，昏迷了数日之后，竟奇迹般地醒了过来。三姑身体恢复后，又继续留在学校领导学生运动。1949年后，三姑留校担任大提琴教师，1994年离休。

自打三姑、四姑在政治上成熟以后，父亲的心也踏实了。唯独二叔李才远因年纪尚小，许多方面还需有人关心和指点。为此，父亲就一直在努力培养他，希望他也能像几个姐姐那样，尽快在政治上走向成熟。1948年年初，父亲因被特务通缉，无法在重庆继续参加中共地下组织的工作，在组织的安排下转移到了上海。父亲人虽在上海，但心里时刻惦记着留在重庆读书的二叔。好在育才学校没多久也迁到了上海，二叔又回到了父亲的身边。

来上海后，父亲考虑到四姑已被组织上派去苏北解放区工作，自己又刚去通俗文化出版社做主编，平日里工作忙，腾不出时间关心二叔，就决定把二叔也送到苏北解放区参加中国人民解放军，交给部队培养。在征得二叔的同意后，父亲立即通过中共地下组织联系到了苏北解放区的部队，没几天，就接到部队方面同意二叔入伍的通知。

当时上海即将解放，国民党为了做最后一搏，像疯狗一般开始对上海的中共地下组织以及进步人士展开地毯式的搜查，并进行大屠杀。对进出于上海的民众盘查得非常严格，一旦发现有投奔解放区迹象的人就格杀勿论。

由于时间紧迫，考虑到二叔年纪小，又人生地不熟，担心找不到部队，于是父亲临时决定请几天假，由自己亲自送二叔去部队。当时社里面的不少同事都劝父亲要三思而行，由父亲亲自送二叔去危险性太大，而且好不容易摆脱了重庆方面特务的追捕，万一这里的特务看到重庆方面的通缉令，那很有可能在父亲出上海关卡时就被扣住。要真是那样的话，不但父亲的命保不住，连二叔也可能遭到不幸。但是，父亲实在是放心不下年纪尚小的弟弟，即使意识到会有危险，但还是觉得他亲自送二叔更保险些，决定亲自送二叔一程，只要能把二叔安全送到解放区，即便丢掉了自己的性命，也心甘情愿。

在出发前，父亲做了充分的功课，并给二叔布置了一些应急措施。果真，在奔往解放区的途中遭到了国民党特务的多次盘问，结果父亲拿出他多年对付特务的经验，让敌人摸不透父亲的真实身份，最后巧妙地躲过了敌人的盘问，顺利地将二叔送到了解放区，交给了接收部队的首长。

二叔到了部队后，充分施展出自己的文艺天赋，不久被调到原南京军区前线歌舞团工作，部队转业后又被分配去了无锡市歌舞团，在那里成了一名指挥家。1994年离休。

艰难岁月筑友情
（在抗战的非常岁月）

（一）

父亲在中国电影制片厂工作期间，努力工作，带领全体美术组成员完成了多部反映抗日救国的电影和大型抗日话剧的背景设计、制作，并参加了一些抗日剧的演出，深受郭沫若、田汉等老一辈文艺工作者的认可。由于在电影厂的积极表现，中共川东地下组织为了进一步磨炼父亲，受岳平同志的指示，父亲参加了由岳平同志和其他进步人士主办的"鲁迅学习小组"。该学习小组是利用大家工作之余秘密进行的，主要任务是学习马列主义和中国共产党的文件，共同探讨抗日宣传工作。当时正值抗日救亡运动高潮时期，说是国共两党合作，但蒋介石内心对共产党和拥护共产党的进步人士还是耿耿于怀，口头上答应联合起来一致抗日，暗地里却不断对共产党地下组织和进步人士进行二十四小时的监视甚至暗杀。

在这样恶劣的环境下进行进步活动，参加学习小组的成员深感压力巨大，再加上当时物资极其匮乏，大家的经济状况又极为窘困，许多小组成员过着吃了上顿没下顿的艰苦生活，身心处于极度疲惫的境地。尽管如此，小组成员的革命斗志丝毫没有动摇，大家顶着种种压力，全身心地投入到"鲁迅学习小组"之中，并把学习到的内容宣传给周围的朋友，勉励他们树立信心，团结一致，共同抗日。父亲在学习期间，还利用晚上的时间创作了不少宣传抗日斗争的剧本、诗歌，在当时的各大报刊上发表。其中有一首刊登在1942年夏《自贡新报》副刊《动力》上的《夜行军》就是比较典型的歌颂抗日游击队的诗歌，深受民众喜爱。

夜行军

月亮披了一层薄薄的轻纱，
笼罩着僻静的山村。
一阵犬吠声，像敲竹梆子似的，
在山谷中荡漾着回音；
夜半更深，
老乡们从睡梦中被唤醒！

山头垭口上，
老乡们在悄悄谈论。
抗日的游击队，
正向着敌人后方急速进军，
要消灭日本鬼子，
赢得一个胜利的黎明！

队伍像潮水般汹涌奔腾，
老乡们目送着战士不断地前进！
后面的队伍，
遮盖了前面的行列，
朦胧的夜雾，模糊了前去的背影！

在学习小组的那段艰难岁月里，一切都要靠自己的努力。当时，父亲凭着他一手美工技能，以及音乐创作和演戏，找个工作要比其他同志容易。再有，当时父亲还处于单身，没有过多的牵挂，经济上比起其他的同志要宽裕一些。学习小组里一些有家室的同志日子过得极为艰辛，由于没有特别的技能，多数人都是靠打零工挣点钱，可是当时的零工几乎都是些体力活，没有任何的经济保障，今天有活就叫你去干，没活了就让你回家待着，一个月下来赚不到几个钱，有时甚至连自己的日常开支都难以维持，更不用说去养家糊口。

面对如此残酷的现实，为了生存，人们只能靠自己省吃俭用了，譬如抽烟的人把烟给戒了，平日一天吃三顿饭的，现在改为一天吃两顿，甚至把两顿变为一顿，总之能省的地方就想办法去省，省下来的钱全部用到妻子和孩子身上，尽量满足家人的三餐。在当时，且不说饭菜的质量如何，一天能保证吃上两顿饭就已经算得上是奢侈了。由于一些同志长期缩减口粮缺乏营养，导致低血糖，经常在学习中晕过去。由于长期挨饿，患上了胃病的同志到了吃饭时间胃就开始出现胀痛、犯恶心。

每当父亲目睹这一切时心如刀绞，替这些革命同志感到难过，总想力所能及地去帮助他们。可是父亲也明白，靠自己目前的微薄收入就算去帮助大家也只能是杯水车薪，父亲考虑再三决定去尝试一下，尽自己最大的努力去帮助同志们。

父亲认为自己的最大优势是绘画和书写美术字，于是把目光瞄准了当时报酬相对比较高的广告行业。刚开始由于父亲对这个行当的业务不太了解，再有在这个行当里也没有熟人，所以一时很难找到事做，于是就动用了在重庆几乎所有的社会关系，托他们帮忙在这个行当里找些关系搭个桥进入广告行当。

功夫不负有心人，在朋友们的帮助下没过几天就有广告公司的人找上门来了。父亲是美术科班出身，天生悟性又好，没做几单业务就基本掌握了广告设计、制作上的技巧，很快他制作的广告赢得了多家广告公司的认可，时间一长，业务量明显增多，找我父亲谈广告业务合作的单位也多了起来，由于白天要在中国电影制片厂工作，因此接来的广告业务只能集中到晚上进行。这样一来白天电影厂的工作已经够让父亲感到筋疲力尽了，再加上晚上还要制作广告，随着时间的流逝，父亲觉得有点力不从心了，但一想起正在挨饿的同志，父亲又咬咬牙，坚持继续干下去。

过了没几个月，父亲的体力和食欲明显下降，人一下子消瘦了不少，在电影厂工作时经常出现头昏目眩、全身虚脱的症状，许多同志都来劝父亲不必这么辛苦，把广告工作暂时停下来休息一阵子吧，可是父亲没有听大伙们的劝告，只是休息了两天又接着干起来。

当时广告界的行规，在露天制作广告的报酬要高于一般的室内广告制作。为了尽快挣到更多的钱，父亲专挑露天的广告业务，报酬高了，但辛苦程度也是可想而知的。由于制作大型广告，人在露天几乎是站着画，有时一站就是好几个小时。

记得有一年冬天，正逢中国电影制片厂休息，那天外面特别寒冷，还飘着小雪、刮着大风。即便不干活穿着厚棉袄，在露天站上十来分钟，也会把人冻得受不了，何况要在外面一动不动站上几个小时，而且是光着手作画。这次的活是在二楼至三楼之间的墙面上画一幅大型广告画，广告画的最下部离地面有三米左右。接到活后，为了抓紧时间尽快完成，父亲顶着风雪，赶到了工作现场。由于离地面较高，父亲只能在周边的建筑工地上找来了几个建筑工人，请他们帮忙搭建一个简易脚手架。等到脚手架搭建完后，父亲的手脚也已经被冻得麻木了，好几次用手抓住脚手架想攀上去，但终究因手脚麻木不听使唤，怎么也使不上劲。实在没有其他更好的办法，父亲只好先在地面上做些预热运动，围着四周跑了好几圈，并不停地搓搓手掌，等到手脚恢复正常后再进行攀登。这回终于攀了上去，站稳以后，父亲左手拿着颜料板，右手提着画笔（因为戴着手套不便于作画，所以只能光着手），人半站半蹲着，在上面画了一个多小时之后，父亲的头上和外衣上已经落上了一层薄雪，两只手冻得又红又肿，特别是握笔的那只手冻得连手掌也伸不开。父亲只能先暂时放下画笔，用左手使劲地在右手手背上搓，使手掌的血液加快循环。等到手掌和手心开始发热，手指渐渐恢复灵活，父亲又接着干起了活。可是，手掌心好受了，上下嘴唇却冻得发紫，鼻涕不停地往外流，就这么又干了一段时间，父亲考虑到再这样工作下去会导致腿脚受伤，于是决定放下手头的工作，下地休息一下。

就在父亲想借助脚手架的扶手站起来的时候，才发现自己的两条腿已经不听使唤，试了几次都没能站起来。在这时，父亲的心里开始紧张起来，情急之下，父亲猛然发力，总算挣扎着，勉强站了起来，但颤抖的双腿导致自己的身子失去了平衡，两条腿在脚手架上左右摇晃了几下，再加上当天为赶时间，父亲没吃早饭，头晕目眩，身子直往脚手架的外侧倾斜。在这关键时刻，父亲出于本能，慌忙用手去抓脚手架的竹竿，可是僵硬的双手，试了几次才好不容易抓住了竹竿却已使不出劲，结果"扑通"一声几乎冻僵的父亲从三米左右高的脚手架上摔落到地面上。

刚落地的时候，父亲还有点知觉，想呼救，但怎么也喊不出声来，随后就失去知觉昏了过去。那时的重庆兵荒马乱，平时一般的市民生怕惹出什么事，大家都躲在家里不愿出门，又遇上那天特别的冷，街上的行人就更加稀少。在无人救援的情况下，父亲躺在冰冷的马路边，足足昏迷了半个小时左右后才慢慢地苏醒过来，身上已落上了厚厚的一层雪。父亲醒来后一个人呆呆地坐在冰冷的地上，努力回想着刚才发生的一切。过了好久，才终于想起来，自己是从脚手架上摔落下来的。这次还算幸运，除了手掌、手臂擦破点皮以及后脑勺撞出了一个大包，稍有点出血，身体其他部位都没有出现大碍。过了好一阵子，父亲站起身子后，还是感到身体疼痛，头脑昏沉，再加上长时间躺在地上，身子被冻得够呛，上下牙齿不停地打架发出咯噔咯噔的响声。

从地上爬起来后，父亲强撑着在路边来来回回地踱步，跑了几圈，还是感到浑身发冷，于是去了路边的小摊铺买了一碗刚出锅的担担面，三口两口就吞进了肚子，又问摊主要了一碗滚烫的面汤，边吹边喝地灌了下去，这时才感觉到身子有点暖和了。在返回工作场地的途中，父亲又想起刚才摔下来的一幕，不由得感到有点后怕。他长长地吸了口气，随后又毫不犹豫地重新登上脚手架继续工作。有了刚才的教训，父亲把作业的时间控制在一个小时内，时间一到就下地活动活动，等浑身暖和一点再爬上脚手架继续工作。

由于每天超负荷工作，父亲的身体状况每况愈下，原来白净的脸庞变成了暗灰色，人也瘦了一圈。许多得到过父亲帮助的同志心里都明白是怎么回事，他们不忍心看到父亲憔悴的样子，都来劝父亲好好休养一段时间。有的同志见父亲不听劝阻，就主动婉拒父亲对他们的帮助，表示自己可以想办法解决。可是父亲心里清楚,大家这么做,是为了他好,但在那个艰难的岁月,人们不可能短时间摆脱眼前的困境。

可是渐渐地许多需要帮助的同志尽可能离父亲远远的,偶尔遇见时,大家都故意装着近来特别忙的样子,急急忙忙朝父亲挥挥手,自称在外面已经有了工作,还露出一脸日子过得很舒心的样子。他们的善意父亲看在眼里,但心里很清楚,父亲也装作信以为真,始终不去捅破这层纸。当然,父亲也明白他们这样"伪装"不会维持很久。时隔不久,果真像父亲预料的那样,有的同志再也扛不住了,家里已有好几天揭不开锅了。据说有些同志近来一段时间在外面到处借钱,可是那个特殊的年代,借钱不是那么容易的事,因为大家的日子都过得紧紧巴巴,所以到处碰壁,实在没路可走了,最终还是只能来找父亲"借钱"。

但名为"借钱"实为"资助",因为父亲压根就没想让他们来还钱,只要有同志提出借钱,父亲二话不说,当场就会把钱借给他们,除非这天正好口袋里没带钱,或者是还没拿到薪水。父亲的助人为乐在当时的学习小组中成为一段佳话,有的同志甚至开玩笑地给我父亲取了个外号"及时雨",中共川东地下组织负责人岳平同志对我父亲助人为乐的精神给予了高度的评价,学习小组的全体同志也都十分钦佩我父亲。

全国解放后,每当老朋友聚会,总有一些人会提起当年向父亲借钱的事:"那时重庆经济萧条、物价飞涨,再加上日本飞机时不时地来重庆轰炸,搞得人心惶惶,工作非常不好找,大家都穷得叮当响。一旦有人家里揭不开锅,自然就想到了讲义气、重情义的金鼓……"解放后这些同志心里都一直念叨着父亲的好,真诚地感激父亲当年给予他们的无私帮助。由于有过这么一段特殊的经历,"文革"以后,父亲每次去成都或者是重庆看望当年的同事们时,脑子始终"转不过弯",还把当年得到过帮助的那些同志当成是"贫困户",每逢聚餐,最终父亲总是抢着买单,要是有谁和他争抢,父亲立马会不高兴。

| 浮尘过客 | 缅怀《太阳出来喜洋洋》词曲作者金鼓

图1 金鼓在成都与老友们相聚
左起：金鼓、王余、谢继明、李思琪、陈铮、胡元、刘沧浪

（二）

  1942年5月，父亲因长期在国民党的恐吓、威胁下进行抗日救亡运动的宣传、参加抗日剧的演出，以及为大伙儿的吃饭问题四处奔波寻求广告业务和不分昼夜地制作广告，他的身心到了极度疲惫的程度，体力出现了严重透支，体重也直线下降了近十五斤，脸庞小了一圈。当时大家都在为父亲的健康担忧，岳平同志多次以中共地下组织的名义要求我父亲回老家休养一段时间，但都被父亲婉拒，并再三要求和同志们战斗到最后一刻。

  有一次，在参加完鲁迅学习小组学习返回住处途中，父亲突然感到两眼直冒金星，浑身不停地打哆嗦、冒冷汗，两条腿重得就像绑了铅块，每迈出一步都要使出全身的力气。还没走多远，两条腿就再也挪不动了，"扑通"一声瘫倒在马路上，幸亏路上有同志及时将父亲送回住处，否则后果不堪设想！

  到了住处后，这位同志立即将父亲扶上床，那时父亲满脸通红，额头烧得滚烫，有点神志不清了。起初这位同志认为父亲可能得的是感冒，去药房买来退烧药给父亲服上，并用湿毛巾敷在父亲的额头上降温。一般情况下，退烧药服了后，再多喝点开水，卧床休息几天就会好起来。可是，接连好几天，父亲的病情不但不见好转，相反体温烧得一天比一天高，还出现了呕吐症状，眼圈发黑，脸色苍白得如同白纸，最初还能说上一两句话，到后来连说话的气力也没有了。陪伴在父亲身旁的同志感到情况不妙，再不去请大夫为父亲诊断恐怕就会出人命。可是这位同志口袋最多只有买几碗担担面的小钱，根本请不起大夫，一时间急得满头是汗，心想再拖下去父亲恐怕真的要去见马克思了，可是自己实在没辙，只有求助于组织帮忙了。

　　他首先想到的是组织负责人岳平同志，于是赶紧找到岳平同志，并将父亲的病情详细地陈述了一遍。岳平同志听完陈述后二话没说，放下手头的工作，连夜赶到了父亲的住处。他跨进屋门，看见父亲已经奄奄一息，人瘦得皮包骨头，简直认不出来。岳平同志意识到事情的严重性，心急如焚地围着父亲的床边团团转，满脑子都是"怎么办"，可是这深更半夜朋友们早已休息，即便朋友愿意帮忙也要等到天亮才能请大夫呀！想来想去，岳平同志觉得不能再等，还是深更半夜敲开了朋友家的门。在朋友的帮助下，前前后后请来了好几位大夫，每一位给我父亲把完脉后都是一边摇头，一边朝着岳平同志说："这病愚医没本事医治，另请高明吧！"说完提着药箱就走了，有的连出诊费都不要了，甚至有的大夫还说出"抓紧时间准备后事"的话。可是大夫再怎么说，岳平同志始终不愿相信，前几天大家还坐在一起有说有笑的，怎么可能说走就走呢？他认定父亲不会就这么离开大家。

　　自那天晚上起，岳平同志一直守候在父亲的身边，为父亲擦汗、服药、喂水。他非常了解父亲的为人，这次之所以会得如此重的病，完全是因为平日里为了帮助周围困难的同志超负荷工作所致，这样的状况已经有相当长一段时间了。超负荷工作，睡眠不足，再加上为了节省钱，饥一顿饱一顿，导致营养不足和免疫力下降。想到这些，岳平同志的心如刀绞。这次如果不把父亲的病治好，就太对不起父亲了！再怎么，就算是"死马"也要当成"活马"医，不到最后关头绝不放弃，哪怕付出再大的代价也要把父亲从死神手里夺回来。岳平同志想替父亲再找个大医院的大夫做一次诊断。可是自己又不认识医生，去哪儿找呢？琢磨来琢磨去，最终想到了时任郭沫若先生的秘书任秋石先生（任秋石先生是父亲早年结识的朋友，两人因在吟诗诵文方面有着共同的趣向而走到一起，成为朋友后两人相濡以沫、无话不聊，胜似亲兄弟。由于任秋石先生比我父亲大七岁，因此，父亲称他为秋石兄）。岳平同志认为任秋石先生有一定的社会关系，只有他才能找到最好的医生，相信他一定会帮这个忙。如果那时的大夫也认为父亲无药可救，那大家也可以死心了。

第二天天还没亮，岳平同志就急匆匆地赶到了任秋石先生的住处，把父亲的病情一五一十地告诉了他。刚开始任秋石先生还以为岳平同志是在开玩笑，心里在想，金鼓老弟一向身体很好，平时性格乐观开朗，遇见人总是有说有笑、活蹦乱跳，怎么数日不见就变成如此状况？这事说给谁听，恐怕都没有一个人会相信！但再一想，为了开个玩笑，一大早从大老远赶到我这里来，这不是岳平同志的风格呀！就在这时，坐在一旁的岳平同志也察觉到任秋石先生对自己说的话有点不相信，一下子把脸拉得很长，急了起来，并且将声音也放大了，对着任秋石先生说："都到这个节骨眼上了，谁还有那闲工夫跟你开玩笑，救命要紧呀！"这么一来，任秋石先生一下子意识到事情的严重性了，惊讶过后才回过头对着岳平同志说："坚决不能放弃，一定要救活金鼓同志！我马上就去找一个好医生给金鼓同志治病。"有了他的这句话，岳平同志的心暂时放了下来。任秋石先生再三叮嘱岳平同志在医生到来之前，一定要照顾好金鼓老弟。在这期间，万一金鼓老弟有什么不测，必须第一时间通知他！岳平同志走了以后，任秋石打算先去见郭沫若先生，要是能得到郭沫若先生帮助的话，那是最好，万一不行再另想办法。为了与时间赛跑，任秋石先生放下手头的公务，忙招呼司机备车直奔郭沫若先生的住处，一路上一再催促司机"开快一些，再快一些"。车子刚停到郭沫若先生的住处，任秋石先生就直奔郭沫若先生的书房，见面后也省去了平日见郭沫若先生时的客套话，直奔主题，向郭沫若先生说明自己的来意。当郭沫若先生听说是金鼓同志（郭沫若先生认识我父亲是在1940年他来中国电影制片厂视察时，在阳翰笙同志引荐下认识的，之后我父亲和郭沫若先生也有过交往）后没做任何犹豫，立即抓起桌上的电话接通了医院，和大夫通了话，他放下电话嘱托任秋石先生马上去大夫家接大夫，同时在便笺上写下大夫的住址交给了任秋石先生，并要求任秋石先生转达他对我父亲的问候。

　　将大夫接上车以后，为了不耽误时间，任秋石先生催促司机赶紧往父亲住处赶。到了父亲住处后，大夫首先把了把父亲的脉搏，然后神情一下子就严肃起来。此时父亲的心跳已经处于很微弱的状态，这意味着父亲的病情不容乐观。站在一旁的任秋石先生和岳平同志再也等不及了，急于了解父亲的病情。在多次追问下，大夫勉强地回答说是肺炎，还说由于延误了最佳的就诊时间，现在的状况非常棘手，他也不能打保票一定能救活父亲。被大夫这么一说，任秋石先生和岳平同志更加紧张了，两人屏住呼吸，紧紧盯着大夫的眼睛。大夫放下听诊器后打开医药箱，从里面取出注射剂先给我父亲注射了一针，等了片刻后又从医药箱里拿出口服药片，要求任秋石先生把药片捣碎，然后倒入温水进行搅拌后让父亲喝下去。当时由于父亲已经完全处于深度昏迷状态，几乎失去嚼咽能力，于是，任秋石先生用手轻轻掰开父亲的嘴，然后一点一点地把药灌了进去。针也打了，药也服了，大夫在一旁观察了二十分钟后又一次给父亲量了血压，把了脉搏和用听诊器检查前后肺部后，严肃的表情开始有了点放松。他对一旁的任秋石先生和岳平同志叮嘱道："一定要按时给病人服药，一次都不能落下，并且要让病人安静休息，尽量不去打搅他，至于能否恢复这要看病人本身的体质了！如果在二十四小时内体温开始下降，这说明还有救，待病人醒来以后，给他补充些营养，再继续观察。相反，高烧要是一直退不下去，那就准备安排后事吧！"大夫交代完这些后，离开了父亲的住处。

　　第二天中午，父亲的体温明显下降了，人也渐渐苏醒了过来，还能用微弱的声音喊"要喝水、要喝水"。看到父亲的病情有所好转，一直守着父亲的岳平同志和任秋石先生一下子兴奋了起来，几天来绷得紧紧的两颗心也一下子落了地。两人你看着我，我看着你，不约而同地哈哈大笑起来。岳平同志赶紧为我父亲倒了水，用手托着杯子一点一点地让他喝下。任秋石先生朝着父亲半开玩笑地说："谢天谢地，老弟你总算从死神那里逃脱了，害得我和岳平同志担心得够呛！"在他们的精心照料下，没过几天，父亲可以开始吃饭了，当然，身子依旧很虚弱，全身一点儿力气也没有。为了给父亲增加营养，岳平同志四处托朋友，搞来一只老母鸡，炖了一锅鸡汤让父亲喝。在那个物资匮乏的战争年代，要想搞到一只老母鸡，可以说比搞到一两黄金还要难，从某种意义上说，鸡的价值已远远超过黄金的价值。鲜香与醇美的鸡汤味充满着整个屋子。原本想让父亲趁热喝下去，可是，父亲由于连续多日高烧，温度虽然降下来了，但脑子还是昏沉沉的，哪有食欲可言？好不容易咽下几口，但不一会儿就因反胃全被吐了出来，无奈只好暂时搁置一旁。

为了保险起见，任秋石先生又悄悄地把这位大夫请了回来给父亲做了一次复查，复查结果令所有人满意，病情已经逐渐好转，只要好好休息，不久就会完全康复。大夫说，简直不敢相信父亲能康复得这么快，一般的患者病情发展到这样的程度，生还率极低，要不是患者自身底子好，恐怕是很难挺过这一关的，光靠医生的药方是救不回这条命的，现在身体虚弱没食欲是正常的，不必担心。一切慢慢地来，千万急不得。大夫的这番话让岳平和任秋石两先生吃了定心丸，同时为连日来的努力没有白费而感到庆幸。父亲听说自己已经脱离危险时，脸上也露出了幸福的笑容，同时打心底里感激两位挚友为自己东奔西走。

学习小组的同志们听说父亲已经脱离了危险，都为之感到高兴和欣慰，纷纷向组织要求去探望父亲，一些平日里得到过父亲帮助的同志自愿要求留下来照顾父亲，直到父亲完全康复为止。父亲人虽躺在床上，但非常感激大家对他的关爱，为了不影响大家的正常工作，父亲再三向组织上表示自己再过几天就能起床了，自己也会照顾好自己的，请大家不必操这份心，赶紧回去工作，千万不要因为照顾他而耽误正事，同时也不停地劝任秋石先生赶快回去。父亲说："秋石兄，这几天把你给累坏了吧！郭沫若先生那里有工作等着你，你赶紧回去吧！康复后兄弟会专程登门道谢！"后来经岳平同志再三考虑，代表组织做出决定：以轮流值班的方式照顾父亲直至康复。

在同志们日夜细心的照料下，父亲的身体恢复很快，不久就能下床自由活动了。又过了些日子，病情基本康复，能做到正常的一日三餐，胃口也很好。当然，病虽然基本上恢复了，但要回到以前的身体状况，恐怕还需要一段时间的调理。回到工作岗位的第一天，同事们见了父亲，还是愣了一愣，因为当时大家看到的父亲骨瘦如柴、面色枯黄，完全不像原先那个神采奕奕、活跃、爽朗、爱开玩笑的金鼓同志，所以大家还是感到很心疼。

康复以后，父亲一直想向救了自己的大夫当面致谢，为此曾多次询问过任秋石先生，但都没能得到答复。直到1949年以后，任秋石先生才向父亲吐露了实情。原来那位大夫是为国民党要员看病的大夫，因为郭沫若先生和那位大夫有很深的私交，当郭沫若先生从任秋石先生口中得知我父亲正处于危在旦夕时，只好去求了那位医术高超的大夫。也就是因为有这层特殊的关系，大夫才肯上门为父亲诊治，要不然，像这样技术高超的大夫，不可能找得到。据说，那天是这位大夫瞒着周围的人偷偷跑出来的，也幸亏这位大夫才保住了父亲的命。任秋石先生向我父亲开玩笑说："你可是享受了和国民党要员同等的待遇喽！"实际上这位大夫当初出诊前曾有过顾虑，生怕事后走漏了风声，万一传到了国民党特务的耳朵里，他很难说清楚，甚至会给自己带来牢狱之灾。最终是因为郭沫若先生事先以人格担保"绝对保守秘密"，他才出了诊。

秋石先生为了不让大夫和郭沫若先生受到伤害，这么多年来一直保持沉默。经历了这次与死神的较量，父亲更加珍惜与岳平同志和任秋石先生的革命友情，他非常感激岳平同志和任秋石先生在自己最危难的时候能挺身而出，向他伸出援助之手，并夜以继日地陪伴和照顾他。另外，他还特别感激郭沫若先生给了自己这么大的关爱，感谢那位医术高超但连名字都不知道的大夫让他获得了第二次生命。父亲曾多次通过任秋石先生向郭沫若先生转达自己的感激之情！而且，在之后的几十年里，父亲一直惦记着那位不知名的大夫，总想找个机会向他当面致谢！可惜呀，后来据说那位大夫1948年跟随国民党一同去了台湾。即便那样，父亲仍不甘心，通过在台湾的妹妹继续向台湾的有关部门打听，最终还是没有找到，这也成了父亲一生中的一个遗憾！

据任秋石先生的子女回忆，任秋石先生在世时经常在家里聊起父亲，说金鼓是他一生中最应该感激的人，同时也是最对不起的人。感激的是：在1946年秋，当时在重庆《文化界时局进言》的民主宣言书发表以后，蒋介石恼怒不已，慌忙命令下属追查，并决意解散文工会，暗地里对我党的同志和进步文化人士进行大逮捕。鉴于这样恶劣的形势，中共地下组织决定让部分党组织成员和革命进步文化人士暂时撤离重庆，任秋石先生和鲁沙白、肖隽英等被派去香港筹办《光明报》。由于撤离指示来得突然，没时间回家通知和转移一家老小，在这危难之际，是父亲挺身而出，冒着受牵连的危险，接受了中共地下组织交给他收养任一之的艰巨任务。在当时，谁要是收

图1 任秋石照片

养了被国民党通缉的中共地下党和进步人士的家属，一旦被国民党特务知道，那可是要定为死罪，甚至会连累到家人。可是金鼓挺身而出接受了这项任务，秋石先生后来说："不愧是车耀先先生带出来的学生！金鼓把'情和义'看得比自己的生命还重要，常言道'生死关头见真情'，他做到了，他不顾自己的安危和给自己家里带去灭顶之灾的危险，毅然决然地接受了我的儿子，并当作自己的孩子抚养，平日里节衣缩食，省下钱和粮食给我的儿子。不仅生活上如此，在精神层面，他教任一之做人的道理，使一个单纯的文艺青年一步步成长为一个有理想、有抱负的革命青年，拿起笔杆子与国民党斗争，最终成了一名优秀的中共地下组织成员。"

对不起的是：1943年，也就是父亲生病康复的那一年，当时地下党同志和进步人士的生活处于极度困难的时期，许多同志因找不到活干，没有钱养活自己和家人，经常是饿着肚子干革命，时间一长，同志们的身子撑不住了，一个接着一个病倒，严重影响了当时的革命工作。为了尽快摆脱困境，首先要解决的问题就是失业同志的吃饭问题，组织上要求大家想想办法，有钱的出钱，有力的出力。当时大家都动了脑筋、想了办法，但确实解决不了。甚至认为已经到了山穷水尽、无路可循的地步，要是再搞不到钱，事态的严重性将难以想象。也许就是因为被逼得实在没辙的缘故，居然出了个歪点子，派一位同志暂时打入国民党军队里去谋个宣传干事即文职官员，每月可以领到一份薪水（据说当时军队里缺的就是宣传干事，薪水也比一般的文职干部

要高），这样起码能够解决一部分人的吃饭问题，这也叫没办法的办法，总比等着饿死要好，于是就想到了我的父亲。因为当时在我们的团队里，唯有父亲能够去完成此项任务。理由很简单，父亲多才多艺，不仅脑子灵活、点子多，文笔好、善于写文章，而且又懂音乐，最重要的是擅长画画，完全符合宣传干事的要求，是再合适不过的人选。任秋石先生就决定将这项工作安排由父亲去做。

当时一见到父亲的时候，任秋石先生说他还曾犹豫过，想到父亲前段时间刚因为帮助周围的同志而生过一场大病，现在再向他开口，是不是有点强人所难。后来又一想，这次的工作和他上次的制作广告，从劳动强度上来看，不是在一个等级上，军队的宣传干事最多也就是写些宣传稿，或者是写几幅标语牌、墙报或者替长官起草个讲演稿什么的，费不了多大力气。于是他便鼓足勇气向父亲谈了自己的想法。出乎意料的是，父亲不但没有反对，还说"只要能帮助大家摆脱目前挨饿的状况，啥子工作我都愿意"，随后便开玩笑似的说："这次虽然是临时性的，但今后万一追究起这段历史时，你秋石兄可是要替我做证的哟！"

当时正处于国共合作时期，国共双方的交往也不像以往那样的紧张，任秋石先生在得到父亲的同意后就立刻去找他小学同学——这位同学当时在万县的国民党军营任兵役宣传慰问队队长，叫赵国品（是黄埔军校生）。老同学见面格外亲切，还一同喝了几杯。就在同学喝在兴头上时，任秋石趁机将父亲推荐给了他。听说父亲是美术专业学校毕业的，这位同学没做任何考虑便说，他们这里正缺少一个有才干的宣传干事，然后让秋石先生放心，来了以后他保证会好好关照父亲的，还要给父亲一个少校军衔。出乎意料的待遇让任秋石先生欣喜若狂，心里暗暗在想，这样有了军衔，薪水就会拿得更高。

和老同学说定之后，任秋石先生便直接赶往父亲住处通知父亲第二天去军营报到，还再三对父亲说这只是缓兵之计，时间不会很长，等有了更好的办法，就立即让父亲撤出来，并诚挚地告诉父亲说："委屈你了，金鼓老弟！"父亲赴任后，被任命为宣传干事，少校军衔，每天的主要任务就是写一些军营训话，并把它张贴在墙上，另外为长官起草一些公文等，工作很轻松,也不需要参加训练,进出自由。大约在那里干了两个来月,因接到岳平同志参加新任务的指示,于是才离开了军营。

后来,这段原本不该有的经历却成了父亲历史上所谓的一个"污点",也就是这个所谓的"污点",在每次运动中都给父亲带来麻烦。任秋石先生在有生之年,一直认为是他当初欠考虑,把父亲害苦了,直到临终前还内疚至极。

1990年,父亲为了悼念这位相濡以沫的老朋友,专程从上海赶赴任秋石先生的家乡重庆富顺县,看望了任秋石先生的家人。大家一起回顾了任秋石先生生前的革命生涯和与父亲之间鲜为人知的故事。当时,父亲语重心长地对大家说:"人的一生中最难的,却也最幸福的莫过于能得到一位知己,任秋石先生就是我的知己,也是我的救命恩人!能结识这样一位朋友,我这辈子心满意足了。关于去军营工作的事,我从未埋怨过他,至今我都认为是正确的!"当父亲跨进任秋石先生的卧室,看到眼前那张熟悉的木板床,立刻想起当年自己和任秋石先生一起坐在这张床上探讨共产主义和革命理想以及文学诗歌时的情景。当时两人一聊就是一个通宵,实在困得不行,就一起躺在这张木板床上。这一切的一切,就像是昨天刚刚发生的事,历历在目。想到这些,父亲就再也控制不住自己内心对任秋石先生的思念及感激之情,一下子扑倒在这张床上,似乎在拥抱着任秋石先生,嘴里还不停地呼唤着任秋石先生的名字,泪水哗哗地流淌在床面上。这真挚的情感流露,感染了在场的所有人,任秋石先生的家属和任秋石先生生前的好友们都泣不成声,对两位老人相濡以沫的革命友情深感敬佩。

(三)

1943年,著名电影艺术家司徒慧敏先生(1949年后任我国文化部副部长)在重庆担任党领导的中国艺术剧社的领导工作,从事革命戏剧活动,在筹建中,司徒慧敏先生第一个想到了父亲,想请他来剧社帮忙。因为1940年在中国电影制片厂期间,司徒慧敏先生和父亲有过亲密的合作,他了解父亲的为人和艺术才华,那时父亲才二十三岁,是一个刚从学校毕业不久的文艺青年，在和司徒慧敏先生一起共事期间，父亲的能力给司徒慧敏先生留下了深刻的印象。在司徒慧敏先生的记忆中，父亲不仅会写剧本和诗歌，还会作词作曲及演戏，特别是父亲的漫画功底扎实，图案创意新颖，既幽默又带有讽刺意味，对当时宣传抗日、揭露亲日派的卖国行径起到了积极的作用。父亲也很受艺术圈同行们的欢迎。用现在的时尚话来说，父亲就是个典型的紧缺人才。

父亲自离开中国电影制片厂后，被朋友邀请去了重庆人间出版社任总编，薪水等各方面的条件都比较好，生活也开始趋于稳定，总算可以安下心来考虑考虑个人的问题了。可是好景不长，有一天中午突然接到司徒慧敏先生托人转交来的一封信，意思是，剧团工作刚开始筹备，急需人手，希望父亲念在一起在中国电影制片厂共过事的情分上，务必去他那儿帮忙，以解燃眉之急。父亲接到司徒慧敏先生的信后，没有犹豫，就毅然找了人间出版社的社长辞了职。当时社长内心虽然很不想放父亲走，但看到父亲去意已决，也就只好同意了。为了不影响出版社的日常工作，临走前，父亲还特意为社里推荐了一位出版界资深人士来接他的班。对父亲的突然辞职，社里的同事和外界的朋友们怎么也想不通，都认为父亲的决定太草率，是哪根筋搭错了，好端端的主编职位，又是拿高薪水的工作不要，却跑去一个没有固定薪水的剧社。为此，一些朋友生怕父亲吃亏，都极力来劝父亲三思，放弃这个决定，但最终父亲还是坚持了他的想法，如期去了中国艺术剧社。

在剧社，父亲担任编导兼舞台设计和舞台美工。父亲回忆说，当时的中国艺术剧社是受中共地下组织领导，剧社的社员都是抱着为抗日救国做贡献的想法自愿加入的，虽然没有固定的薪水，但大家没有任何怨言，都是全身心地投入到工作中去的。父亲说他之所以决定去剧社工作，其根本的原因还得追溯到当初在中国电影制片厂工作期间结识了司徒慧敏、阳翰笙、夏衍、田汉等老一辈艺术家，并建立了深厚的革命情谊。那段时间，不管在艺术方面，还是在为人处世方面，这些老艺术家们都给予了父亲许多的帮助和启迪，特别是他们的爱国主义思想、敬业精神和高尚的品行深深打动了父亲，要说纯粹为了生活，那无疑是在出版社来得安稳、有保障，放弃出版社主编的位子确实有点可惜。可父亲认为物质追求固然重要，但物质追求代替不了精神需求，为了信仰，宁可放弃物质上的富裕，也要追求精神方面的满足。所以，每天能与我国老一辈革命艺术家朝夕相处、一起共事，并从他们身上汲取宝贵的艺术养分和道德养分相比较，那一点点的放弃就显得微不足道了。

在中国艺术剧社的那一年，也是父亲人生中最值得留念的一年。在和阳翰笙、司徒慧敏、夏衍等老一辈艺术家一起工作期间，虽然他们的名望和年龄远远大于父亲，可是在父亲眼里，他们个个谦虚待人，从不倚老卖老，生活即使再艰辛、再困难，他们也从不搞特殊，与剧社的同志们一起有福同享、有难同当，互相体贴，互相关心，共同度过艰难的每一天。

当时由于许多同志没有钱租房，大家就以舞台一角为住处，搭个临时帐篷。人多地方狭窄，大家就五六个人挤在一起，睡下去后生怕翻身会影响身旁熟睡的同志，大家就整夜保持一个睡姿，一夜下来，半边身子都麻木了。冬天还算可以，可是到了夏天，日子就不好过了。特殊时期，重庆经常断电断水，白天出了一身汗，晚上又因断水无法洗澡，又因为太热，睡觉时，一个个只好打赤膊，五六个人挤在一起，那一股浓浓的汗臭味让人实在受不了。特别是到了深夜，这股汗臭味还会招大批蚊子，当时没有电风扇，也没有蚊香驱赶蚊子，大家只好将书和报纸当作扇子，一边在耳边扇几下祛祛热，一边拍打身上的蚊子。有时在大家进入梦乡的时候，蚊子像蝗虫一般成群结队地围上来，大伙儿被叮得可以用"生不如死"来形容。父亲每每回想起那段往事时，仍心有余悸。

父亲说，那个时期，大家身上都没有多少闲钱，所以每天都在为吃饭而烦恼，加上白天工作量又大，吃得也不好，一点儿油水都没有，因此肚子特别容易饿，一些人高马大的同志饭量本来就大，经常因吃不饱，体力便明显不支，站着时直打哆嗦，满头出虚汗。实在吃不消的时候，一旁的其他同志赶紧东拼西凑，凑足几碗小面的钱，让这些饿的同志去街上小摊铺要碗面暂时充充饥。有的时候，因钱凑不够，只好几个人合吃一碗面。这一切也感动了阳翰笙、夏衍、司徒慧敏等老一辈艺术家们，他们也经常把自己的稿费拿出来让大家去馆子里撮一顿，打打牙祭。

生活如此艰难，但大家的精神却一点也没受到影响，在工作上依旧表现得积极、顽强、振奋，无论是剧社的演员、剧务人员还是剧社领导，大家都齐心协力为抗战宣传努力工作。在新戏排练期间经常会遇到道具及其他物资匮乏的事。每当此时，大家都会发挥各自的智慧，群策群力，有力的出力，有钱的出钱，不分你我，目标只有一个，就是确保抗日新剧如期上演。那时的每一场演出都是公益性的，剧社几乎没有一分钱进账，就连日常的办公经费都来自地下组织的资助和个人的捐助。在遇上道具短缺的时候，剧社的同志就会分头去想办法，去外面找些旧木材回来自己动手做，舞台背景没钱买颜料，父亲就把自己画画的颜料奉献出来，还不够，就厚着脸皮向画界朋友去要。

为了减轻剧社的负担，父亲一个人身兼舞台设计、舞台美工、编剧和演员，从而得到了司徒慧敏先生的高度赞赏。为了更好地发挥父亲的才能，司徒慧敏先生还邀请我父亲当他的助手，协助他管理日常的事务性工作。如修改剧本、落实演出场地、筹集演出经费、落实演员、对外洽谈等。自从当上了司徒慧敏先生的助手以后，父亲的工作量比以往翻了一番，每天要工作十几个小时。自从进了剧社，父亲就没有睡过一天安稳的觉，更没有休假日和节假日。只有在一部新剧顺利地登上舞台，并得到民众认可之后，父亲才有机会在后台的某个角落铺上一张席子美美地睡上一觉。

由于一直在工作量较大的环境下工作，再加上一年前刚得过重病，父亲的身体一直不太好，但他瞒着大家坚持工作。有一次，在和司徒慧敏先生一起研究工作时，父亲突然感到胸口一闷，随即出现呕吐，就在站起来准备去卫生间的那一刹那，嘴里猛地喷出大口鲜血，飞溅在桌上和地板上。一旁的司徒慧敏先生被此情此景惊呆了，赶紧上前一把将父亲扶到椅子上，并吩咐父亲立刻停止手里的所有工作去医院做个检查。可是父亲执意不肯，只同意回家休息两天。事后，司徒慧敏先生才得知父亲一年前曾刚刚得过一场大病，他深感内疚，派人把父亲叫到他的办公室，亲切地对父亲说："金鼓啊，金鼓！你怎么从来没有跟我提起过你刚生过一场大病呢？我也糊涂呀，真不该把你拖到这里来受罪，还让你放弃了出版社主编的位子，是我对不起你呀！

你为了讲究个'义'字，可以不顾自己的性命，我算服了你喽！"从那以后，司徒慧敏先生对父亲的为人赞不绝口，两人也因此成了挚友。

剧社成立短短一年，剧社同志们的付出却是常人难以想象的艰辛，他们塑造的一部又一部抗日救亡戏剧出现在舞台上，造成的影响力覆盖全国，受到了包括重庆在内的各民主党派、群众团体和文化界进步人士的好评，对鼓舞前方将士的抗日士气和激发全国民众的抗日信心起到了巨大的作用，并受到中国共产党的高度评价。父亲的工作也得到了阳翰笙、司徒慧敏等老一辈艺术家的肯定。

1949年后，由于父亲在南方工作，阳翰笙、司徒慧敏、夏衍等一些曾经与父亲共过事的艺术家们都在北方工作，父亲和他们中的一部分同志失去了联系，将近有五十年没和他们见过面。这五十年里，有些同志相继离开了人世，有些同志因抗战时期和解放战争时期落下的伤病，也早早离开了人世。后来父亲曾经到处寻找当年一起患难的战友。

1986年，一个振奋人心的消息传到了父亲的耳边，他的学生林志诚（时任中央调查局领导）帮父亲找到了老前辈司徒慧敏先生，说司徒先生已经退居二线，正在家里养病。得知此消息后，父亲高兴至极，迫不及待地想和老前辈见上一面，因为两人自1944年重庆一别就再也没有见过面。没过几天，父亲托人买了火车票就直奔北京。当时，司徒慧敏先生的身体状况非常不好，病魔缠身已经有好多年了，平时行走都不方便，基本上卧床不起。父亲到达的头一天因时间已经很晚，怕影响司徒慧敏先生休息，所以就暂时在学生林志诚家落了脚。等到第二天，父亲出于礼貌，请林志诚先给司徒慧敏先生打电话，告诉他父亲准备去拜访他。司徒慧敏先生接到电话听说金鼓先生已来北京并且将要看望他时，精神一下子好了许多，在电话里高兴地对林志诚说："快请金鼓老弟，越快越好，我在家恭候大驾！"据司徒慧敏家人说，那天，司徒慧敏先生接完电话以后，一反往日病态，精神特别好，还让阿姨替他换上新衣，并执意要下床坐在椅子上迎接我父亲，还时不时地要阿姨去楼下看看。当看到父亲和林志诚走进他的房间时，司徒慧敏先生突然撑着拐杖从椅子上摇摇晃晃地站了起来，一旁的阿姨赶紧伸手去搀扶他，司徒慧敏先生当时说话都很吃力，他气喘吁吁地握住迎面走来的父亲的手，两位老人紧紧地拥抱在一起，然后相互凝视对方，眼眶湿润了，话语由于激动而哽咽。

过了许久，两人的心情才算平静下来。之后两人便打开了话匣子，谈论最多的还是在重庆一起度过的那段艰苦的剧社生活。在聊天中，司徒慧敏先生就像变了个人似的，丝毫没有让人感觉到他是个病人，说话的面部表情就如同在重庆剧社时给社员说戏那样神采飞扬、侃侃而谈，在外屋等待的林志诚不断听到从里屋传出的欢乐笑声。五十年后第一次重逢，两位老人都有太多的话要向对方倾诉，又有太多的美好回忆想再次分享，不知不觉谈了将近三个小时，仍然意犹未尽。最后考虑到司徒慧敏先生的身体状况，虽然依依不舍，但还是结束了这次谈话。辞别时，两位老人再次紧紧地拥抱在一起，都流露出期待再次相会的眼神。多么不容易的相会，这一别又能何时再相会！司徒慧敏先生在阿姨的搀扶下送父亲走下楼梯，直至消失在视野中。共同的革命理想把他们从原本素不相识的人变成了相濡以沫的好朋友、好战友、好兄弟！

父亲离开司徒慧敏先生家以后，一路上思绪万千，往事一幕又一幕地浮现在脑海里。到了住地后，父亲还是沉浸在与老朋友相见的兴奋之中，彻夜难眠。常言道，患难之交见真情，可见他们在那个特殊的年代建立起来的革命友情是多么的牢固和深厚啊！没想到，那次的惜别竟成了父亲和司徒慧敏先生的永别，时隔仅仅一年，1987年4月，司徒慧敏先生因病去逝。

慷慨侠义，临危受命

1944年以后，国民党政府倒行逆施，企图实行一党专政、独裁统治，结果遭到包括国统区在内的全国人民的强烈抗议。到了1946年秋，形势更加恶化，国民党政府单方面撕毁《双十协定》，全面发动了内战。在重庆，国民党公开对重庆的共产党、进步民主人士和我党驻重庆的办事处、南方局以及党领导的新闻宣传机构进行疯狂的搜查和驱赶，并对在重庆的中共地下组织人员和一大批支持我党工作的民主进步人士和进步学生实行跟踪、逮捕和暗杀。

在这危急的时刻，我党做出决定，南方局、新华日报社等直属我党领导的机构立即撤离重庆、返回延安。为了保护和避免更多的民主进步人士和进步学生死于国民党的屠刀之下，为全国的解放保存有生力量，中共重庆地下组织按照延安方面的指示，让影响较大的进步人士先撤离重庆。

时任郭沫若秘书的任秋石同志也被列入撤离人员的名单里，被要求和鲁沙白、肖隽英等同志去香港筹办《光明报》。时间紧，任务重，接到任务当夜就必须离开重庆。因此，也没时间回家安排家事和与家人道别，遗留下来的事均交给了地下组织帮忙解决。

为了防止特务利用家人来胁迫撤离的这些同志，地下组织决定立即将他们的家人和孩子转移到更安全的地方。但由于外面风声很紧，特务整天疯狂地四处抓人，要想确保他们安全转移出来，及今后担负起培养他们后代的重任，合适人员的遴选就显得尤为重要。原因很简单，能担当此重任的人必须是我们自己可靠的同志，其政治立场不仅要十分坚定，而且对组织要有绝对的忠诚以及很强的责任意识,并且还要有一定的经济实力。除此以外,平日里最好还要和这些民主人士认识,并且有较深的私人来往。如此高的要求,组织上一时半会儿去哪里找人呢?现有组织人员中,大多是单身汉,平时没有固定的工作,就经济实力而言,很多人自己也是饥一顿、饱一顿,何况还要抚养尚未成年的孩子?地下组织把名单中的人员排来排去,最后在岳平同志的提议下,组织上再一次把视线转到父亲的名字上。经综合考量,父亲最符合要求,特别是和任秋石先生私交颇深。党组织决定把任秋石先生的孩子交给父亲。但组织上也有担忧,当时父亲刚成家不久,母亲又有身孕,要是突然家里冒出个孩子来,不要说外人怎么看,可能连刚过门的母亲都会……弄不好还有可能被误认为是父亲的私生子呢,到时候再怎么解释,恐怕也说不清楚,甚至会影响夫妻之间的感情。面对这些实际问题,组织上又顾虑起来,一时半会儿做不了最后的决定。时间紧迫,为了慎重起见,组织决定派岳平同志先去找父亲聊聊,征求一下父亲的意见,要是父亲认为能够做好母亲的思想工作,那这项任务就可以交给父亲去完成。

于是,受岳平同志委派,一位同志十万火急地赶到了父母住的宿舍,并把自己是受组织委托来请父亲商量事情的指示转达给了父亲。接到指示后,父亲赶紧来到了约定的地点,岳平同志按组织上事先商量好的决定征求了父亲的意见。当父亲听到是任秋石先生的孩子需要得到保护时,二话没说就答应了下来,并表示一定会做好母亲的思想工作,无论今后遇到什么困难,自己一定会照料好孩子的生活也一定会教育好孩子,等秋石先生从香港返回重庆的那一天,保证交给他一个完好无损的孩子。父亲这么快就答应下来,岳平同志激动地握住父亲的手再三表示感谢!随后立刻与父亲就营救孩子的方案做了详细的分析和研究。

父亲认为任秋石先生家属的处境现在很危险,以他多年对特务们的了解,敌人也应该在打听家属的消息,很有可能已经在赶往任秋石先生家的路上,要是真的让敌人抢先一步抓到孩子,那后果可就太严重了,这也将会给任秋石先生造成极大的精神压力。为了不让敌人想用人质来胁迫民主人士的阴谋得逞,父亲觉得现在一刻都不能耽搁,他从椅子上一跃而起,果断决定立刻赶赴任秋石先生的住地，誓死也要抢在敌人到达之前营救出孩子。父亲的突然跃起，把一旁的岳平同志吓了一跳，等他缓过神来的时候，父亲已经提着公文包走出了大门。

一路上，父亲意识到留给自己的时间不多了，他必须加快步伐和敌人的四轮吉普车赛跑。于是，一场惊心动魄的抢人大战拉开了序幕。任秋石先生有两个孩子，我父亲接到的任务是保护和抚养任秋石先生的儿子任一之，当时任一之还在上中学。女儿任诚之由岳平同志负责抚养。父亲一路小跑，不断地抄着近路，终于在敌人到达之前赶到了任秋石先生的家，见到了任一之，然后父亲带着他迅速撤离。后来听街坊邻居说，父亲他们刚离开不久，特务就赶到了。当特务发现孩子已经被人抢先一步救走后，像疯了一样，挨家挨户地找，但最终一无所获，只好灰溜溜地走了。

孩子虽然被营救了出来，但父亲还是心有余悸，他反复地在想，特务找不到孩子，是绝不会善罢甘休的，而且会更加丧心病狂、不惜代价地到处寻找孩子的下落。目前一时半会儿看起来似乎是安全的，可是也决不能掉以轻心，要知道真正的危险恐怕还在后面。还有，如果有一天被特务知道是父亲收养了孩子，不仅他自己有生命危险，说不定还会连累到母亲。但一想到组织对自己的信任，想到当年自己生命垂危时任秋石找人救治自己的事，他觉得今天的事他必须去做，而且要做好，哪怕是遇到再大的困难、再大的危险，他都觉得值得。想到这里，父亲的心里坦然多了。

说起父亲和任秋石先生的关系，其实他俩早在抗日战争初期就已经相识了。那时，父亲刚从东方美术专科学校毕业，在成都的一家小学教书，在那里认识了同为教员的任秋石先生。起初，他们只是一般的同事关系，但在交往过程中，当了解到彼此的喜好（即对诗歌和文学的热爱）相同时，他们有一种相见恨晚的感觉。自那时起，两人的关系就不同一般了。

任秋石先生比我父亲大几岁，平日里除了教书就是钻研古今诗歌，他创作了不少进步的诗歌。这些诗歌，有抨击封建思想的，也有宣传新文化以及鼓舞抗日救国的。任先生还写得一手好字。父亲也因为从小起就酷爱诗歌和文学，在学校教书之余，就经常一个人在宿舍里吟诗画画，在课堂上因为经常为学生解读中外著名诗人的诗歌和这些诗人的生平,所以很快就被大家所熟知,成为学校里颇有名气的教师。由于父亲和任秋石先生都有这方面的兴趣爱好,两人平日里也就形影不离,不是在宿舍就是在校园里互相交流写诗心得,经常是你一句、我一句地对诗和吟诗,因此很快就成了相濡以沫、亲如兄弟的好朋友。后来因各种原因,两人都离开了这所学校。人虽不在同一个地方,但两人之间密切的关系却一直保持着,在以后的日子里,只要一方遇到困难,另一方必定会鼎力相助,哪怕是在最危难的时刻,两人始终不离不弃。曾经父亲因劳累病倒在床上,是任秋石先生不顾一切地出面找郭沫若先生帮忙,找来医生救了父亲一命。

　　父亲也是个知恩图报的人,在接受收养任秋石先生之子任一之的那年正在重庆中正中学当教员,虽说有一份固定的工资,但也只是一份微薄的薪水。这份薪水,平时不仅要用于自己小家庭的生活开支,还要用来照顾几个月前刚从老家梁平来重庆投奔父亲的弟妹们的生活和学习开支,生活过得异常艰辛,时而会发生因超支而导致家里开不了伙食的尴尬局面;而且又逢母亲怀上大姐需要增补营养,无形中又给家里增加了一笔开销。为了不让一大家子人饿肚子,父亲只好操起老本行利用晚上的时间去广告公司帮忙设计广告,补贴点家里日常的开销。没想到才刚刚摆平了这一头,现在又要收养一个,而且还是个食欲正旺的小伙子,这对父亲来说,担子又重了不少。但他心里也很清楚,从现在起,必须要从还处于半饥饿状态的一家人口中省出一部分口粮来满足新来的家庭成员。这样做,确实很对不起自己的弟妹和老婆以及还未出世的孩子,但目前又没有其他的选择,孩子已经领来,就要让他有吃有穿。宁可亏待了自己的弟妹,也不能亏待朋友的孩子!父亲暗暗发誓:只要有家里人的一口饭菜,就一定会有任一之的一份,即便大家没有了吃穿,也不能缺任一之的那一份。

　　任务接了,誓也发了,但在回家的路上,父亲的心仍然有点忐忑,因为事先还没有跟母亲商量过,现在突然冒冒失失把一个孩子领回家,担心母亲不会接受,甚至会大闹一场。但仔细想想,自己事先没有征求过母亲的意见就先斩后奏,这样的事换任何女人都会有不满情绪。父亲也意识到自己这么做有点太过分了，有点对母亲不尊重。父亲带着这样矛盾的心理，匆匆往家赶。一路上，他已经做好了被母亲痛骂的心理准备。天色渐渐地灰暗下来，父亲和任一之的肚子都已经饿得咕咕直叫了，好不容易赶到了家门口，父亲又不敢贸然进去，生怕母亲一下子接受不了这个现实，当着孩子的面发火，这样会惊吓到孩子。想来想去，父亲觉得还是自己一个人先进去向母亲说明情况，这样也好让母亲有个思想准备，等母亲的情绪有所稳定后再将任一之带进屋里也不迟。于是就委屈任一之先在门外稍等片刻。

考虑周全后，父亲一个人先进了屋，看见母亲正忙着烧饭，就赶紧向母亲献殷勤，破天荒地帮母亲洗菜盘子、端菜等。一反常态的举动反而让母亲感到怀疑，凭这么些年和父亲在一起生活的经验，断定父亲一定有什么事瞒着或者是有什么事想求她。母亲是个急性子，逢事不喜欢藏着掖着，还未等父亲开口，母亲就憋不住了，直截了当地朝父亲问道："有事想说就快点说，别让人等得肚肠痒痒的！"父亲看到自己的心事已被母亲猜到，于是就将事情原原本本、一五一十地向母亲做了说明，并再三保证这样的事既是第一次也是最后一次，以后保证凡事一定事先和母亲商量后再做决定。

由于父亲之前也有过类似先斩后奏的"前科"，母亲有点不相信父亲说的话。她生气地对父亲说道："自从我跟了你金鼓，就没有过过一天安稳的日子，更莫要谈过好日子了！整天不是担惊受怕、东躲西藏，就是为每日的柴米油盐酱醋茶伤脑筋，家里目前的经济状况你也不是不知道，你擅自把老家的弟妹接到这里来，供他们吃、供他们穿，原先靠你的薪酬这个家还能凑合着过，可是自从他们来了以后，你看看现在这家弄成了啥样子，吃了上顿又要为下一顿犯愁，有时想炖个鸡汤让肚子里的孩子补补吧，结果也因舍不得花这个钱，只好忍了下来。现在你又自作主张，领进来一个，往后的日子叫我们怎么过呀！"

父亲的性格就是喜欢结交朋友，为了朋友可以两肋插刀，只要有求于他，来者不拒，这已经在朋友圈成了佳话。母亲生气归生气，但还是无奈地说："你这个人不是为你和老婆、孩子而生，全是为朋友而生。每逢有人托你办事，你从来不掂掂自己的能力，总喜欢先答应，也不给自己留条后路，到头来有什么难处,都只能是打掉牙齿往肚里咽,这次的事是关系到你的好朋友任秋石先生的孩子,我再怎么说,你也听不进去,一定会全力以赴去帮这个忙。"母亲的一番话说到了父亲的心里,他也反省到这么些年来自己确实做得有点过分,从来不顾及母亲的感受,所以心里也感到非常愧疚。不说别的,母亲来自浙江杭州的富裕之家,在老家的时候,每天过着大小姐生活,不愁吃、不愁穿。要不是因抗日战争避难,怎么也不会跑到重庆这个山沟沟里来受这份罪,也不可能认识父亲。现在父亲给母亲的生活和母亲原先想要的生活,可以说是两个世界,换了别的女人早就离开父亲而去了,可母亲依然不离不弃跟着父亲,所以父亲一直认为这是自己前世修来的福分,对母亲也一直很疼爱,现在即使被母亲痛骂几句,那也是事出有因。但母亲也是个明事理的人,生气归生气,脑子里一点也不糊涂,气过了以后,还是会往好处想,她认为父亲在关键时刻能不顾一切地去帮助朋友,这说明父亲为人正直、讲情义、品德高尚,这样的男人才是天底下最靠得住的男人,所以应该理解和支持父亲才对。

　　两人只顾说话,把任一之给忘在了门外。"孩子现在在哪儿?"母亲突然问了这么一句。这一问提醒了父亲,他赶紧打开门把任一之叫进了屋。母亲看到任一之后,心一下子就软了下来,原先的气也消掉了大半。因为和父亲怄气,两人连吃饭的时间都忘了,母亲赶紧招呼任一之坐下准备开饭。任一之也特别懂事,饭桌上,一口一个"师母"地叫,母亲听了感觉很享用。吃完饭后,任一之又抢着要去刷碗,母亲赶紧阻止他说:"孩子,不用你操劳。你还是赶快去看书吧。"看见母亲似乎消了气,父亲认为母亲这是原谅了他,忐忑的心也随之平静了下来。但那天晚上,母亲还是一晚上没跟父亲说过一句话。

　　母亲这边的事搞定了,接下来任一之的生活费和教育费就成了父亲急需解决的问题。为了不再给母亲这边增加经济压力,父亲决定把自己唯一的嗜好——香烟给戒了,再将中午在外面的那顿饭省去,这样就可以省出一点钱来。当然,这点钱是远远不够的,所以父亲又抽出时间找了一份教音乐的兼职工作。至于任一之读书的事,父亲想了想,决定还是让他进自己任教的中正中学，因为这里的校长是父亲的朋友，也是一名地下党员，任一之上学的问题就这样给解决了。但是自此父亲的日子却变得前所未有地艰难起来。

平日里，父亲对自己在生活方面力求做到能节省就尽量节省，以确保任一之吃饱、吃好。刚开始不吃午饭，父亲感到很不适应，但忍一忍也就过去了。可是只坚持了两周，就出现了全身无力，甚至在大街上走着走着就头昏目眩，眼前一片漆黑，一下子摔倒在地上，有几次被街面铺子里的老板搀扶进店里喝些水休息片刻后才缓过神来，后来经街上的老中医诊断后得知，是由于营养不足导致血糖下降，长期下去会有生命危险。回家后父亲也不敢向母亲提起这件事，于是就自己一个人扛着。原先打算让任一之放学后直接回宿舍交给母亲管，但由于母亲那时正处于预产期，肚子里的孩子随时都有可能出生，所以也腾不出更多的精力来照顾任一之。没有办法，父亲只能自己亲自带。那段时期，父亲除了学校教学工作外，还要完成党组织交办的很多事情，经常要跑很多地方，所以每次出去都带着任一之。父亲明白，身边有个孩子跟着，确实有些不方便，但在那个兵荒马乱的年代，与其让孩子因为大人不在身边而出事，倒不如放在自己身边心里更踏实些。因为父亲经常带着任一之，所以，经常就被不知情的朋友误解为是父亲的孩子。知道内幕的同志有时候也会跟父亲开玩笑："金鼓兄啊，厉害呀！刚结婚孩子就那么大了。"一开始父亲听了这话，心里感到特别的别扭，一度还想朝这些同志发脾气，可是时间长了也就习以为常了，听见了只是哈哈一笑，自此便不再往心里去了。

再说任一之这孩子，从小受其父任秋石先生的严格教育，不但聪明，而且还很懂事，对人很有礼貌，遇事也十分冷静。在学校里从来不和其他同学闹矛盾，成绩也很优秀，是个典型的乖孩子。自从跟着父亲后，似乎更懂事了，放了学就跟着父亲满街跑，他知道父亲平时又要教书，又要做其他的工作，还要为他的生活和学习操心，为了他父亲省吃俭用，生活过得异常的艰辛。为此，他心里一直感到过意不去，就想尽一切办法帮助父亲做些什么。如主动替父亲拎包，看见父亲累了就去小食摊那里要碗水给父亲解渴，有什么信要送，就替父亲跑腿。时间长了，他也摸透了父亲的心思和基本的活动规律。那时的重庆大街小巷到处有特务出没，一不小心就会引起特务的怀疑，并随时可能被他们拦住盘问。因此，父亲平时无论走在大街还是小巷里，都养成了三步一回头的习惯，防止有可疑的人在后面跟踪。受父亲影响，任一之也学会了这一套，只要出门在外，警觉性比父亲还高，作为父亲的一只眼睛，注视着周围的一切，稍有可疑情况，便立刻会暗示父亲注意。任一之心里早就明白了父亲工作的性质，但又不敢贸然问父亲，只能暗中替父亲办事。有了这一段时间的磨炼，他变得越来越机灵了，那一双锐利而敏感的眼睛，能从人群中一眼辨认出特务来。每当我父亲到达某一处办事，不需要父亲吩咐，他就会主动留在门口放哨，对四周来来往往行人的一举一动仔细观察、仔细琢磨，一有可疑情况立即用暗语暗示在里面的父亲，为我父亲顺利完成组织交付的任务起到了一定的作用。

父亲一直把他当作自己的孩子来关照，有时因工作的关系，到了吃晚饭的时间，考虑到赶回家吃饭会很晚，怕把孩子的胃饿坏，就临时决定带他去外面小饭馆里就餐。但常常因口袋里钱不多就自己饿着，先让任一之填饱肚子，并尽可能地给多加个荤菜。有时父亲自己饿得实在不行了，就问老板要一碗稠糊糊的面汤喝，或者就要一碗啥都不放的白面条填个肚子。

父亲除了生活上照顾任一之外，在学习方面也花费了不少心血。在学校也罢，在家里也好，只要有时间，父亲就拿出诗集为孩子朗读和讲解其中的含义，还耐心地教他如何写诗。另外，父亲还经常给任一之讲马列主义哲学，课余就让他阅读大量的进步书籍和来自延安方面的革命文艺作品，譬如毛泽东的《新民主主义论》《实践论》《矛盾论》《论联合政府》，以及毛泽东的诗词《六盘山》《沁园春·雪》《沁园春·长沙》等。在父亲的熏陶下，任一之的进步很快，在较短的时间内就写出了一首寓意马列主义是一面明察世界和世间一切事物的明镜的诗歌，诗名叫《镜子》，写完后经父亲修改，被刊登在诗歌集上，受到了同学们的赞扬。父亲看到任一之一天天在进步，打心底里为孩子感到自豪和喜悦，为了鼓励他写出更多的优秀诗歌，父亲还为他取了个笔名，叫"任意"。

后来父亲接到地下组织的指示：以美术教师的身份从中正中学转入到重

庆市立二中，在那里一边教书，一边指导学生运动，为地下组织物色可靠的进步学生，并推荐给地下组织作为后备力量。父亲要走，自然也不会让任一之一人留在学校，于是任一之又随父亲一起去了重庆市立二中。

当时重庆市立二中的学生主要是来自全国各地避难的学生，人数有两千多名，教师也来自全国各地，但由于国民党反动政府的腐败，拨给学校的经费，大部分进入了官员的腰包，结果导致教师拿不到工资，学生的伙食一天不如一天，师生常常过着半饥半饱的生活，引起了全校师生的极大不满，罢课、游行，要求校方查出腐败分子等学生运动就不断发生。由于学生运动浪潮日益高涨，重庆市立二中也成了在当时重庆各中学的学生运动中最富有朝气的一所学校，校内如雨后春笋般涌现出各种进步学生社团，轰动了整个重庆，其影响也波及全国。重庆市立二中的这种状况使国民党政府恼羞成怒，为了抑制学生不断高涨的革命热情，国民党派出大量特务混入学生和教师的队伍里，大肆搜捕进步学生和进步教师。就是在这么严峻的形势下，父亲来到了重庆市立二中。

为了让任一之尽快适应学校的斗争形势，并融入进步学生的队伍里，与大家一起和国民党展开斗争，并在斗争中不断认清国民党政府反人民的行径，积累更多的斗争经验，把自己磨炼成一个真正的革命战士，为实现共产主义理想而奋斗，到了新校没多久，父亲就把任一之介绍给了当时在市立二中学生运动中表现得极为突出的学生运动组织者、进步诗刊社——五月诗学社的社长林志诚、黄细亚、乐安中等进步学生，要求大家互帮互助，认清敌友，尽可能地团结更多有理想、有抱负的革命青年学生，在校内发起新一轮的反美、反蒋的学生运动。在父亲的指导下，任一之很快就跟同学们建立了革命友情，他参与办墙报、做演讲、参加读书会以及反蒋的示威游行等革命活动，而且表现得非常积极、勇敢，即使面对国民党对学生运动的镇压，他也敢于挺身而出、不惧强暴，表现出一个革命青年应有的英雄气概和宁死不屈的精神。他的每一步成长，都受到父亲的关注，为了使任一之成为一名真正的钢铁战士，父亲不断地对他提出更严格的要求，并经常交给他一些革命工作去完成。在每次任务执行中，任一之都表现得非常出色，受到了包括父亲在内的地下组织成员的一致好评。

1947年下半学期，父亲认为任一之已具备了加入地下组织的基本条件，借着向地下组织领导人岳平同志汇报进步诗歌集《月亮偏西了》的出版情况时，将包括任一之在内的几位优秀学生举荐给了中共川东地下组织，并很快得到组织上的批准。从此，任一之正式走上了革命道路。

不久，任一之的父亲任秋石先生因各种原因提前从香港返回了重庆，当得知自己两个孩子一切安康，特别是了解到自己的大儿子任一之是由自己的好友金鼓同志收养，并在金鼓同志的精心调教下进步超快，各方面都很优秀，还加入了中共地下组织时，心里万分激动和喜悦，对父亲为此付出的常人难以想象的辛劳，深感内疚和谢意。和父亲相见的那天，任秋石先生看到仅仅隔了一年的老朋友变得如此憔悴、消瘦，脸上布满皱纹时，再也控制不住内心的感激之情，紧紧地抱住父亲号啕大哭，并且一边抽泣一边用哽咽的声音在父亲耳旁说："金鼓老弟，让你受罪了，你用你的命在抚养我的孩子，这份情意这辈子我恐怕都还不上喽。有你这样一个讲情义的朋友，是我任秋石一生的福分，此生能得你这一知己，足矣！"父亲看到任秋石先生如此感伤，为了调节一下气氛，故意开玩笑地说："秋石兄，我可是完璧归赵了哈！以后就是你的责任了，到时你不要不认账哦！"逗得任秋石先生"扑哧"一声笑了出来。

自那件事以后，任秋石先生一直觉得对不起父亲，连累了父母的家庭生活，曾三番五次地提出要亲自登门向母亲表达心中的谢意，都被父亲婉言谢绝了。之后不久，父亲因遭特务通缉，在地下组织的安排下，迫不得已离开重庆去了上海。从此，两人天各一方，见面的机会极少，全靠书信了解对方的情况。每次任秋石先生给父亲来信，都会提到当年的这件事，并由衷地表达对我父母的谢意！两人虽然不能像以前那样频繁相见，但两人之间的革命友情却始终是那么坚固！"文革"结束后，任秋石先生到处打听父亲的状况，当得知父亲一切安好时，第一时间就给父亲发来了他的祝福。

父亲自从收养任一之再到把任一之培养成优秀的中共地下组织一员，虽然只有短短的一年多的时间，可就是这短短的一年多时间里，父亲在任一之身上付出的心血远远超出了对自己弟弟妹妹的关心。

任一之离开父亲以后，没有辜负父亲对他的教诲和希望，继续保持着革命热情，取得了不少成绩。中华人民共和国成立后，他又回到了自己的家乡四川富顺县，在那里担任了县委宣传部部长。身在老家，但心仍牵挂着多年来失去音讯的恩人金鼓老师，他时刻都想再见上父亲一面，向父亲汇报自己之后的经历。几十年来，他四处托人打听父亲的下落，但由于种种原因，一直未能如愿。直到"文革"结束后，才通过林志诚打听到

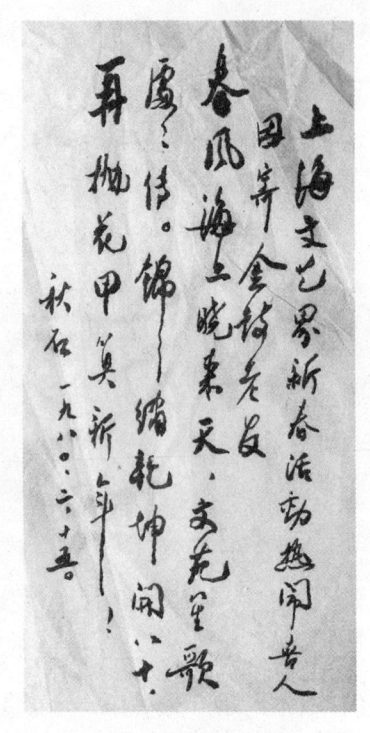

图1　任秋石赠予金鼓的诗歌

图2　金鼓在任秋石家中挥墨

了我父亲的下落，并于 1979 年年初在重庆与父亲重逢。作为老师，父亲看到自己的学生有如此大的成就，喜极而泣，并趁着酒意正浓之际，即兴提笔书写古诗一首，以表达三十年后重逢的喜悦心情。

> 闻声敬察认佟翁，
> 阔别卅年常忆中；
> 有幸席中相叙旧，
> 北仑河水永淙淙。

父亲与"活路社"和《活路》月刊

（一）

1946年年初，抗日战争结束不久。蒋介石及国民党倒行逆施，妄图侵吞抗战胜利果实，一方面与共产党搞假和谈，另一方面则进一步投靠美帝国主义，积极准备发动内战，妄图变中国为美国的殖民地，从而再次把中国人民推入水深火热之中。

国民党统治区的民众识破了蒋介石及国民党的企图，对此非常愤怒。在中国共产党的领导下，重庆文化界、工商界的代表举行了反内战大会，成立了重庆各界人民反内战联合会，号召工人、学生、商人及社会其他各界用罢工、罢课、罢市和拒绝纳税的行动来制止蒋介石企图发动内战的阴谋。不少群众团体纷纷组织起来和国民党进行斗争。

重庆文艺界中共地下党员和进步群众也感到有必要办一个受人民群众喜爱，又能配合党所领导的工人运动、农民运动、学生运动，并为党开展革命活动做宣传的刊物。就在这个时候，以中国工业原料公司重庆分公司经理为掩护身份的我党地下党员杨仲明同志（1949年以后曾任上海工学院院长），经东水门石门街五十号一个秘密交通机关的同志介绍，结识了中共川东地下组织负责人之一岳平同志。两人经过深谈，认为通过刊物形式向民众宣传中国共产党的思想，了解解放军的动态和动员更多的民众一起投入反对内战、反对国民党倒行逆施的运动中去在目前是可行的。认识统一后，杨仲明同志首先将其想法告诉了中共地下党员、新群图书社负责人吴秋帆（1949年以后任重庆市统战部部长）。吴秋帆同志不仅表示认可，而且为办刊筹集资金，同时经吴秋帆同志牵线，杨仲明又结识了地下党员黄友凡同志（笔名老粗，1949年以后任重庆市委宣传部部长）。之后，又邀请了当时在重庆搞工人运动的陈楚云、胡晓风、周维琳、廖蕙林、力扬、胡锡培和我父亲（父亲是受岳平同志邀请加入的）等同志一同商量办刊物的具体事项和刊物内容。在大家拟出初步办刊方案后，岳平同志代表大家将方案向中共南方局进行汇报。不久，就得到了南方局的批准，并拨了一部分资金作为前期运作经费。

当时民众反内战的呼声一浪高过一浪，街头到处能看见各种团体组织的反蒋、反内战的游行队伍。面对民众的示威游行，蒋介石不但没有停止他们反共反人民的行为和放弃发动内战的阴谋，相反更加快了反共反人民的步伐，《双十协定》签订不久，国民党就撕毁协定，公然发动了反共反人民的内战。在国统区，国民党派出了大量的军警和便衣特务，像疯狗般地对主张中国独立、和平、民主的爱国民主人士进行昼夜监视和恐吓，甚至暗杀，公然打伤了参加反内战游行的郭沫若、沈钧儒、李公朴、施复亮等诸多著名爱国人士。为了遮人耳目、蒙蔽群众，又开始阻止各报社、杂志社发表关于反内战的文章，国民党甚至对我党创办的《新华日报》重庆营业部公开进行武力查封，还打伤了报社的工作人员。对我党地下组织成员和知名爱国人士更是痛下毒手，到处张贴通缉令，全市进行大搜捕，许多革命同志被国民党残酷杀害。除此之外，对参与游行的学生和一般民众国民党也不放过。

在如此严峻的形势下，又是在国民党统治的重庆，要创办革命刊物，还是对外公开的刊物，发表的又是呼吁广大民众团结起来共同反对国民党反动政权、反对内战的内容，其风险大家心里都清楚，就如同老虎头上打苍蝇，稍有不慎，就会成为老虎的口中之物。出版社一旦被国民党特务发现是地下党在组织，不仅出版社要被一锅端，就连在这里工作的人也随时会被特务抓捕，打入死牢，甚至还会殃及全家。

当时，父亲刚与母亲完婚，从老家屏锦铺返回重庆，两人还沉浸在新婚蜜月之中，突然接到岳平同志的指示，让父亲立即参与创办《活路》月刊的工作，对突如其来的这道命令，父亲一点儿思想准备都没有，脑子里一团乱麻。父亲回忆说，接到命令的当天，自己确实有过犹豫和担忧。因为父亲知道，这次的刊物不同于一般的娱乐或小道新闻杂志，它是直戳国民党的脊梁和宣传中国共产党的方针路线，随时可能被国民党特务抓捕送进大牢，其艰巨性和危险性可想而知。

父亲说，以前自己是单身，一个人想做什么就做什么，一切由着性子来，出了天大的事自己一个人扛着，不会牵连任何人。现在不一样了，有家庭、老婆，将来还会有孩子，自己每做一件事不管结果是好是坏，都会牵连到家人，特别是我母亲，从小娇生惯养，没有吃过半点苦，更没有经历过担惊受怕的日子。现在嫁给他这么个乡巴佬，不但没有给她带去好日子，还要因自己的工作让母亲过着担惊受怕的日子，实在于心不忍。

再有，结婚前父亲一直没有把为党组织工作的事告诉过母亲，母亲也一直以为父亲就是个中学美术兼音乐老师，是个极为本分的文艺青年，周围接触的朋友虽然很多，但都是些喜欢艺术的文化人，怎么也不会把父亲和共产党联系在一起。要是现在突然把此事向我母亲说明，母亲会怎么想，又会怎么看父亲，还会以为和父亲相识到结婚，前前后后就是一场大骗局。这会让母亲有多伤心！自己以后又怎么在母亲面前做人，又怎么得到母亲的信任！即便母亲了解了真相，也原谅了父亲，但心里也势必会有阴影，父亲生怕哪一天会有个三长两短。如果是那样的话，母亲会整天提心吊胆，这日子也不会过得顺顺当当，父亲也会为此感到对不起母亲而愧疚一生。但是，如果真的将此事和盘托出，肯定违反组织纪律。当时又正逢学校还在放假中，如果突然提出让我母亲白天一个人留在学校的宿舍，自己要去外面干活，母亲肯定会感到奇怪。因为父亲和母亲都在同一所学校任教，各自有一份固定的薪水，生活上也不缺钱，如果想出去挣些外快也不急这几天，到假期结束后再去挣也不晚。

左也不是，右也不是，最终父亲决定以组织原则为重，坚决地隐瞒了真相，同时也做好了有一天被母亲发现把自己当成个大骗子的思想准备，甚至也做好了母亲因这事提出离婚的思想准备。于是父亲编造了一个善意的谎言，对母亲说自己的一个好朋友创办了一家出版社，突然有位编辑家里出了点意外不能继续在社里干下去了，一时间又找不到合适的人，想请父亲去那里帮一段时间的忙。没想到母亲不但没有半点怨言，反而主动劝父亲说："你朋友现在一定很着急吧？你们既然是好朋友，这个忙你就应该去帮，否则还叫什么朋友，等渡过难关后，你也替他找个合适的人。"被母亲这么一说，父亲悬着的一颗心一下子放下了，暗暗为自己能找到如此善解人意的好老婆而感到庆幸！父亲在得到母亲同意后第二天就去和岳平同志见面。去的这天早上，母亲特地起了个大早，为父亲煮了一碗地道的也是我父亲最爱吃的江浙风味的榨菜肉丝面。父亲美美地吃完面后就急匆匆地离开了住处。看着父亲离去的背影，母亲在宿舍门口默默地目送着，直到父亲的背影完全消失。

为了尽快将出版社创办起来，并及时将延安党中央的最新指示传递给广大民众，在岳平同志和杨仲明同志的召集下，参与办刊的同志在重庆市区督邮街太平药房楼上中国工业原料公司重庆分公司办公室内聚精会神地聆听来自延安文艺界同志关于走"群众化"路线的经验介绍。听完介绍后，大家兴致勃勃，就即将创办的刊物章程和月刊第一期的编辑工作进行了热烈的讨论，大家各抒己见，提出了不同的想法和建议。经过一天一夜的大讨论，大家提出的意见终于达成了一致，创刊章程也有了一个初步的构想，即主要以通俗易懂、生动活泼的语言和群众喜闻乐见的形式为刊物的特点，深入浅出地宣传反对内战、反对独裁，宣传抗丁、抗粮、抗税，激发民众斗志的内容为办刊的主要方针，并将"活路"作为刊物的刊名，出版社的社名就定为"活路社"。

在大家的努力下，办刊的前期准备工作进展得非常顺利，很快就进入到月刊征稿、编审、印刷筹备阶段。就在这关键的时刻，办刊经费出现了问题。当初南方局拨下来的经费是通过《新华日报》的负责人、中共地下党员邵子南同志从《新华日报》的账户里划到活路社的，经费极为有限，说是前期创办经费，但和实际需要花费相差甚远，岳平等负责同志也知道现在《新华日报》自身经费也很紧张，日子也好不到哪里，这次能够抽出一点资金支援《活路》月刊办刊已经很不容易了，再要向南方局伸手要钱，实在开不了口，缺口部分只能靠活路社自己想办法解决了。当时参与活路社工作的同志，都没有薪酬，大家是利用自己的业余时间工作。现在社里在资金上遇到了困难，大家看在眼里、急在心里，都想替社里承担一些，可是心有余而力不足。参加办刊的同志中有较多的人已经失业好几个月了，有的家里已经揭不开锅了，平日里全靠向别人借钱过日子，口袋里真是一点闲钱都没有，怎么办？然而，这一点困难没有吓倒任何人，大家还是默默地积极应对。有的同志四处奔波，向亲戚、朋友借款，实在借不到的同志就从自己身上动脑筋，从平日里自己的生活费中省出一部分交给社里，看上去是杯水车薪，但总比没有强。

父亲因为在中学教书，有固定的收入，再加上业余时间又在外面兼做了一些其他的工作，如演戏、替商社画广告、替一些剧团做舞台设计、替某音乐剧编写背景音乐、写歌词和谱曲、写剧本等，收入还是比较可观的，比起社里其他同志来，自然生活方面相对宽裕一些。可这么些年，尽管自己再怎么节省，口袋里还是没有闲钱，原因是他把闲钱都资助给更需要的同事和朋友们了。在和母亲结婚后，父亲要比以往更加俭省，香烟少抽，酒几乎不喝，穿着也不像以往那样讲究。就拿他的一条围巾来说吧，那还是上东方美专时用从爷爷给他的伙食费里节省下来的钱买的，足足用了好几年，上面都有好几个洞了，但父亲仍舍不得换掉，要不是因为我母亲实在看不下去，背着父亲偷偷拿出自己的钱替他买了一条新的，恐怕还不知父亲何年何月会去换条新的。还有，父亲平日里最喜欢吃红烧肉，结婚之后他也很少要求母亲替他烧红烧肉，尽量把钱省下来。可是，时间一长，肚子里的油水自然就会减少，身体健康状况自然会下降。每天在同一个屋檐下生活的母亲看到父亲为了撑起这个家起早贪黑地在外工作，省吃俭用，身体明显消瘦，心如刀割。想想父亲好歹也是出生在有钱的大户人家，从来不用为生活发愁。现在可好，为了帮助朋友和支撑起这个小家庭，竟然落到了节衣缩食的地步。想到这里，一股心酸涌上了母亲的心头，她感到特别对不起父亲，好几次咬牙去菜场买来一些鱼和肉，做几个菜犒劳父亲，但结果都被父亲狠狠地批评一顿，并要求母亲保证下不为例。可是，这次逢到活路社需要用钱的时候，父亲二话没说，瞒着刚过门的新娘（我的母亲）将自己多年省吃俭用和原本打算为即将问世的孩子准备的所有积蓄全部拿出来给了活路社。

岳平同志了解父亲的家庭情况,他知道父亲和母亲结婚不久,而且母亲刚有身孕,正是需要用钱的时候(既要给母亲补身子,为即将出生的孩子添些日常必需品,还要留一部分作为医院接生费用)。因此,岳平同志对父亲把家里的所有积蓄都拿出来捐给社里的做法表示不赞同,希望父亲给家里能留一部分。可父亲却坚决请求社里务必收下。在父亲坚持下,岳平同志只好答应了父亲的请求,代表活路社收下了这笔钱。

钱捐出去了,父亲的心愿也实现了。可是母亲却一直被蒙在鼓里,父亲以为只要自己死守这个秘密,母亲是不会知道的。谁知纸里终究包不住火,母亲生完大姐在家里坐月子期间,一切真相大白。因为母亲临产前,父亲从兼职的广告公司那里预支了一笔钱,这些钱在母亲住院待产时已经花得差不多,剩下的钱都用在母亲出院回家后的贴补上了。但是接下来的日子里,母亲一会儿提出要买这个,一会儿提出要买那个,父亲感到压力逐渐大了,也意识到必须尽快搞到钱,否则接下去的日子没法过了,这个秘密也肯定会保不住。于是就去找以前在美专读书时的一些朋友,看看他们的手头是否宽裕。没想到刚向他们开口谈起借钱的事,就发现这些朋友们的日子也不好过,想收回说出去的话,已经来不及了。这些朋友们手头也不宽裕,但为了帮助父亲,只隔了一天就把钱交到了父亲手里。父亲后来才知道,这些钱其实是他们从其他人手里借来的。

借来的钱很快就被用得差不多了,父亲在想,这回要是母亲再提出买东西的要求,恐怕再有三头六臂怕也无能为力了。但为了守住以前的秘密,也只好硬着头皮死扛到底了。为此,在这之后的日子里,只要母亲提出购物要求,父亲就采取能拖则拖的办法,尽量把时间拖到筹到钱的那一天再去买。刚开始没引起母亲特别的注意,母亲还以为父亲工作忙没时间替她去商店买,可是这样的状况一而再再而三地发生,最终引起了母亲的怀疑,她感到父亲近来的举动有点不对劲,不像以往办事那么利索,每次托父亲买的东西都要催上好几回,而且每次只听见父亲爽快地答应,却迟迟见不到东西买回来。母亲开始怀疑可能是钱上出了问题,但仔细一想又觉得不太可能,在自己临产前，家里已经积蓄了一笔钱，怎么就因自己住了几天医院，孩子才出生，用钱的时候才刚刚开始，钱就用完啦？母亲躺在床上反反复复地琢磨，怎么也不相信家里已经到了揭不开锅的境地！与其自己费那么大的劲去猜测，不如等父亲回来后当面问个究竟，一问不就真相大白了吗！于是安心在家里等着父亲。

　　父亲刚跨进家门，母亲就迫不及待向父亲问起了这件事，父亲因没想到事情会来得这么快，被母亲突然这么一问，脑子一下子转不过弯来，一时不知该怎么回答才好。等了好一会儿才缓过神来，起初还想编造些托词蒙混过关，但终究因底气不足，再加上在母亲强烈的攻势下，父亲开始有点扛不住了，心里在想要是再不讲真话，一旦真的惹恼了母亲，之后就更难收场了，要是真到了那个地步，不仅彻底伤了母亲的心，而且会影响两人今后的感情。想到这里，父亲只好鼓足勇气，将捐钱给社里的事一五一十地告诉母亲。父亲的话还没说完，母亲已经忍无可忍了，脸一下子拉得很长，气冲冲地朝着父亲大吼了起来，并一再强调跟父亲没完。这也是母亲认识父亲以来第一次发这么大的火。据说因这件事，母亲有好几天都没有搭理父亲。

　　当气头过去之后，母亲还是心平气和地对父亲说："这些天我之所以生气，是因为你明明知道家里现在急等着用钱，而且这些都是我们事先商定好的要用于孩子出生的。为了积攒这些钱，你受了多少苦，要不是你平时省吃俭用，怎么可能有这么多钱？多不容易啊！要不是生孩子的原因，你就是把积攒的钱全部资助给任何团体或者是朋友，我都不会不高兴，相反还会支持你这样的行为。这次你错就错在事先对我连个招呼都不打，怎么说，我也是你老婆！现在可好，家里多了一个吃饭的人，可钱没了，这叫我们今后怎么过日子？要是都是成年人，苦一点，忍一忍就过去了，可是刚生下的孩子我们可不能亏待她呀！从小得不到足够的营养，会影响她今后的成长！再退一万步说，这钱是我们小家庭的钱，你擅自将家里的钱挪作他用，这种行为也是对老婆的不尊重，是欺负人！"其实母亲也是个有文化的人，明事理，识大体，什么事情只要和她去商量，把她放在眼里，她都会为对方着想的，除非实在无能为力。这次的事父亲也意识到做法上确实欠妥，伤到了母亲，所以一直感到很愧疚。既然把话说开了，母亲也明白，事情已经发生了，再怎么埋怨也无济于事。母亲了解父亲的人品，重情义，为朋友宁愿自己受苦受难，这次能做出这样的举动，一定有他的难言之隐，当初自己愿意嫁给父亲的主要原因也就是冲着父亲的人品和才华而去的。几天后，两人又和好如初了。当然，幸亏母亲平时也比较节俭，悄悄地存了些私房钱，挽救了这次家庭危机，才没让刚出生的大姐受苦。

在大家的支持下，办刊的经费总算有了眉目，接下来就是办公及印刷场地问题。由于刊物主要是用于宣传爱国主义思想和中国共产党的方针政策，很容易引起国民党特务的注意，而要想躲避特务的注意，出版社的地址首先必须做到是一个既隐蔽又安全的地方，其次是交通要方便，要便于纸张和刊物的运输，再有就是靠近闹市区，便于刊物发行。当然，租金也必须是越便宜越好。可是要想找到满足这些条件的场地，在当时的重庆，如同上天摘月亮，难度大得很。即便有场地，租金也会很贵，凭当时社里的经济状况根本就承受不了。派出去的同志找遍了整个重庆城，都是无功而返。就在大家一筹莫展的时候，吴毅夫主动提出将平日用来打掩护的重庆邹容路43号新群图书社楼上的两间房间腾让出来，作为活路社《活路》月刊的临时对外联络窗口和编辑办公室兼宿舍。虽然那里进进出出的人较多，人员性质也比较杂乱，对隐蔽性而言确实有些不妥，但又没有更好的场所可以挑选，为了不耽误刊物尽快问世，决定暂时搬去那里工作，等找到更合适的地方后再搬迁。经报上级批准，活路社第二天就搬了进去，《活路》月刊的编辑工作也正式启动。

在这里运作了一段时间后，岳平等同志认为这里虽说处于闹市中心，对发行确实不错，但前后大街都是大大小小的商铺，人来人往特别地热闹，而来图书社里买书的人不多，都是些过来歇歇脚消磨时间的人。自从活路社搬到这里来了以后，书店因社员以及合作单位的人员进进出出，让图书社一下子热闹了不少，再有活路社的社员进书店后都直奔二楼办公室，很少会在一楼的书店内停留，长此以往，就会引起在这一带巡视的国民党特务的注意和怀疑，万一被国民党特务机关盯上，极有可能会派特务乔装打扮成买书或者是看书的顾客混进书店打探，到时我们处于明处，特务处于暗处，再有经验

131

的人也很难识别出谁是顾客，谁是特务。要是真的遇上这种情况，不出一两天，我们的办公场所就会被发现，活路社及活路社的社员也会被一网打尽。不仅如此，还会连累这里的地下党秘密联络点。综合了上述情况后，决定将"活路社"立即搬离此地，重新选择场地。

这一决定得到了中共南方局的同意，几天后就搬到了相对偏僻、冷清，外人不容易找到的近郊处枣子岚垭下罗家湾24号一座小平房内。在当时，这里算是个贫民区，离繁华市区有一定距离，是一条极不显眼的小巷子，背街很僻静。地理位置大致是这样的：从观音岩枣子岚垭路口下坡，即由南向北，到下面平坦成街处，左边（就是西边）便是军统局本部的大门（背后通到中二路是后门，街上无人能看出这大片房竟是特务的老窝），邻近不远的地方又是中统局，特务无处不在。过军统局大门二三十米远处有一条向西（左边）的小街，是菜市场。沿着这条街走十多米远的左手边有一条小路伸往西南角，这条小路的左边有破旧平房，里面有住人，右边都为菜地斜坡（下面是沟），此路走十几米又向左拐弯往东一小巷，小巷左边是错综复杂的平房，右边是用石头砌起来的堡坎，堡坎上有一排瓦房，尽头便是军统局的院墙。"活路社"就在此巷的左手边，位于军统局的侧面。门在山墙上，另一头墙便与军统局院墙挨着，地方是清静多了，但前后有军统和中统，身处龙潭虎穴，稍有不慎，就会被敌人盯上，难免让人有一种恐惧的感觉。

图1　活路社原址示意图

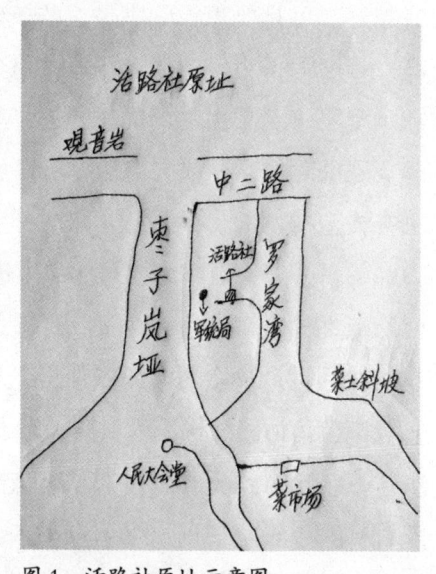

当然，活路社之所以要选择在这个地方办公，是出于以下的考虑：在敌人的心脏里工作看似危险，其实是最安全的，因为敌人怎么也想不到在跟他们近在咫尺之遥的地方竟然会有中共地下组织的存在！只要我们处处提防敌人，这里就会成为最安全的地方，一般的人是不会来的。当然，知道周围情

况的人就更不敢来了。白天在院子里放张木凳，站在上面就能隔墙望见特务们的活动和羁押在里面的犯人出来放风（上厕所或吃饭）；一批批被关押在这里的人每天不是默默地随着大伙转悠，就是东走走、西看看，一副毫不在意的样子。话说回来，在这样四周环境恶劣和恐怖的地方展开革命宣传工作，社员们要说一点都不怕，恐怕是假话，即使你胆子再大，还是会有几分惶恐和不安，生怕哪一天就真的被这帮豺狼吞吃掉。但看到那些被关押的人气定神闲、完全不把坐牢当回事的大无畏的精神气概，大伙儿又备受鼓舞。为了尽可能完成组织交给的任务，也为了避免意外情况发生，社领导还是关照每个人，平日里进进出出千万不能放松警惕，一定要格外小心谨慎。由于活路社的突然出现，社员每天在小巷里走动，以及运送书报刊物、纸张的人力板车进进出出，小巷子比以往热闹了不少。因此也引起了巷子内常住人的好奇和胡乱猜测。特别是石头堡坎上那些瓦房，住着八九户人家，看上去既不像工人、农民，也不像学生、知识分子。若是军统便衣住在上面，那往后非出什么麻烦不可。石头堡坎如同一个哨所，凡要进出这条小巷的人都要从这半人高的石坎前经过，特别引人注目。

当时的重庆，民众与国民党反动派进行斗争的手段大致有：①上街举行游行；②通过书报杂志（也是比较普遍的方式）揭露国民党发动内战的罪行和宣传爱国思想以及报道共产党八路军在前线的真实战况。因此，国民党视进步杂志为眼中钉、肉中刺，监管得特别严，他们不断派出大批特务对市面上发行的各种杂志和书籍进行审查，杂志和书籍的内容只要被他们认为有含沙射影地反国民政府的言论，不问青红皂白，一概认定为"反动"书籍。这样，不仅书刊会被全部没收、办刊机构被查封，而且机构法人也会被套上个"反政府"的罪名送进牢里，或者被认定为"共党分子"处以极刑。

为了避免这类事件的发生，活路社的领导特别谨慎，打算首先派出一名社里的同志以书商的身份对石头堡坎上面住的几户人家进行挨家排查，摸清他们的真实职业和身份。这样，一旦发现有可疑分子，社里也可以早做防范和安排。但又担心在排查中，由于我方人员的举止不妥，不但没能摸清对方的情况，相反被对方怀疑上，这样后果将不堪设想。为此，在人选方面社领导动足了脑筋：一是外表要斯文儒雅，有书生气质，像个和书刊打交道的人；二是口才要好，反应敏捷，具有随机应变的能力，还必须是重庆本地人，一口地道的四川话。经反复筛选，最终把目光锁定在父亲身上，大家一致认为父亲是最适合的人选。因为父亲为了掩护自己中共地下组织成员的身份，长期以来一直在中学里做美术老师和音乐老师，气质儒雅，穿着上也比其他同志略微讲究——保持传统文化人的衣着打扮，口才方面由于做过教师，又当过演员，说什么都是绘声绘色。演技方面更不用说了，这次假扮成书商对父亲而言那可是小菜一碟，能做到天衣无缝。

父亲接到社里的指示后，立马做了前期策划，装扮成书商，打着刚搬到这里，人生地不熟的请居民多多关照的旗号，和周围的居民进行了接触。在接触过程中想方设法摸清他们的底，然后再通过他们的嘴将父亲书商的身份传递出去，让所有住在这里的人都知道，并尽快消除他们对活路社的猜疑。父亲因长期从事地下工作，出于职业本能，自身警惕性特别强，在做任何事情之前，他都会深思熟虑，将所有可能发生的事考虑仔细，做到万无一失。这次也不例外。他认为，如果特意去敲这些住户的门，一是显得不自然，容易引起原本带有疑心的住民们的恐惧和疑心；二是会惊吓到他们，要是真有可疑分子住在那里，反而让他们有所戒备。不如借平日里出入小巷子的时候，有意把脚步放慢，如果见到有人正好在门前休闲或者是在洗衣服，这时上去和他们打声招呼亲近亲近就显得更为自然。几天的实践证明，果然如父亲事先所想到的那样效果显著。尤其是用四川话和住民们套近乎，找些小市民的话题和他们摆摆龙门阵，一段时间下来，住民们对父亲的戒备心明显放松了，对父亲也开始产生了好感，还主动向父亲介绍了周边的情况。

通过这种简单的接触方式，没过多久，父亲就轻而易举地了解到了这一带住户的基本身份和家庭情况。为了将工作做得更隐蔽些，父亲在和他们摆龙门阵时，有意送他们一些自己刚从旧书摊上买来的关于生活方面的书刊、报纸，以此来暗示自己经营的书籍里没有任何进步书籍，与政治毫无关系，从而使他们信以为真。即便对方是别有用心的人或者是特务，这样做也不会引起对方的怀疑，还能作为烟幕弹迷惑他们。经过一段时间的打探后，父亲没有发现任何可疑的人和可疑的事，完成了社里布置的任务，也彻底打消了社领导的担忧。

在活路社内部，社员与社员之间同样需要谨慎小心，这是因为参加《活路》月刊编辑工作的人均由各地的地下组织推荐而来，每个人的情况不同，彼此都不认识，见面后大家只各自介绍了自己的姓名，其他的情况一概不知，至于姓名是真还是假，谁也说不清。为了防止同事之间问东问西，对组织及个人的安全构成不必要的危险，社领导制定了严密的保密制度：社员和社员之间除谈论工作相关的事宜外，其他有关个人的私事禁止打听，即使你问了对方，对方也不会做任何回答。父亲在社里与其他人相比，朋友圈比较广泛，接触的朋友涉及的领域也五花八门，消息来源途径多，组织上一直对父亲这条线特别重视。1943年父亲正式参加地下组织的工作，当时介绍人中共川东地下组织负责人岳平同志（父亲的直接上级）代表组织与父亲有过口头约定："不管今后形势发展到何等地步，金鼓同志你永远不能对外泄露你为组织工作的真实身份，对外公开身份是美术教师，即便以后与组织失去了联系，你也必须保守这个秘密。"因为有当初的这个口头约定，1949年后父亲明明知道岳平同志在中华人民共和国成立前夕已经不幸遇难，但抱着对组织的一片忠诚，仍然履行着当初的约定，对任何人（包括我母亲）都未透露过真相。在他的档案个人履历栏里也未提及过自己为地下组织工作一事。直至2013年父亲去世前几个月，他似乎预感自己支撑不了多久时才把这个埋藏在心底近半个世纪的秘密告诉了我，目的只有一个，就是希望家人原谅他这些年来一直把这段革命经历隐藏至今。如果中华人民共和国成立后就向单位公开此秘密，也许家人会因此享受到一些政治待遇和经济方面的待遇，不会吃那么多的苦，他感到对不起家人。同时也希望家人得知此事后，能理解他。父亲认为，自己当初与组织有过约定，既然有过约定，他就要忠诚地去履行，除非接到组织方面解除这个约定的指示，否则他就会一直把这个秘密隐藏下去。这就是对组织的忠诚，也是做人最起码的诚信。

在活路社期间，父亲的真实身份除直接上级岳平同志（1949年前夕壮烈牺牲）、活路社社长张佑铭（1949年后任贵州省委宣传部部长）、黄友凡

（1949年后任重庆市委宣传部部长）、杨仲明（1949年后曾任上海工学院院长）、吴秋帆（1949年后任重庆市统战部部长）等极少数中共川东地下组织同志知道外，其余的人都不知道父亲的真实身份，其中也包括父亲艺术上的好朋友和我母亲，大家都以为父亲只是一个普通的美术教师和音乐教师。但父亲由于工作的需要经常会出现在一些大大小小的重要的场合以及带家属一起住在活路社里之缘故，难免让平时一起共事的同志产生过猜疑，认为父亲就是地下党员。但又拿不出具体的证据，最终谁也断定不了，只能信以为真。

社里还考虑到原本这一带住户少，突然这条小巷因我们的同志进出频繁而热闹起来，以及刊物、纸张等过于集中在白天运输，会引起人们的注意，虽说对周边的居民做过排查，但也不能保证不会跳出一个敌人来，还有军统和中统的大院就在周边，特务的嗅觉灵敏得很，稍有动静就会扑过来。为此，社领导决定把工作集中到晚上进行。白天除社长和少数社员外，其余的社员白天可以不来社里，这样白天出入小巷的人员就会大大减少，一些有家庭的社员还可以利用白天的时间找一份工作养家糊口，社里没有特殊情况不会去打搅他们在外面的工作。杂志、纸张等运输工作也被安排在晚上进行，因为这个巷子内没有路灯，到了晚上漆黑一团，再多的人也便于隐蔽，不易暴露。父亲因负责刊物的策划、封面设计、审稿以及担任活路社的秘密编委兼理事，再加上一些别的原因，所以后来只有他和母亲一直住在这里。

（二）

说起父母为什么会住在活路社，那就要追溯到之前的经历。母亲刚来重庆避难时，通过朋友介绍在重庆中正中学教务处谋了职，恰好父亲有位朋友也在该校任教，1945年的某一天，父亲去该校找这位朋友，在走廊上偶尔遇见了母亲。当时母亲才二十来岁，亭亭玉立，秀丽端庄的气质，顿时吸引住了父亲的目光，见到朋友后父亲也无心聊天，满脑子装着我母亲。回住处后觉也睡不好，饭也吃不香，一心想再见我母亲。第二天父亲就向那所学校毛遂自荐，愿意在该校担任美术教师。

校方一听是成都东方美术专科学校毕业的，二话没说就录用了。进校任教后，父亲积极主动地追求母亲。功夫不负有心人，不久两人就坠入了爱河。原本父母打算从学校宿舍搬出去租房住，但考虑到当时外面兵荒马乱不安全，后来母亲索性叫父亲搬入教师宿舍一起住。教师宿舍在学校院内，又有食堂，平时吃饭问题可以不用犯愁，其他的生活条件也还算可以，于是就打消了在外面租房的念头。不久，母亲怀孕后，暂停了学校的教务工作，平时就待在宿舍里替父亲洗衣服和烧水热饭。父亲也能趁课间休息的时候回宿舍照看一下母亲，母亲这里有什么事情，也可以直接去教学楼找父亲。父亲午饭后还能在宿舍里睡个午觉。那段时间两口子的小日子过得真可谓是甜甜蜜蜜、有滋有味。母亲后来回忆说，那段时间是她和父亲结婚以来感觉最温馨、最美好的日子。

可是好景不长，父亲参加创办活路社的工作之后，两人的好日子也算到了头。每天过着担惊受怕、没吃没喝的苦日子。父亲因在活路社的工作量越来越大，不但要审稿，还要设计月刊封面和里面的插图，有时还要参加社里的重要会议，总之，整天忙忙碌碌，时间怎么也不够用。为了将更多的时间腾出来用于《活路》月刊的工作上，父亲把脑筋动到了和母亲一起共进晚餐的时间上。原先父亲上完下午的课以后，第一时间回宿舍，在和母亲一起吃完晚饭后再赶去活路社工作，现在可好，下了课就直奔活路社，就连回一趟宿舍跟母亲打声招呼的时间都被节省了下来。逢到上午有课、下午没课的时候，父亲干脆连午饭都不回宿舍吃，饿着肚子急匆匆地往活路社赶。每天的工作时间也延长到了深更半夜。

起初母亲每天都要等父亲回来后才上床休息，后来发现父亲回来的时间越来越晚，也就自己先睡了。有时遇上社里有特殊情况需要开会研究，父亲就会到次日凌晨五六点才能赶回宿舍。每当遇到这样的情况，回到宿舍后，父亲便只能靠在藤椅上闭目休息一两个小时，因为早上 8 点左右还要上课。一段日子下来，由于每天两头跑，吃也吃不好，睡也睡不好，再加上高强度的脑力劳动，父亲变得面黄肌瘦、一脸疲惫，似乎变了一个人似的，连母亲都有点认不出他来了。

母亲来重庆的时间不长，对重庆的地理环境、人文状况非常陌生，身边除了父亲外再也没有亲朋好友。当时重庆又处于国民党统治下，兵荒马乱，整个街道都被笼罩在恐怖气氛之中，人们的思想不仅受到限制，连行动自由也被剥夺，到处听到、看到的都是国民党囚车的警报声和特务随意抓人的情景。母亲一个人待在宿舍里的时间长了，难免有些寂寞和急躁情绪，想上街逛逛散散心吧，又怕在这么一个乱世中不安全，心里总有点惶恐不安，自然也就不敢上街，只好一个人整天傻傻地待在宿舍里。没有人说话，她只好看看书，找点家务活干干打发时间。随着一天天过去，母亲也渐渐地坐不住了，脑子里开始胡思乱想起来，从原先的寂寞逐渐演变成了烦恼，再变成了烦躁。越是这样，就越是感到时间是那么的漫长。好不容易熬到了太阳落山，又到了就寝的时间，人躺下入睡后经常莫名其妙地从睡梦中惊醒，一种说不上来的不踏实感始终在母亲的脑子里徘徊，惊醒后就再也睡不着了，满脑子在替父亲担忧，担心父亲这样不要命地工作，总有一天会把身子累垮，到那个时候这个家庭该怎么办。还有，眼前的局势如此险恶，社会极度不安定，父亲每晚走夜路万一有个三长两短又该怎么办？一个接一个的想象刺激着母亲。

为此，母亲整夜整夜睡不着觉，时间一长，便出现了抑郁症状，一开始还以为没睡好产生的幻觉，到后来症状渐渐严重起来。早上醒来见到父亲，也没了以前那样的温柔和体贴，也不为父亲打水烧早饭了。相反把脸拉得长长的，满腹忧郁，嘴里吐出的每一句话都火药味十足，不是不满意父亲这个，就是不满意那个，反正对父亲的任何举动都表示抵触，唠唠叨叨个不停。

对母亲的变化，一开始，父亲也没有太在意，认为一切原因都归咎于母亲还未适应这样的生活，时间长了会慢慢地适应的。因此，刚开始母亲发火的时候，父亲总是一声不吭地让着母亲。他很体谅母亲的苦衷，把新婚生活刚刚开始，又怀有身孕的妻子一个人撂在宿舍里，搁到哪个女人身上都受不了。但自己现在的工作有其特殊性，不能随自己的性子来，一切要听从组织安排。平时自己在工作时想到母亲一人在宿舍心里也特别地不踏实，有时甚至因过多的牵挂而导致集中力下降，严重影响自己的工作思路和工作的进程。但是时间一长心理压力就大了，时不时感到心情不悦，甚至有时在我母亲无休止地唠叨的时候，父亲会突然情绪失控，无意识地用大嗓门朝着母亲吼上几句，其结果不但没有制止母亲的唠叨，反而逼急了母亲，更加歇斯底里地唠叨个没完。每当事态发展到这样的地步，最终让步的必定是父亲，他向母亲左一个认错，右一个赔礼，直到母亲的气彻底消除为止。

父亲其实是很疼爱母亲的，他也很想陪在母亲的身旁，但现实情况不允许他这样做，父亲工作压力很大，心里也有许多难言之隐，无处去倾诉。一般的家庭，男人有什么苦衷，总是第一时间对自己的爱人倾诉，可是父亲没法做到，也不是母亲不愿意听，而是父亲考虑到母亲生来胆子小，在自己老家也从未经历过大风大浪，万一跟母亲说了，不但没有帮助自己减轻精神上的压力，反而会让母亲背上沉重的精神负担，说不定还会惹出什么不必要的事来，因此无论遇上多大的压力和痛苦，父亲都只能一个人扛着。每次和母亲有过不愉快，父亲总会静下心来反思，并非常理解母亲的这些抱怨，也意识到总这样下去终究不是办法。还有自己平时工作到深更半夜，一人赶山路回家也比较危险，至今已有好几次在途中遭遇国民党特务的盘查，还有多次被特务跟踪，费了好大的劲才甩掉特务。虽然逃脱了险境，但这些都是暂时的，时间长了，说不定哪一天真的会落到特务手里。其实，这些问题在父亲来活路社的那天就已经开始困扰着父亲了，由于一时也想不出更好的解决办法才拖到了今天，现在已到了必须做出决定的时候了。

父亲经过反复斟酌，觉得唯一可以解决的办法，就是放弃条件相对优越的学校宿舍生活，让母亲和他一起搬进活路社去住，这样，互相有个照应，又能将每天在路上来来回回的时间省下来用于休息，还避免了走夜路时遭特务盘查和跟踪，也可以全力以赴地投入到工作中去。这一举三得的好事，何不去尝试一下？方案有了，但父亲还是心存顾虑，因为活路社是个秘密机构，母亲是个局外人，让局外人入住活路社，按组织原则，恐怕也是不太合适，组织上会同意自己的申请吗？可事到如今，父亲还是想尝试一下。

事不宜迟，第二天父亲就去找了岳平同志，将自己目前所面临的实际困难和打算搬进活路社暂住的想法向岳平同志做了详细的汇报。岳平同志听完父亲的汇报后非常重视，当即表示马上和张佑铭同志研究，尽快给父亲一个答复。

　　谈话结束后，岳平同志立即找来了张佑铭同志（驻社常务社长，又是一位久经考验的地下党员，四十来岁，平时老是把脸沉着，话不多，偶尔会说上几句幽默的话，遇事格外沉着冷静，不露声色，不慌不忙），就父亲提出的请求向他做了介绍，并首先发表了自己的看法。岳平同志说，自己是父亲的直接联络人，也是发展父亲加入地下组织的介绍人，对父亲的为人很赞赏，自从加入组织以来，父亲有较强的组织观念，一般情况下不会给组织和同志们增添麻烦。这些年，父亲确实遇到过很多困难，但他是个非常讲原则和要面子的人，从没有向组织提出过帮助，这次他能鼓足勇气向组织开口，说明事态已经到了他无法解决的地步。母亲吴慎是个局外人，但之前在宿舍里见过多次，还在一起吃过饭、聊过天，对母亲还是有所了解的，性格开朗，待人亲切热情，有文化，有追求，有理想，积极要求上进，在是非曲直面前有主见，是一个信仰共产主义的现代女性，平时也一直默默地支持着父亲的工作。

　　听完了岳平同志的陈述后，张佑铭同志也谈了自己的看法。他认为，金鼓同志为《活路》杂志的创刊所付出的心血大家是有目共睹的，也是为杂志社做出过重要贡献的。如果住进来，在某种意义上也是更好地为社里的工作服务，在这样关键的时候，作为组织就应该伸出手去帮助他渡过难关，即便再大的困难也要想办法替金鼓同志解决！张佑铭同志说："至于担心他的妻子吴慎女士是局外人的问题，我相信金鼓同志的眼力，也相信吴慎女士的觉悟，住进来以后不会给社里添麻烦的，我愿意为此事做担保。如果今后因此事造成社里任何损失，由我一个人承担责任，并由我向上级组织做检讨！"有了张佑铭同志的这番话，岳平同志终于松了口气，并立即向上级进行了汇报。上级对此事慎重考虑后，很快做出了同意我父亲和母亲搬入活路社居住的决定。通过这件事情，充分反映党组织对父亲的信任和关怀。

　　父亲在接到组织上的决定后，高兴地三步并作两步赶回了学校宿舍，顾不上小憩片刻，第一时间就将这个好消息告诉了母亲。之前父亲由于自己心中也没有把握，所以一直没跟母亲谈这件事，现在突然得到组织同意的好消息，兴奋得不得了。听到这个消息，母亲也高兴得一夜没合眼，一直在心中期待能早日回到以往和父亲朝夕相处的日子，没想到这么快就实现了，所以母亲发誓，再也不和父亲分开了，哪怕上刀山下火海，她都心甘情愿！又过了两三天，社里就为我父母准备好了房间，并正式向父亲发出搬家的通知。搬家前的那天晚上，父亲和母亲都兴奋得一宿没睡，为整理行李不断在张罗。当时母亲虽有身孕，但怕父亲一个人忙不过来，耽误了第二天的搬家，就不顾父亲的反对，抢着要帮父亲一起整理。父亲怎么劝母亲都听不进，无奈之下，只好随母亲的心愿让她去干，但还是心有余悸，生怕母亲因运动量过大而伤到肚子中的孩子。为此，父亲时不时地叫停母亲手中的活，硬把母亲按在椅子上休息，要求母亲安静地坐在椅子上指挥父亲干就可以了。

　　清晨六七点钟，要搬的行李基本整理完毕。折腾了一个晚上，父亲和母亲也饿了，他们去学校对面马路边的小摊铺买了两碗重庆小面，囫囵吞枣地灌下肚。吃完后也顾不上休息，一鼓作气将行李搬到了校门口，趁着天色还未亮，父亲从街上叫来了一辆人力车，将行李装上了车，另外又叫了一辆黄包车用来和母亲一起乘坐。上车后，人力车跟在黄包车的后面，父亲和母亲的膝盖上各抱着零零碎碎的小件行李，急匆匆地往活路社赶。就在车到达活路社大门口不到一百米远的时候，父亲看到社里的一些人已经簇拥在活路社大门前等着他们的到来。随着车子越来越靠近，终于看清了站在最前面的是社长张佑铭、岳平两位同志，车子到了大家面前还未停稳，社员们就涌了过来，将黄包车团团围住，因早就听说父亲娶了一位来自杭州的医学世家闺秀，又是个大美女，都想一睹芳容，今天机会终于来了。

　　父亲那年二十九岁，年轻力壮，英俊潇洒，正值虚荣心爆发的年龄，看到有这么多社员来围观母亲，自然显得很得意。心想，平时想显摆也盼不来这样的好机会，今天既然大家来了，干脆大方地在大家面前炫耀一番，给自己长长脸。那天母亲穿着欧式花呢大衣，脚蹬着低帮咖啡色皮鞋，两条长辫盘在后脑勺，左右两侧插着蝴蝶结，再加上天生长着一副清秀俏丽的脸庞，特别引人注目。母亲的出现，吸引了那些单身的社员的目光，有些人傻傻地杵在那里，一动不动地盯着母亲看，一遍又一遍地从头到脚打量着母亲，随后带着羡慕的眼神转向父亲。这也难怪，当时的重庆虽然是国民党政府的所在地，但比起上海或江南地区还是比较闭塞和贫困，何况活路社的大多数社员均来自边远的农村，稍微时尚的人和物就让他们感到新鲜，何况现在一个江南大美人出现在他们的眼前，有所好奇或惊讶也是一件极为正常的事。

那天，父亲出尽了风头，社员中年龄偏大的单身汉看到我父亲娶到这么漂亮的老婆，一脸幸福的样子，难免开父亲玩笑，故意当着我母亲的面朝我父亲半真半假地唠叨说："你老弟真有福气，鲜花插在你金鼓这堆牛粪上啰，哈哈……"

图2　金鼓夫人1945年在重庆

在门口喧闹了一阵子后，大家争先恐后地帮着搬行李。母亲刚跨进社里的门槛，社长张佑铭就赶紧招呼我父母一同去看为他们准备好的宿舍。一路上母亲一直在猜想这宿舍是不是像自己想象中的那样！不一会儿就到了宿舍门前，张社长说："这里就是为你们准备的住处，特殊时期，有点简陋，望两位包涵！"话音刚落，母亲就迫不及待地推开了房门，就在房门打开的瞬间，母亲的脑袋如五雷轰顶，两眼直冒金花，脑子一片空白，她不敢相信这就是自己即将入住的地方。

由于和自己之前的想象环境落差太大，即便心里明白这是事实，母亲还是不愿去相信这个现实，两腿迟迟不跨进屋内，足足在门外傻待了好几分钟。后来在父亲的再三催促下，母亲才算缓过神来，迈着沉重的脚步勉强地跨进了屋内。里面一片漆黑，四周没有一扇窗户，充满着一股刺鼻的霉味，冲得母亲直打喷嚏，好不容易摸到了电灯开关，打开一瞧，更让我母亲感到失望。心想，这哪像是人住的地方，简直是个堆杂物的储物间，面积只有7平方米左右，顿时显出一脸不高兴的样子。站在一旁的父亲看出了母亲的心思，想着得赶紧打发社长离开，于是故意放开喉咙朝着社长说："让社里费心了，有地方住就已经不错了。"听到父亲发话声，母亲也只好收回不高兴的样子，附和着向社里表示感谢。

社长走了之后，母亲赶紧关上了房门，一把将父亲拽到跟前，又怕自己的大嗓门让走廊上的社员听到，只好强忍心中的不满，压低声音冲着父亲问："你跟我解释一下，怎么是这么个破地方？我的要求并不高，面积小一点没关系，房间的结构起码像学校宿舍那样，方方正正，有个窗户，你看看这房间，没有窗子也就算了，可是就连一个能透气的孔都没有，难道要让我憋死不成！早知道是这样的环境，还不如就留在学校宿舍，宁可选择寂寞也不选择这里！"父亲知道母亲在气头上，因此也不去跟她计较。又没有更好的办法，父亲只好在一旁哄我母亲说："社里就这么个条件，我们也要体谅社里，为了我们夫妻俩，社里已经网开一面了，就这么个房间很多夫妻想搬来住社里都没同意。我们先暂时住下，等我忙完这阵子还是搬回学校去住。"据父亲回忆，当时的那间小屋确实糟透了，白天因为没有阳光，整天开着灯，空气也不流通，平时只好开着门做事。特别是冬天，开着门的话，过道里的寒风吹进屋里冷得受不了。关起门吧，屋子里闷得受不了。就这么个地方，还是社里费了九牛二虎之力从过道面积里抠出来的，相当不容易。正如父亲所预料的那样，母亲牢骚是要发的，但毕竟是受过教育，明是非，会把握分寸，知道既然社里就这么个条件，你再怎么着也改变不了现状，与其强人所难，不如既来之则安之，想办法在其他方面把小日子过得充实点才对，好歹圆了和我父亲一起朝夕相处的梦，不再像以前那样寂寞了。想到了这些，对母亲而言多少也是个安慰，心情也逐渐平静了下来。

行李放进房间里后，母亲开始忙着打扫屋子，父亲因学校有课，又急急忙忙地往学校那边赶。社里想派一个社员帮母亲一起收拾房间，被母亲婉言谢绝了。收拾了将近一个上午，房间被收拾得干干净净，随后母亲又打开行李，把床单和棉被铺在了床上（床是用几块木板担在两把长凳上拼搭而成），日常用品都摊在了一张破旧的写字台上面。考虑到平时要开伙，没炉子可不行，于是父亲下课后去街上买了个煤油炉，这才算基本收拾好，前后整整花了一天的时间。

吃完晚饭后，母亲又为卫生间的事犯起愁来，社里就一个卫生间，而且还是男女合用，说得好听是卫生间，其实就是搭建在露天外的地地道道的农村茅厕，简陋得不能再简陋，厕所四周没有一面墙，全靠芦席遮挡着，而且，由于长年累月被风吹雨打，芦席已千疮百孔，到处透风。遇上下雨天，天花板上还漏雨，便器是个蹲便，也没有抽水的装置，用完厕所要去打水来冲洗。晚上就更难以忍受了，没有照明，一片漆黑，稍有不慎会一脚踩进便器里，还要提防有其他人进来上厕所。母亲是头一回体验这样恶劣的生活，自然感到非常的忌讳。但事已至此，后悔也来不及了，只能面对现实，再有委屈和不满也只能往自己肚子里咽喽！母亲上厕所时，总感觉有千万只眼睛在盯着她，非常拘谨和害怕。晚上，母亲上厕所时硬拉着我父亲一同去，父亲站在厕所外为母亲壮胆放哨。返回宿舍后，母亲意识到叫我父亲陪着也不是长久之计呀！平日里父亲不在自己的身旁那又该怎么办？想到这里，母亲不由得打了个寒战，于是向父亲提出买个痰盂，平时父亲不在时就在房间里方便。父亲认为社里上下只有母亲一个女性，确实存在不便之处，便答应明天下课后就去街上买。有了父亲的这句话，母亲这才松了口气。

在当时的重庆，虽说不是每家都有抽水马桶，大多数的人仍是用公共厕所，但也不至于像活路社的公厕这么的破烂。母亲刚来重庆时，就连城里的公厕都用不惯，如同黄鼠狼咬病鸭子，浑身打哆嗦。因为在杭州老家，也用痰盂解厕，但打扫之类的活根本不需要母亲自己去操心，一切由家里的保姆去打理。没想到到了重庆，这一切竟然要由自己亲自去做，难免有点失落和沮丧。一切从头学起，早晚一次去厕所倒痰盂，随后去水池边打水洗刷，时间一长也就得心应手了。

活路社的这段经历，是母亲一生中最为煎熬的岁月，母亲常常对我们说：她来重庆之前做梦都没想到自己会摊上这样的生活。要不是因为抗战逃难到重庆，在中学任教时结识了我父亲，这样的罪恐怕这一辈子都不会发生在她的身上，让她刻骨铭心！母亲出身于江南，她的父亲即我的外公是一名外科大夫，在杭州城里开了一家自己的诊所，由于医术高超，颇受当地人的欢迎。我母亲从小在保姆的精心照料下长大，虽然娇生惯养，但在我外公的言传身教下，在和他人处事时从不耍大小姐脾气，讲礼貌，通情达理，善解人意。而我父亲来自重庆的乡下梁平，虽说也是出生在当地大户人家，家境富裕，但在我母亲的眼里，再怎么说还是个土不拉几的乡巴佬，之所以与我父亲结合，完全是缘于欣赏我父亲的才华和为人。至于我父亲身上的那些乡土细节也就不那么在意了，既然改变不了现状，那只好嫁鸡随鸡，嫁狗随狗，一切顺其自然了。父亲曾用一首打油诗来形容当时的窘迫境界：

暗夜蚊如蜂，斗室若囚笼；
挑灯读《神曲》，宇宙一卷中。

结婚那天起，父亲就知道自己暂时给不了母亲想要的那种生活，但他从未泄气过，不断地尽自己的努力去满足母亲的需要。在那个特殊的年代，尽力了也未必能如你所愿，许多事情都很难以你的意愿而改变，结果与你的愿望相悖也是常有的事。父亲在情感方面是个不太善于表达的人，更不会像有些男人那样用甜言蜜语哄自己的老婆，让老婆高兴，日常生活中，有时和母亲发生了一点口角，原本可以用一两句好话就能打消母亲的气，就是因为不会哄，结果让母亲气上加气，好几天心情不舒畅。没能给母亲一个好的生活环境，父亲的内心深处一直有一种愧疚感，认为自己太对不起母亲了。在搬进活路社之前，母亲只知道父亲白天在学校教美术和音乐，晚上在活路社帮朋友审稿和设计封面，至于活路社是什么性质的机构，母亲一点也不清楚，父亲也从来没有对她做过解释。总之，凡涉及活路社的具体内情，父亲坚守组织纪律，避而不谈。母亲是个极聪明的人，知道父亲不说总有他的道理，因此也不会主动向父亲打听，除非哪天父亲回到宿舍特别晚，或者是夜里没回来的时候，母亲才会用关心的口吻问上一句"今天怎么回来得这么晚？社里有会议吗？"或者是"通宵工作要注意身体呀！"当然，每当被母亲问起时，父亲总是以"稿件太多，来不及处理"为由搪塞母亲。

自从搬进了活路社宿舍后，白天父亲照旧去学校教书，下午的课结束后便马不停蹄地往社里宿舍赶。到宿舍后，母亲已将晚饭放在了桌上，等父亲洗完了手就开饭。趁吃饭期间，父亲和母亲会简单地聊些家常，饭后父亲就会一个人上社里的二楼办公室工作。

日复一日，母亲发现平时进出社里的人都有些神神秘秘，无论是出去还是进来，都会探着头前后左右张望一圈，然后以相当敏捷的步伐跨出社大门。这是当时地下工作的特点，必须小心谨慎。大家在社里的时候，很少有人大声说话，社员和社员之间话都很少，各做各的事，即便在走廊上说事，都是细声细语，边说还边不停地前后张望，生怕招来特务。当有人经过他们身边时，就会立即结束谈话。刚开始母亲总有怪怪的感觉，很不适应这种环境，好几次想开门见山地向父亲问个究竟，但始终没有勇气提问，因为母亲相信父亲不会做出让她失望的事。

还有几次，母亲一个人上街买东西，路上偶尔遇见社里的社员迎面走来，母亲出于礼貌主动先向对方打起招呼，可是没想到这些人竟然个个装聋作哑，甚至连看都不看母亲一眼就和母亲擦肩而过。开始母亲以为自己认错了人，也没把这事放在心上，但经过几次的事情后，母亲开始从自身找原因，难道是因为平日里自己在社里说话时不小心得罪了大家？想来想去没有这样的印象，自那以后，不是对方主动向母亲打招呼，母亲绝对不会主动向对方打招呼。

印象最深的一次是母亲和父亲一起在逛街的时候，突然在路上遇见了社里的一位社员，这位社员当时正走在马路的对面，由于平时在社里这位社员总爱跟母亲开玩笑，关系也不错，再说父亲这天也在她的身边，于是母亲就大胆地喊他的名字，还不停地向他招手，只见他朝我母亲这边瞟了一眼，却没做任何反应，一扭头继续走他的路。母亲看到对方没反应，正想再次招呼对方时，父亲急忙用手捅了捅母亲的后背说："别叫啦，是你认错了人啦。"说完拉着母亲进了路边的一家铺子里。母亲还是不服气，朝着父亲不停地嚷嚷，说自己没有看错人！难道是见到鬼了吗？母亲越想越不理解，撇过头又想向父亲问个究竟，这时只见父亲一脸若无其事的样子，一边看着橱窗里的商品，一边哼着自己的作品《太阳出来喜洋洋》直管往前走。母亲最终还是想弄个水落石出，于是三步并作两步地跑上去一把拉住走在前面的父亲，父亲看见母亲这回动了真格，自己再坚持刚才的说法恐怕只会惹来更大的不愉快，于是赶紧改口说，是对方没有听见母亲的喊声，还说对方是近视眼，隔着这么宽的一条马路，叫他怎么看得清你之类的托词，费了许多口舌才把母亲的气暂时打消了。

还有一次，母亲突然头疼得厉害，身体感到特别冷，全身就像被人打了一顿似的疼痛，连走路的力气都没有，母亲意识到自己可能得了感冒，起先想不去打搅父亲的工作，自己坚持一下，等到父亲的工作结束后再说。但是头越来越疼，到了实在扛不住的地步，考虑再三，她还是想向父亲求救，请他去药房买些止痛药来。当时父亲正在楼上开紧急会议，母亲两手抱着头，艰难地一步一步往二楼登，才登到楼梯的一半，就有一位原先还站在二楼会议室门口吸烟的同志急速地走到了母亲的跟前，没话找话地和母亲搭讪，有意想把母亲拦回一楼。可是母亲这时已经疼得没有心思去搭讪对方，还是一个劲地往会议室方向走去。眼看搭不上话，那位同志也急了，干脆拦住了母亲，以社领导事先说过"会议期间任何人不得打扰"为由劝母亲赶紧下楼，这时母亲才恍然大悟，原来此人是放哨的，平时从来没见过这张脸。既然是社里的规定，母亲也不强人所难，把自己的来历告诉了这位同志，希望他把此事转告给父亲。那人听说是金鼓同志的夫人后，立刻搀扶母亲回到了宿舍，并答应马上派人去药房买药。

几次这样的经历，引起了母亲的怀疑，母亲毕竟是读过书、当过老师的知识女性，虽说没有经历过什么大风大浪的锻炼，但起码的判断力还是有的，母亲似乎已经嗅到了些什么，她认为活路社肯定不是一般的杂志社，是和共产党组织有关，若有人要问，她一定会一口咬定我父亲只是在里面帮帮忙，和共产党没有直接的关系，父亲平时在她面前闭口不谈社里的事，是生怕她担心。既然他不愿说，她也没有必要一定要去问个究竟。总之，她相信他的选择！为了不让父亲有精神上的压力，能专心致志地工作，从那以后，母亲干脆在父亲面前装傻，一直保持沉默，每天只顾做好一个家庭主妇该做的事，服侍好父亲的日常起居，母亲自以为自己掌握了一切，可让她万万没有料到的是自己的丈夫其实早已在为地下组织工作了。社里的同志为了避免暴露活路社的地址和自己的真实身份，平时都格外小心谨慎，在进出活路社的时候，都养成了先在离活路社大门外还有几十米远处就开始向四处环视一遍，确认没有国民党特务或者是可疑分子尾随身后时才跨进活路社大门，如发现有可疑分子尾随，哪怕这时已经走到活路社大门前，大家都不会贸然进社。

父亲有一次从学校返回活路社的途中被特务盯上，当时是下午五点半左右，原本就因一天的教学工作，身心已经劳累不堪，又加上为了省钱没吃午饭，肚子饿得咕咕直叫，两条腿就好比绑上了几十斤重的水泥块，每迈出一步都显得非常吃力，眼看就要到社宿舍门口，再想到马上就能享用母亲为他准备好的美味晚餐，心里顿时高兴起来，一咬牙，鼓足力气三步并作两步地急速向前走。就在这时，父亲无意甩头往后一看，发现有个鬼鬼祟祟的影子尾随着自己。凭多年地下工作的经验，父亲知道这一定是个冲着自己来的特务，于是果断做出暂不进社的决定。父亲后来回忆说，当时自己的体力已经到了极限，在那种情况下，谁都有可能产生一种侥幸心理，那就是迅速躲闪进社里。当时父亲也有过类似的念头闪过，但最终还是选择了与"尾巴"进行周旋，目的是不能暴露社址和保护在里面工作的同志们的生命安全。在与特务周旋的过程中，父亲多次因两腿乏力而"扑通"一声摔倒在地上，但随后爬起来继续赶路。一路上饿得两眼直冒金花，感到自己已经处于低血糖状态，再没有东西补充恐怕真的会有生命危险。于是，也顾不上好吃难吃，更顾不上卫生还是不卫生，他抓起巷子住户扔在门外的菜杆子大口大口地往嘴里塞，并痛苦地往肚子里咽。就这样，整整在巷子里转了一个小时左右，把特务转得上气不接下气，最后特务主动作罢了。

这天母亲迟迟不见父亲回来，担心得一颗心怦怦直跳，一次次跑到社门口张望，一直不见父亲的身影，以为父亲出事了。母亲做好的饭菜已经反复热了好几回，当看见父亲安然无恙地进屋后，悬在半空中的心总算落了地。父亲洗完手，一碗热乎乎的米饭就已送到了面前。每逢遇上这类事，父亲在母亲面前总是装得很平静，也不会提起刚才发生的事，就怕母亲为此担忧。父亲越是装着若无其事的样子，母亲越是感到父亲一定在外面遇上了什么事，但只要看到父亲好端端地回来，母亲也就放心了，也不向父亲打听。时间一长，母亲对社员们的举动也逐渐理解了，她知道以往在路上不搭理自己、装聋作哑、假装认错人，让自己陷入极其尴尬的境地，其实都是为了保护我母亲，不让我母亲受到牵连，如果跟在他们身后的特务发现他们之间是认识的，就会被认为是一伙的，这样，母亲就会被特务盯上，搞不好，还会被特务抓捕。

　　在活路社期间，编辑及其他的工作人员都过着常人难以想象的艰苦生活。当时，南方局总部处于非常艰难的时期，除了刚开办时拿出了一些资金外，就再也没有给社里拨过经费。从办刊物的开支到社员的报酬都要靠社里自行解决，每次能筹集到经费使刊物按时出版发行已经是谢天谢地了，社员的报酬想都不敢想，大家的生活来源都要靠自己在外面找活挣钱，最艰难的是有家庭的社员，他们上有老、下有小，全家都指望这些社员挣钱过日子，当两三天找不到活干时，这些社员的生活压力陡增。

　　社里的成员中，大部分的人是没有固定职业的，主要靠打零工来维持生计，但因为零工没有保障，所以常常失业在家，每日只能过着有上顿没下顿的日子。有的社员为了先满足家人的用餐，时常晚饭不吃就赶来活路社工作，有时一干就要到翌日凌晨。

　　深夜时分是大家最难熬的时候，不仅肚子饿得咕咕直叫，而且睡意也开始上来了，注意力急剧下降，好在大家非常团结，互帮互助，谁有钱，谁就拿出来请大家吃碗面，钱不够就两人吃一碗，在那样的强脑力劳动下，即使每人一碗恐怕也只能吃个三分饱，没办法只好尽量喝些水来做补充。

　　当年父亲在社里算是生活条件比较好的，至少能维持小家庭的基本生活，所以社里的社员都很羡慕父亲，父亲也对大家比较慷慨，只要口袋里有钱，半夜里吃面大都由父亲买单。其实在活路社的这段时间，在经济方面，父亲自身的压力也是比较大的，表面上看父亲有手艺，容易找工作，容易被大家误认为父亲口袋里有不少闲钱。当然，大家这样认为也是在情理之中。可是，事实并非像大家想象的那样，父亲也有难言之隐，因为父亲的身后还有一大家子人等着他的钱吃饭，如：刚和母亲组成家庭，有许多东西还需陆陆续续添置；再有，当时母亲肚子里已经怀上了大姐，需要买些营养品调理身子和为孩子的出生准备些钱；另外父亲的四个弟妹陆续从老家梁平来重庆找父亲，弟妹们原本是土生土长的农村孩子，什么世面也都没见过，初来乍到，样样都需要做大哥的为他们张罗，如添置日常用品、替他们支付学费，等等，合起来也是一笔不小的开支。

父亲为了撑起一大家子的生活开支，起早摸黑，尽管将辛辛苦苦挣来的钱全部用在了家人身上，可还是不够，每当到了月末，父亲就要为钱的事犯愁，自己明明有苦衷却不愿说给他人听，当遇到社里的同事问自己借钱时，还要装着一副大方的样子将家里急等用的钱瞒着母亲先借给那些社员，经常搞得家里粮食断档，让一家人饿肚子。为这事，母亲时常和父亲红脸，气得好几夜睡不着觉，父亲每次都知错，但就是不改，屡屡发生。父亲如此做，是因为自己亲身饱尝过急等用钱的揪心滋味，所以特别同情和理解前来借钱人的心情。

父亲有这样的性格和脾气，并不是他成人后养成的，而是从小受爷爷灌输的以"义"字当先，广交朋友、厚待朋友的思想影响，在义气和钱之间，父亲更看重前者。没有其他更好的办法，父亲只能加大在外揽活的工作量，以时间和工作量来换取余钱。由于广告公司广告设计业务量不断增加，没有办法，父亲只好在社里工作结束后再回到宿舍继续干。这一干就到了深更半夜，母亲几次从睡梦中醒来，都看到父亲还趴在桌子上工作。一段时间下来，挣的钱确实比平时多了不少，可是父亲的身体却受到了严重的损耗，就说他的头发吧，由于过度的脑力劳动，才刚刚三十来岁，就已经开始大把大把地脱落了。

那个艰苦的岁月，很少有人愿意把钱往外借，因为大家心里都明白，借钱给别人就像泼出去的水，根本不可能收回。父亲虽然也明白这个道理，但他还是坚持要这么做，他认为"给予他人帮助就是自己最大的满足"。因此，在把钱借出去的时候，他就没指望哪天会还回来，何况他对社里同志的家庭状况知根知底，要说还钱，就连这些借钱的人自己也不知道何年何月才能够还上。父亲是看在都是同一条战壕里的革命战友，讲究的是一份革命的情谊，不会在还不还的问题上纠结。据说当年还有的同志家里突发急事需要用钱，自己又已经好几天失业在家，实在无路可走时第一个想到的必定是父亲。

有几次，父亲刚从广告公司领回了报酬，原打算回家交给母亲去买些生活用品，但半路上被借钱的同志截住后，不忍心拒绝就将放在口袋里还未焐热的钱又慷慨地借给了他们。社里大部分同志都向父亲借过钱，有的还不止一次借过，但基本上都是有借无还。还有几次，父亲把自己家里急等买米的钱都借了出去，害得母亲和肚子里的孩子挨了一天饿，气得母亲直跺脚。每当遇上这样的情况，父亲总是虚心地接受母亲的批评，并保证今后一定会注意。说是这么说，但一到有同志遇到经济危机时，父亲就会将在母亲面前保证过的事忘得一干二净。正如古人说的："江山易改，本性难移。"后来母亲对父亲彻底失望了，不愿再去相信他的所谓保证，干脆红着脸与父亲约法三章：无论父亲对朋友多么重情义、多么慷慨，母亲一概不干涉，但前提是必须确保母亲和肚子里即将出世的小生命的口粮。据母亲回忆，这个约定还算管用，自那以后，父亲拿薪酬的那天总会第一时间将一部分钱交给母亲，其余的由父亲自己支配，也算保证了母亲和孩子的正常生活。

1949年以后，母亲逢到亲戚朋友来家里做客，聊到父亲时，总会半开玩笑似的说："金鼓是个讲义气、好面子的人，为了朋友可以舍弃老婆和孩子，我这一生跟着他算是吃尽了苦头喽！"

父亲在活路社工作期间，有一段时间白天在学校教书，下课后先要赶去演剧社参加反蒋剧目的舞台设计和演出，结束后再赶回活路社。自从接受了《活路》月刊的工作，父亲每天都要工作到凌晨一两点（这期间还要见缝插针做些广告设计）才能回宿舍休息，有时遇上稿件多的时候，还会通宵达旦地审稿。最初为了使《活路》月刊一炮打响，完成地下组织交给的任务，在第一期刊物内容的审定上，父亲和社里的骨干人员可谓是呕心沥血。父亲除自己白天教书外，其余的时间都交给了社里。他经常和杨仲明、黄友凡、岳平、吴毅夫、沈迪群、杨家麟等地下党老同志聚在一起，对建社的章程和刊物的宗旨反复进行讨论。大家各抒己见，最大限度地发挥各自的智慧和才能，经过几昼夜的认真讨论，一致通过建社章程和第一期刊物的主旨。即围绕和平、民主、抗丁、抗粮、抗税做文章，以摆龙门阵的形式，用通俗易懂的语言把刊物的中心思想传递给广大群众，鼓舞民众投入到反蒋、反国民党的斗争中去。大的方针决定后,大家对投来的每一篇稿件都精心地进行筛选,对被录用的稿件内容逐字逐句地进行斟酌和修改。在封面设计方面,社里特别重视,因为做过出版工作的人都知道,刊物的封面如同人的一张脸,能不能吸引住人们的目光,首先取决于封面,只有把封面做到位,才能吸引读者,扩大刊物的发行量,发行量上去了,影响力自然也就大了,就能使更多的人认识到国民党政府的罪恶面目。因为父亲的才华在当时重庆文艺圈内已是小有名气,所以社里把首创刊物设计重任交给我父亲。

接到任务后,父亲也感到压力巨大,明白这不是一件轻松的事,社里的同志们都在看着自己,搞得好皆大欢喜,要是由于封面的缘故,发行量不尽如人意,那自己就有负众望了,不仅对不起为这期刊物日日夜夜付出心血的同志们,而且直接影响刊物能否继续生存下去,更对不起社里领导对自己的信任。面对从未有过的压力,父亲选择默默地承受!自接受任务后,父亲每天吃不香、睡不好,所有的心思都放在了封面的设计上。一支又一支被点着的香烟不一会儿都变成了灰躺进了烟灰缸,画了一张又一张的设计草图转眼间被捏成纸团扔进了废纸篓里。在经过反反复复几十次的修改后,一张令大家满意的封面终于大功告成,以最快的速度完成了社里交给的任务!

在同志们齐心协力奋斗下,期待已久的《活路》月刊第一期于1946年5月25日正式面世,并以陶行知先生的通俗诗句代为发刊词,直言不讳地道出了《活路》月刊的办刊宗旨:

活路是要做,
做活路的人要觉悟;
要联合互助;
要争取解放;
要创造出自己的生路!
生活是民主和平;
保卫和平民主是迫切的活路!

《活路》的主要栏目有"老实话""街谈巷语""天南地北""七十二行""大众诗歌",等等。第一期发表的评论有《政府为啥不改组》《莫闹大纰漏》《十九省闹饥荒》等,从不同角度将矛头直指国民党反动当局,从而以浅显易懂的通俗语言宣传了革命的道理。《活路》第一期一经问世,便轰动了整个国民党统治区重庆,民众们抢着购买,没多久各销售点就被抢购一空。《新华日报》副刊也热情地向广大读者推介了《活路》月刊,月刊的知名度顿时提升了不少,一夜间在社会进步青年、知识分子及工人、农民中引起了强烈反响,大家赞不绝口,纷纷传阅。

在第一期出版发行后不久,中共地下党员力扬、邵子南、岳平、黄友凡等活路社的董事在管家巷28号社会大学内就第一期月刊民众的反应进行了总结,目的是将第二期办得更好。在讨论会上,大家一致认为,第一期虽然达到了预期的效果,但从实际情况来看,在工人、农民层面,似乎内容还未彻底深入进去,亟须改进。应增加一些文字内容和更为通俗易懂的栏目,如"龙门阵""说唱""天下大事""医药单方"等,这些栏目比较容易融入工人、农民视野。那天父亲因临时执行组织上交给的特殊任务而没能参加会议。会议结束后的当天晚上,在江家巷一号迁川工厂联合会楼上会议室,活路社又召开了正式成立大会,会上推荐了陶行知、李公朴(尚未到场)和杨仲明、黄友凡、胡晓风、岳平、吴秋帆、廖蕙林、沈迪群、田苗及我的父亲金鼓等十几人为活路社理事,理事作为社领导机构,其责任是发展社员,激励社员参加社内、社外的一切革命活动,推销刊物,为社里筹集经费等。

《活路》月刊问世后就不失时机地抓住社会热点进行及时报道,如留法工程师郝贵林失业穷困、报国无门,在重庆中央公园厕所内吊颈而死。这一事件,对当时重庆群众震动很大,《活路》月刊就此事件发表了杨仲明的唱词《深渊记》,悲愤地控诉了国民党政权的黑暗和腐败:"'报国'无门难'死命',枉在外洋负盛名。遥寄天涯妻与子,'奥妙深渊'丧残生。"还有长篇唱词《若再征粮要命了》,号召"大家起来多呼应,我们不死硬要生"等激发民众抗争的文章。父亲也动了不少脑筋,在这些文章中配上相应的插图,使得文章的主题更为突出和有力。正是《活路》月刊独有之特色——代表着广大群众"要创造出自己的活路",直指国民党腐败当局,所以赢得了包括外省市在内的广大民众的欢迎,也使得《活路》月刊紧紧地团结了广大民众,激励着他们的救国热情和信心。其影响不仅在当时的国统区重庆广为流传,在祖国各地也有很大的影响,甚至在革命圣地延安也能看到。据后来从延安返回重庆的地下党同志张汉城描述,《活路》月刊在延安受到文化界人士的高度评价,还引起了党中央领导同志的关注和好评。为了把活路社做大做强,中共地下组织决定将由党组织领导的"建国教育社"的大多数同志转为活路社的社员,与原先活路社的同志一起并肩战斗。

1946年6月,蒋介石撕毁停战协定,向我中原解放区悍然发动了进攻,从此内战全面爆发。重庆的形势急转而下,到处都陷入国民党反动派的白色恐怖中,活路社首当其冲被国民党视为眼中钉、肉中刺,他们千方百计想将活路社和《活路》月刊掐死在襁褓里,但苦于找不到活路社真正的社址和负责人,只能派出大批特务像无头的苍蝇到处乱撞。他们暗地里严密监视《活路》月刊的发行渠道,企图通过发行渠道,顺藤摸瓜找到活路社的社址,然后将活路社以及参与《活路》月刊工作的同志一网打尽,彻底铲除《活路》月刊。

党组织及时觉察到了敌人的阴谋,为了以防万一,他们先将一部分没有固定职业的同志和秘密文件转移到更为隐蔽的地方,然后要求留下来工作的同志继续保持高度警惕,并做好随时撤离的准备,负责阅稿、审稿的同志可以在自己的住处进行,这样可以减少来往社里的频率;如有事来社的时候,途中一定要多长几个心眼,把眼睛擦亮,谨防特务跟踪。一旦发现有特务盯梢,必须立即原路返回,等到甩掉跟踪后再来。父亲因工作的特殊性,每天往返于活路社的次数相对比其他社员要频繁得多。所以,在那段白色恐怖的日子里,父亲因白天任教的学校在重庆沙坪坝,剧社活动遍布各处,活路社又在渝中区,几处奔跑途中,经常会遭特务们的拦截盘查。盘问中稍有语言上的不慎就有可能招来杀身之祸。幸亏父亲有个正当教师职业,所以一直把它作为挡箭牌,躲过了特务对他的怀疑。尽管如此,父亲仍然保持高度警惕,时时小心,考虑到每天走同样的路线容易引起特务的注意,就改变了每天出行路线，宁可多花费点时间和体力也会绕道而行。特别是在接近活路社一带，那里住的大多数是一些衣衫褴褛的农民和码头工人，是个典型的贫民区，路上行人中外来人员显得非常少，父亲由于肤色长得白净，脸庞很秀气，衣着也略讲究，一副知识分子的模样，所以每次出现在这条马路上，都会格外引人注目。有几次在遭受特务盘问时，他们都用好奇的眼光看着父亲。当然，他们盘问的第一句话无非是"你来这里干啥？"虽然都被父亲编造的理由搪塞了过去，但父亲也意识到这不是长久之计，这些特务也不是傻瓜，总有一天会露出破绽被特务盯上。所以后来父亲一改往日的打扮，穿着上尽可能和当地人保持一致。衣着变了，但天生的文质彬彬的气质还是吸引了特务们的注意甚至被盯梢。为了不暴露活路社的地址，每次发现有特务跟踪自己时，父亲就总会采取猫捉老鼠的方式和他们周旋，有时已经走到了活路社的门口，仍会继续朝前走，并围着山路一圈又一圈地绕着圈子。碰上难缠的特务，父亲就会陪这些特务绕上一两个小时，直至把特务绕得晕头转向为止。

特务的跟踪带给父亲危险之外，还会带去别的困扰。在绕道的途中，偶尔也会碰上自己的同志或者是社会上的朋友。应对自己的同志时，由于大家平时都有默契，只要父亲向对方递上个眼神，这些同志马上心领神会。就是社会上的朋友最难应对，这些朋友大都不了解父亲的真实身份，见到父亲时，总喜欢主动向父亲打招呼，有些人甚至在马路的对面就会不顾一切朝着父亲大喊名字，幸亏他们叫的名字都是父亲的别名，每逢这时，父亲干脆装聋卖傻，让特务摸不到头脑，不然就会惹出不必要的麻烦。如果是迎面而来的朋友，父亲会在他们发现之前，先行一步拐进路旁的岔道里。如果没有岔道可躲，就低下头假装正在思考问题，与对方擦肩而过。如果先被对方看见时，父亲就直截地装着不认识的样子，并做出你认错人的手势扬长而去。这样做其实都是为了保护对方，不然的话，后面的特务很可能也会对这些与父亲打招呼的人产生怀疑，从而给他们引来不必要的麻烦。父亲的出发点是为了对方好，可是这些朋友不了解实情，都以为父亲故意在回避他们，事后都会在背后说些父亲"清高啦，忘恩负义啦"等极为刺耳的话，为此得罪了不少朋友，受了不少委屈。有时在朋友聚会上再次见到这些朋友的时候，父亲不知为此事向大家做了多少次解释，请求他们的原谅，但最终还是有人不愿意接受。每逢发生这样的状况，父亲也只能是哑巴吃黄连，有苦往自己肚子里咽。甩掉了特务的跟踪后，父亲还是保持高度的警惕性，避开从正门入社，宁可多走点路绕到后门悄悄入社。逢到晚上时，即便已经进入了社里面，父亲也不会急于打开过道电灯，因为马上打开电灯会立马引起特务的好奇和警觉，这样会暴露自己的位置。一旦暴露，也一定会给社里带来危险。于是先黑灯瞎火地摸到二楼窗口，然后朝外面四处张望片刻，在确定没有特务监视后这才打开电灯。

在白色恐怖的日子里，许多同志无法正常来社里工作，对《活路》月刊的正常运作产生了很大的影响。在这关键的时刻，中共地下组织委派《新华日报》的张子英同志来社里和张佑铭、岳平、吴毅夫三位同志召开了紧急会议，为排除外界的干扰，确保会议内容不被泄露出去，会议地点没有选在活路社内，而是放在了活路社附近枣子岚垭罗家湾小路僻静的丛林里。张子英同志口头传达了上级党组织的决定：在敌人最猖獗的时候，我们的宣传工作不能停，要求张佑铭、岳平、吴毅夫组成一个核心小组，带领活路社的全体同志务必坚守好《活路》月刊这一宣传阵地，敌人对我们监视得再严，我们也要把党中央的真实情况和我军打胜仗的消息及时、准确地传递给国统区的广大民众，让大家了解实情，拥护中国共产党，坚信只有中国共产党才能打败国民党蒋介石的独裁政府，成立新中国！鼓舞民众要树立起和国民党反动政府斗争到底的决心和信心。与此同时，也要做好最坏的打算，一旦发现敌人有什么新的行动，必须及时向党组织汇报，以避免我们的同志遭到无谓的牺牲，并且随时做好撤离的准备。

1946年仲秋，活路社的办刊经费再次出现严重短缺，为了坚决贯彻上级党组织对活路社的要求，渡过这一难关，使《活路》月刊继续办下去，在邵子南、廖蕙林同志的提议下，以活路社的名义在黄家垭口"抗建堂"举行了大型募捐演出活动，由于父亲在文艺界认识的人多，因此，组织上派父亲出面寻找可靠的文艺团体参加这次活动。父亲接到指示后立刻和育才学校的艾青、负责戏剧专业的李乃忱老师（中共地下党员）取得了联系，由李乃忱老师组织学校戏剧专业的学员参加这次募捐演出。

一件事情刚落实,又接到组织上交给的新任务,在当时的重庆,国民党政府对公开演出和募捐活动管制得很严,演出前必须向社会局提出申请,在申请获得审核通过后才有可能领到演出许可证,否则就会被视为非法活动予以取缔,在派谁去社会局进行交涉的问题上,社领导进行了慎重的考虑,最终决定派我父亲去完成此次任务,理由有以下两个方面:一是我父亲对外一直是以无党派人士的身份露面,这次以无党派人士的身份提出申请,可以避免社会局不必要的猜疑。二是父亲是一位久经考验的老同志,对敌斗争经验丰富,有较强的随机应变能力,曾多次出色完成过组织上交给他的特殊任务。父亲在接到新任务后,首先做了周密的准备,策划了申请的合理理由。为了做到万无一失,不让社会局抓到任何破绽,父亲又为自己起了个新别名"金鼓",原因是之前使用的几个别名都已经上过国民党特务的黑名单,不更换就有可能暴露身份。

父亲在拿到组织上请当时的著名民主人士邓初民教授写好的转交给社会局徐洪涛局长的介绍信后,马上持信去社会局找到了徐洪涛局长。由于有熟人介绍,申请手续办得异常顺利,不到两天社会局就通知父亲去社会局领取演出许可证。就在募捐活动的前一天,父亲又接到岳平同志代表党组织下达的指示,要求父亲主持募捐晚会的开幕致辞和闭幕答谢词,这也是父亲自参加地下组织以来第一次从后台走向前台与民众见面,父亲意识到会有不可预测的风险,弄得不好就会随时暴露自己的身份。但是,父亲顾不上那么多,出发前,他早已做好了献出自己生命的最坏打算。组织上预测,募捐晚会当天,各界人士会有许多人来参加,当然人群里也会混入国民党特务,这些特务会以各种身份做掩护,如伪装成税务人员,伪装成学生,甚至伪装成进步人士,他们的目的只有一个,那就是打着寻找所谓反对政府人士的幌子,肆意破坏这次的募捐活动,对地下组织妄图一网打尽。应对敌人惯用的阴谋诡计大家早已经做好了思想准备。尽管到会的人员十分复杂,很难一眼辨别出伪装的特务,但组织上事先已经要求我们的同志这天一定要提高警惕、擦亮眼睛,不要轻易相信任何一个人,更不能被特务识破身份,一旦感到有危险,要想尽一切办法摆脱险境,迅速撤离会场,在外躲避几天,千万不要回自己的住处。

募捐晚会的当天,父亲一大早就赶到了抗建堂晚会现场,和活路社的其他同志一起参与了会场布置工作。在中午休息时,父亲赶紧在后台楼梯旁准备开幕致辞和闭幕答谢词的稿子。就在离开幕还剩一个小时的时间,父亲突然意识到自己有必要对抗建堂的地形做个全面的了解,以防在紧急的情况下带领同志们可以迅速、安全地撤离现场。父亲的这一想法恐怕是他长期以来从事地下工作所养成的习惯吧!那天父亲自早上到了抗建堂之后就没有休息过,连续忙了近十个小时。这期间,父亲只吃过母亲前一天晚上为他准备好的两个馒头。除此之外,什么都没有吃过,就连一口水都顾不上喝,直到募捐晚会开始。在募捐晚会的大幕徐徐拉开的同时,父亲慢慢地走上主席台,随后致开幕词。首先代表晚会的主办方对所有前来参加晚会的嘉宾、朋友们表示感谢!在随后的致辞中,父亲以他那天生洪亮的嗓门和富有戏剧性的肢体语言及慷慨激昂的情绪,将开幕词读得有声有色,一下子就将会场的气氛带动起来,台下的嘉宾们都把目光投向了父亲,不停地为父亲的精彩致辞鼓掌、欢呼,同时也激发了嘉宾们对本次募捐的信心。

由于致辞中有大量对国民党政府进行讽刺的言语,因此也激怒了混在人群中的那些特务,他们断定父亲就是中共地下组织的重要人物,迫不及待想立刻抓捕父亲,但又怕在众目睽睽下公然登上主席台抓捕会引起民众的愤怒和媒体的关注,甚至会成为第二天所有报纸的头条新闻,让国民党当局失去面子,因此只好将他们凶恶的嘴脸暂时隐藏起来,装着若无其事的样子待在原地一动不动,继续听父亲的致辞。可是,他们的企图早已被站在台上的父亲那双犀利的目光看得一清二楚,父亲就抓住他们在现场不敢公然对自己下手的软肋,毫无顾忌、不慌不忙地将要说的话全部说完。据父亲回忆,当天台下有不少的便衣特务,自己确实有一点紧张,心也一直在怦怦地跳,但考虑到如果让特务看出自己的异样,那么他们就会提前对自己下手,于是心里不断地给自己打气、壮胆,稳住紧张情绪,并装出一副什么都没发现的样子,还时不时地露出特别高兴的神态,以麻痹敌人,使敌人放松警惕。与此同时,心里在盘算致辞结束后如何巧妙摆脱特务的纠缠、安全撤离现场的对策。就在父亲的开幕致辞即将结束的时候，郭沫若先生也莅临现场。他的到来，顿时给募捐晚会增辉不少，另外还有曾经资助过《活路》月刊的进步团体和民主人士也陆续来到了会场。随后，募捐活动和演出开始了。

特务们看见郭沫若先生也在场，不敢马上对父亲下手，也许是父亲的表演太逼真了，迷惑了这些特务，他们还以为父亲真的什么都没发现，因此也放松了警惕，认为等晚会结束后再抓父亲也不迟！特务们的一举一动，也被我地下组织的其他同志识破，他们劝父亲趁晚会还在进行，特务们还未意识到的时候赶紧撤离，闭幕词派另外的同志去讲。但父亲坚决不同意这样的建议。父亲认为，如果他现在离开，就等于不打自招，会更加引起特务们对这次晚会主办方的怀疑。父亲说："我虽脱身了，但接替我的同志同样会有被抓的危险。与其都要被抓，还不如我一个人去。"在父亲的坚持下，组织同意了父亲的提议，并告诫父亲，一定要保护好自己，撤离时组织上也会派人在他的周围替他打掩护，不到万不得已，坚决不能放弃逃离的念头！

就在募捐演出临近结束的时候，台下的特务坐不住了，他们一改刚才故作镇静的样子，个个脸上露出了凶残的模样，一个接一个地挪动起身子，随后慢慢地往后台方向包抄过去。很显然，他们是想在后台拦截父亲。面对特务们的蠢蠢欲动，父亲早已做好了准备，他大义凛然地再次登上了主席台做闭幕答谢词。就在父亲做完闭幕词转身迈向后台的前一刻接到了台下地下党同志递过来的一张纸条，纸条上面写着："从对面厕所窗户翻出，那里有我们的同志接应！"父亲刚准备放弃回后台直接奔向对面厕所方向，几个特务已经从四面包围了上来。此时父亲感到了事态严重，心想立马脱身恐怕会有些难度，不如干脆走一步看一步，再寻找机会脱身。于是就当作什么都没有发生一样，父亲故作镇静地往后台方向走去。没走几步，父亲就感到背部被冷冰冰的东西顶着，回头一看是特务正用枪顶着自己的腰。还未等父亲开口，特务就把嘴凑到了父亲的耳旁轻声地说："不要声张，声张对你没好处。乖乖跟我们上车，有事和你聊聊！"就在这千钧一发的关头，地下组织的同志和进步学生们故意簇拥到我父亲身旁，把他团团围住，将特务隔在了人群之外，大家你一言我一句地和特务理论。不一会儿，前来看热闹的人也围了上来，彻底将特务里三层外三层地围住了，整个后台也被挤得水泄不通，场面一下子变得混乱起来。父亲感到脱身的机会来了，趁势从人群里挤了出来，三步并作两步，朝对面厕所方向跑去。进入厕所里面后，父亲立刻从后窗翻到了厕所外面，接着跟随前来接应的同志迅速离开，安全地赶回了活路社的宿舍。

　　当天夜里，特务在重庆进行了大搜捕，一晚上国民党特务警笛声叫个不停。父亲虽然经历恐怖的一幕，但回到宿舍后又装着若无其事的样子。这时，有人已经把社里上上下下的电灯都关掉了，母亲出于好奇，向社里的同志打听究竟，这才得知特务正在到处搜捕父亲。得知这个消息后，母亲被吓得坐立不安，一直在担心特务万一到这里来该怎么办？反复催促我父亲离开宿舍，去朋友处躲避一阵子，可是父亲怕母亲一直这样着急，会急火攻心、伤到胎气，就故意轻描淡写地朝着母亲说："事情没你想象得那么严重，我只是作为主持人在台上说了几句话，特务不会对我怎么样，你就安心休息吧，时间也不早了！"但父亲的劝说不但没有平息母亲的担忧，反而由于自己的故作镇静，让母亲更加感到事态的严重性，决定陪在父亲的身边。

　　组织上考虑情况越来越严峻，万一有人走漏风声，特务就会顺藤摸瓜搜到这里，那样不但父亲会面临凶险，活路社也会遭到破坏。基于上面的考虑，组织上还是做出了让父亲暂时撤离活路社宿舍，去别处躲一躲的决定。那时已经夜深了，街上到处设了卡，特务正在到处搜查，现在如果出去就等于自投罗网，于是只好委屈父亲去后面山里躲避一夜，等到第二天天亮，当特务们因折腾一夜后还在睡觉时再转移到别处。母亲一听父亲要去后山躲避一夜，怎么也要跟着一起去，而父亲考虑到母亲有孕在身，不忍心让母亲跟着自己受罪，坚决不同意，劝说母亲多次都未说通。相反，母亲的态度却更加坚定了，弄得父亲实在没辙，最后只好同意让母亲跟他一同上山。就这样，这天晚上，父亲和母亲在后山躲避了一夜。这一夜，两人又冷又饿，特别是父亲，已经整整一天没有吃东西了，胃一阵阵疼。不仅如此，到了凌晨还下起了雨，雨势虽不大，但两人的衣服都湿透了，还被秋天的蚊子死命地叮，一宿无法合眼。这一夜，母亲被蚊子叮得最厉害，凡是没有被衣服遮住的地方，都被蚊子叮成一个个疙瘩。父亲因为一直在抽烟，烟熏得蚊子不敢靠近他，比起母亲来要相对好一些。虽然是难熬的一宿，但总算是有惊无险。

第二天中午，父亲接到社里领导发来的撤出山里的指示。安全起见，社里又派了同志掩护两人暂时转移到老家梁平避一避，等风头过了再回活路社。可是不知哪个环节出了问题，就在他们刚到梁平屏锦铺父亲外婆家的第二天，特务就追了过来，那天幸亏父亲一大早就去了表哥家，这才逃过一劫！大约在表哥家待了数日，社里派人把他们两人又接回了活路社宿舍。社员们闻讯后争先恐后地来宿舍看望他们，当看见他们一切安然无恙后，几天来大家一直悬着的心才放了下来。大家对父亲募捐会上的表现赞不绝口，活路社领导岳平、张佑铭等同志也专程慰问了我父母，代表组织对他面临凶残的特务能做到临危不惧、沉着冷静，出色完成募捐任务表示敬佩和感谢！并报上级部门为父亲庆功。当然，自此"金鼓"的名字也上了国民党特务的黑名单。

同年，为了更有力地揭露国民党独裁、腐朽的统治，父亲受地下组织委任，在市中心的江苏同乡会协助中国戏剧学会组织演出由陈白尘编剧的话剧《升官图》。该剧是陈白尘先生用二十多天时间完成的作品，其内容是通过两个强盗的"升官梦"，把一个小县城肮脏的官场交易展现在舞台上，从而画出了一幅贪赃枉法、寡廉鲜耻、"关系"之学盛行、真理良心丧尽的群丑图，对国民党统治区的腐朽、反动官僚政治进行了深刻揭露和辛辣讽刺，尤其指出：这种腐败不是个别现象，而是整个统治机构的糜烂导致。

此剧一经公演，在社会上便引起了强烈的反响，对当时反蒋、爱国、要民主的运动起到了积极的推动作用，可谓一部政治喜剧。父亲在该剧演出中主要担任舞台背景设计和背景音乐制作，为了起到造势作用，并让更多的民众看清国民党反动政府的腐败面目，父亲还将他执教的中正中学的学生组织起来一同观看，并且借演出的机会，带领一部分进步学生向观众散发进步刊物《活路》月刊和《人民的声音》，让民众充分了解延安根据地和党中央的最新动态以及人民解放军连打胜仗、国民党军队节节败退的消息，以此来鼓舞民众的反蒋士气。几天来的演出深受民众的欢迎，获得了圆满的成功，震撼了整个山城重庆，给国民党反动政府当头一棒。父亲看到演出如此成功，无比兴奋，回到宿舍后顾不上品尝母亲为他烧好的一桌好菜，急忙拿出笔和纸，创作了一首《指望大救星》的诗歌。

指望大救星

布谷鸟，

声声唱，

耕种时节田荒凉。

保长抓壮丁，

恶毒赛虎狼，

逼得丈夫逃外乡，

丢下老和小，

一去渺茫茫！

秋风凉又凉，

身上少衣裳，

儿女饥饿叫爹娘。

苛捐追得紧，

地主逼租粮，

生死冤仇永不忘！

指望大救星，

快来这地方。

后来，这首诗歌又被我国著名音乐家沙梅先生谱上了曲子，在重庆传唱，受到了民众的热烈欢迎。1949年以后曾被选入《抗日战争歌曲选集》《沙梅独唱歌曲》和《革命歌曲大家唱》。

1947年2月，国民党全面封闭了设在重庆的中共四川省委和《新华日报》报社。3月5日，省委和《新华日报》的全体人员被迫撤回延安。国民党出动军、警、宪、特对中共地下党员、进步民主人士、知识分子以及进步学生实行全面、大规模的逮捕，整个重庆笼罩在一片白色恐怖中。由于一直以来作为重庆乃至全国传递共产党信息的窗口《新华日报》突然撤离，延安的许多消息一时间无法正常传递，国民党趁机处心积虑地编造出种种谣言来蒙骗不知情的群众，谎称"国民党军队攻占了延安，共产党的军队已经被消灭"，等等。一些不明真相的党员和进步人士以及群众信以为真，对共产党救中国的能力开始产生怀疑，甚至到处弥漫着一种悲观失望的气氛。为了彻底揭穿国民党散布的谎言，让民众重新振作起来，中共南方局慎重研究，决定由一直以来战斗在宣传第一线，在重庆有一定影响力的活路社，接替《新华日报》在重庆继续向民众发布党中央根据地延安的信息，让大家了解党中央、毛主席不仅存在，而且还在不断地打着胜仗，全中国的解放指日可待。

　　活路社接到上级的指示后，立即召集社里相关人员召开了紧急会议，父亲也参加了。会上就如何挽回民众对共产党的信心展开了激烈的讨论：首先要让民众像以往一样能够看到解放区党中央、毛主席的消息，使他们真正相信共产党不仅依然存在，而且越来越壮大。可是在当时的国统区重庆，用往常的《活路》月刊来传递这些信息，显然不现实，也是极其危险的，因为之前是国共合作时期，国民党蒋介石表面上还是要装出不打内战的样子给民众看，自然不敢明目张胆地对共产党人和进步机构、进步刊物进行打压，只是在暗地里耍些小动作。现在情况截然不同了，国民党已撕下了伪装，没有任何顾忌地发动内战，《活路》月刊一旦以文字形式传递共产党的消息，那必然很快就会让国民党特务嗅到。到那时，不仅刊物遭禁止，就连活路社社员可能都会被杀害，这样的做法不妥，也不符合上级组织对活路社给予的期望，最后有人提出以出版《民歌集》的形式来传递上述信息。

　　《民歌集》表面上看是属于娱乐方面的书籍，不容易引起特务的注意，然后我们可以在歌词上做些文章，让民众通过歌曲来了解延安党中央依旧存在。父亲认为既然是民歌集，就应该顺其自然，不要刻意地去改动歌词，否则和以文章的形式对外宣传又有什么区别？我们可以多选择一些西北地区的民歌，以使民众对延安产生更大的兴趣。当然，《民歌集》比起月刊来，其隐蔽性要高很多，万一被特务怀疑上，充其量给出版社戴上一顶选题不严的帽子，警告一下就罢了，不会怀疑活路社是共产党领导的机构。既然是《民歌集》，封面设计尤为重要，要让所有爱好民歌的人，无论是文化人还是工人、农民，只要看到封面内容就有所联想，我们可以采用图案的方式将党中央、毛主席依然在延安根据地的消息传达出来，使民众一看到图案就能联想到陕北延安，想到了延安就等于想到了革命根据地。有了这样的暗示，民众自然会意识到党中央、毛主席依旧安然无恙，这样也就达到了我们想要的目的，也不会让敌人对《民歌集》产生怀疑。父亲的提议立刻得到与会同志的认可，大家一致认为，要完成这项任务，非金鼓同志莫属，希望父亲以大局为重，接受这项光荣的使命！在大家的信任面前，父亲感到自己没有理由去推托，便毅然接受了任务，并表示决不辜负大家的期望。

接受任务之后，父亲预感到要完成此次任务并非想象中那么简单，自己虽然是美术科班出身，画一般的人体肖像、杂志插图以及广告方面的图案确实得心应手，小菜一碟。可是这次的任务和以往的都不同，不仅图案要设计得有艺术性，能吸引人们的注意力，而且还要在图案设计中不能选用那些过于直白的图案，同时又包含有较强的寓意，让人们在看到图案的同时能品味出其中的真正含义。就上述这一点，对于一位画家来说，确实是一件费神又费力的棘手事儿。父亲想再硬的骨头也要把它啃下来，不然就对不起大家寄予自己的希望和信任！就当作对自己能力的一次挑战和考验吧！

据母亲后来回忆，父亲自动手设计封面起就没有睡过一天安稳觉，他全身心地扑在了图案设计上，在和母亲一起吃饭的时候，也是心不在焉，两眼盯着手上的画稿琢磨来琢磨去，好几次筷子伸到了菜盘子外面都不知道，还自以为夹到了菜，在往嘴里送的时候才发现什么都没夹到，还是母亲提醒了他才恍然大悟。而且，每次父亲从学校上完课回来，一进门就喊着肚子饿，催母亲赶紧烧饭做菜。可是当母亲烧好饭菜叫他吃的时候，父亲好像又不那么饿了，每次要母亲叫上好几遍才会勉强地端起饭碗。有的时候，刚端起饭碗正准备张口吃饭时，突然又想到了什么构思，便会马上放下手中的碗筷，拿起笔和纸在饭桌上画了起来，直到画完，等再放下笔的时候，桌上的饭菜也已经凉了。母亲心疼父亲的身体，只好自己辛苦一些，将饭菜再热一回，有时会来回热上好几回。

在与母亲认识之前，父亲经常为了工作，在饮食方面一直是马马虎虎，一忙起来就会什么都顾不上，吃了上顿忘了下顿，久而久之，就把自己的胃折磨成了胃溃疡，发病时疼得在地上打滚，全身直冒冷汗，这场面谁见谁心疼。自打结婚以后，有了母亲的精心照料，不说彻底治好吧，至少好了许多，发病的频率明显减少。可是，现在母亲看到父亲废寝忘食、拼命地工作，自然又担心起父亲的身体来，生怕父亲的老毛病又犯了。但父亲是个对待工作雷厉风行、兢兢业业、不达目的誓不罢休的人！为了尽早完成社里交与的任务，白天去学校的路上在琢磨插图的创作，在课间休息的时候也在琢磨版式设计，在回宿舍的路上还是在琢磨封面的创作，整个人绷得紧紧的。母亲多次劝父亲休息一下再干，可他总是这么回答母亲：等不及啊，要尽快把党中央依旧在延安的消息传出去，让民众知道真相，戳穿国民党散布的"共产党中央总部被捣毁，毛泽东被捕"的谣言，每天桌子上摊满了五颜六色的笔和纸，一张又一张的设计图案从他笔下孕育而生，又因达不到理想的效果而被一张一张扔进了废纸篓里。母亲心疼父亲，要是对父亲当时的工作态度进行评价的话，用"呕心沥血"来形容最恰当不过。由于过大的精神压力，父亲的头发再次大把大把地脱落，每天早晨起床后，母亲发现父亲的枕巾上都会有很多头发，脸上的皱纹也多了不少。母亲很难过。

　　功夫不负有心人！令人满意的设计终于完成了，图案是借鉴了西北民间剪纸窗花艺术，因为当时的剪纸艺术在延安解放区非常盛行，可以说已经成了"延安"的代名词，看到了剪纸就会让人们立刻联想到延安，父亲就是采取了这样的方式，把封面做成剪纸的图案，寓意延安依旧是原来的延安，党中央、毛主席还在延安。封面的图案是一辆用剪纸艺术的形式画成的马车，书名"民歌二集"也是采用剪纸风格设计的字体。仅凭剪纸艺术和马车就足以让人立刻想到是陕北延安，如果说剪纸艺术示意陕北根据地依然存在的话，那么图案中出现的马就意味着共产党的军队仍然存在，正在转战南北，日夜壮大。父亲这一独特的创意，不仅受到活路社全体社员的一致赞同，而且还受到书画界朋友们的高度称赞！

图3　金鼓1947年设计的民歌二集封面　　图4　民歌二集版权页

由于封面图案简洁易懂，《民歌集》在发行过程中深受各界人士的喜爱，销路很好，大家争先恐后地购买，第一版很快就被抢一空。

至此，父亲圆满地完成了组织交给的任务。

《活路》月刊不仅在当时的国民党统治区流传，还传到了革命圣地延安，受到中央领导和延安文化界同志的高度评价。

活路社在最艰难的时刻，始终得到了党组织有力的支持，《新华日报》不仅从政治上给活路社指引方向，在经济上也给予了具体的帮助。活路社的同志，为了中国人民的解放事业，与国民党进行了艰苦的斗争，活路社的不少同志为此付出了生命的代价。如岳平、沈嘉文、何敬平、古承铄等同志，在中华人民共和国成立前夕为党的事业贡献了自己的宝贵生命，用自己的鲜血谱写了《活路》最光辉的一页，他们在白色恐怖和艰难困苦之中，为党的事业兢兢业业、顽强奋斗的精神，至今仍保留在人们的心里！

《活路》月刊和活路社虽然存在的时间不长（仅仅两年多），但是它起到的作用和影响力却是巨大的！在国民党白色恐怖的高压下，活路社的同志不屈不挠，以大无畏的革命精神和坚强的意志向国统区的民众传递着党中央和解放区的胜利信息，鼓舞了国统区民众与国民党斗争到底的决心和信心。

重庆市立二中的非常岁月

1946年12月,北平发生了美军强奸北京大学女学生的事件(简称沈崇事件),轰动了整个中国,民众义愤填膺,全国五十万学生举行了反美、反蒋、"反饥饿、反内战、反迫害"的示威大游行。就在学生运动达到高潮时,蒋介石开始对学生的示威游行进行残酷的镇压,非法逮捕了大批进步学生、民主人士和中共地下组织成员,把他们打入大牢,并进行惨无人道的严刑拷打和逼供,在审讯无果的情况下,竟然把他们秘密杀害。

由于国民党肆无忌惮地镇压革命群众,一夜间,整个重庆陷入了白色恐怖之中,鉴于局势的突变,中共川东地下组织为了贯彻我党提出的组织、争取更多青年学生投入到反蒋、反内战的运动中,在斗争中培养我党的新生力量,扩大革命队伍,同时加大革命宣传力度的方针,川东地区地下组织负责人岳平同志代表川东地下组织秘密找父亲谈话,指示父亲立即从中正中学撤离出来,转入当时学生运动较活跃的重庆市立二中,以美术和音乐教师的身份配合那里地下组织的工作,其主要任务,一是指导和参与学生的革命宣传活动,二是物色优秀人才,时刻准备向川东地区地下组织推荐,为我党储备革命新生力量。作为一名地下工作者,父亲接到指示后二话没说,立即开始行动。为了更加有利于开展工作,父亲经过再三考虑,希望组织不要对那里的地下组织暴露父亲的真实身份,就以一个民主人士的身份打入市立二中,因为从当时的局势分析,市立二中在重庆是出了名的学运中心,也是国民党政府一直以来重点关注和监视的地方,不计其数的特务混在学生和教师队伍中间，正虎视眈眈地监视着每一个进步学生和进步教师的一举一动，随时准备逮捕他们。因此，在这种错综复杂的恶劣环境下去指导学生运动，自己的真实身份知道的人越少就越安全，以一个无党派民主人士的身份渗透到学生和教师中间，不仅便于和大家的接触，同时也容易麻痹敌人，不会引起特别的注意，对开展工作会起到更自由、更隐蔽和更安全的作用。组织上认为父亲的想法有道理，符合当前的形势，最后得到了岳平同志的认可。

说起重庆市立二中，是有一定历史背景的。由于抗日战争时期，沦陷区的部分国立中学被迫迁入重庆，到了1945年抗日战争胜利后，这些学校又纷纷返回原籍地。其中有一部分已经在重庆考入国立中学的优秀贫苦学生自愿留在重庆继续读书，还有一批是流浪到重庆的学生，这两部分学生的就学问题就成了当时国民政府急需解决的头等大事。为了尽快解决上述问题，减少所谓的不安定因素，当时的国民政府教育部决定在重庆等地区新建一批公立中学，用来满足这些学生的就读需求。根据这一决定，重庆市教育局在1946年8月新组建的重庆市立第二中学，就是其中一所。

重庆市立二中收纳了将近两千名学员，并开设了多个分校，父亲当时在沙坪坝分校任教。当时这批学校由于是公立学校，学生不仅不用承担学费，生活费也由政府来承担，表面上听起来还算不错，但由于国民党政府下属各机构的腐败，政府拨给学校的款项在中途就被腐败分子层层盘剥，揣入了自己的腰包，导致教师的薪酬发不全，学生的伙食一天不如一天，最终过着半饥半饱的生活。在校的教职员工和学生对国民党政府公职人员的腐败现象非常不满，曾向政府有关部门和校方反映过多次，但都未能得到重视和解决，在忍无可忍的情况下，首先由进步教师和进步学生在校内发起反饥饿、反腐败的学生运动，抗议国民党政府和校方的腐败以及不作为，要求追讨被贪污的钱款，反对拖欠教师应得的薪水，确保学生的伙食费标准，还联名写下誓言：不达目的，誓不罢休！

市立二中的学生运动在当时重庆学生运动中开展得最有气势，学校内进步社团如雨后春笋般地涌现出来，进步教师及进步学生的力量也日益壮大，有的教师和学生加入了中国共产党。他们在中共地下组织的关怀和帮助下，有的社团发展为重庆地下党的外围革命组织，如"重庆市立中学地下核心小组""六一社""新民主主义青年社""五月诗学社"等。在中国共产党重庆地下组织的领导下，这些社团组织学生举行了反饥饿、反内战、要民主的罢课游行示威活动。

学生和教师的革命热情非常高涨，民主气氛也十分浓厚。其中，地下党员教师和进步教师占有主导地位，斗争力量与其他学校比，相对要集中和强劲些，被誉为重庆学生运动的"据点"和学生运动的中枢，给国民党政府的反动统治带来极大的冲击，市立二中也因此成为国民党政府感到最麻烦、最头疼的一所学校，被视为眼中钉、肉中刺，每时每刻都面临着被解散或师生被抓捕的危险。为了浇灭市立二中学生运动的这把火，国民党绞尽脑汁，采取了各种卑劣的手段，千方百计想控制学生的思想、浇灭学生的革命热情、打击接二连三发生的学生运动，将存在于学生当中的共产主义消灭在萌芽状态，将校内的地下组织统统破坏。

国民党在学校里安插了大量的国民党党员、三青团骨干分子，同时调集中统、军统的特务装扮成学生和教师打入学生运动内部，建立了若干个特务小组。这些混在师生中间的特务，平日里的行动非常诡秘，他们的表现甚至比进步的学生和教师还要显得更积极，若不深入考察，是很难把他们分辨出来的。这些特务的主要任务是摸清哪些是进步学生、进步老师、进步社团和领导学生运动的幕后组织，对怀疑对象的一言一行进行二十四小时的监视，一旦有学生和老师被发现有反政府的言行和宣传共产党思想，就会被特务组织传讯。如果发现是共产党员或者是学生运动的活跃分子，就会被抓进大牢，进行残酷的折磨。国民党自以为聪明，认为采用极端手段就可以镇压日益壮大的学生运动。可是他们万万没有想到，这样的手段不但没能阻止学生和教师的反蒋斗志和决心，相反，学生的爱国热情比以往更加高涨，越来越多的进步社团和学生加入到了运动中来。面对日益高涨的学生运动，校长和一批所谓国民党教育界的精英们在市立二中如坐针毡，整日惶恐不安、战战兢兢。一批批因政治反动和经济贪污的校方人员被学生当众揪了出来，就像过街的老鼠，人人喊打，他们声名狼藉，不得不滚出学校。

父亲就是在这样错综复杂的形势下，于1946年年底经中共地下党员李岳南老师（著名诗人，1949年以后在北京市文联工作）的推荐进入重庆市立二中，任美术和音乐教师。由于原先使用的别名"金鼓"在活路社主办的"抗建堂"募捐晚会之后已经上了国民党特务的黑名单，不能继续使用，因此，这次又化名为"金蔚秋"进入市立二中。进校后没几天，父亲就感受到了这里的民主气氛十分浓厚，各类社团一个比一个活跃，进步教师和学生已形成了雄厚的组织力量，校内贴壁报、出诗刊、办文艺演出、办读书会等已蔚然成风，无论走到哪里都能感受到这样的氛围。大家因校方克扣学生的伙食费和教师的薪水而产生了不满和愤慨，在进步学生和进步老师的号召下，大家自发来到操场进行集会，以罢课、请愿的方式向校方和教育局施加压力，要求严惩腐败贪污分子，提高学生伙食标准和教师薪水。这样的集会已成了一种常态。同时父亲也看到校内人员鱼龙混杂，国民党的便衣特务无处不在，而且他们的气焰也十分嚣张，暗地里对宣传革命思想的积极分子进行围攻、殴打，一些刚贴出来不久的墙报被肆意涂改并写上恐吓和反动言论，有的壁报被整张撕下，文艺演出只要被认为是对国民党政府含沙射影，在演出中就会遭到恐吓和停电阻挠。父亲在这样复杂的环境里工作如同深陷狼穴，稍有不慎就会掉入国民党特务们的陷阱。另外，在这里指导学生运动不能用以往的一般策略去对付这帮特务，必须要讲究战略战术，要以谋略和智慧与国民党特务周旋，既要防止暴露自己，又要想方设法发挥出最大的力量，坚决揭露国民党政府发动内战的种种阴谋，让国民党无安宁之日。当然，也要做好最坏的打算，万一身份暴露，就要随时做好牺牲的准备！父亲观察了一段时间，对学校的基本情况有了大概的了解后，开始制定有针对性的应对策略，尽可能把危险降到最低，并确保组织上交给的任务顺利完成。

当时父亲是在高5班任美术和音乐教师在教课过程中，给父亲留下的最深刻印象是这个班的大多数学生喜爱文学和艺术，擅长诗歌创作的学生特别多。这些学生经常利用课间休息时间，三五成群地聚在一起交流自己写的诗歌，或者是谈论对时事的看法和对共产主义信仰的认识。其中，诗歌内容也都是紧跟着形势走。在课外时间，这个班的同学还积极办墙报、办读书会、办诗学社。父亲好几次认真地看了学生们办的墙报，上面刊登的文章或诗歌内容主要就是"反饥饿""反迫害""要民主""要和平""反内战"。读这些文章，给人最大的感受就是文笔流畅、语言犀利，内容直指腐败的国民政府，特别是诗歌，不仅文艺性强、诗体新颖、思想进步，而且威慑力和感染力很强，深受师生喜爱。在这些进步的学生当中，给父亲留下印象最深的是以下四位同学：林志诚、黄细亚、任一之、乐安中。这四位学生都爱好文学、美术，是典型的文艺青年。从外表上看，个个温文儒雅，书生气十足，但他们写的诗歌或文章却是用词犀利、文笔流畅，内容很有分量，也很有个性，如同匕首投枪，直刺敌人心脏。

林志诚同学（1949年以后在中央调查局工作，世界书画家协会常务理事）1928年出生于湖北宜昌，从小喜欢诗画，据说是源于母亲从小的教导，诗词歌赋在他童年的心田上已经播下了种子。卢沟桥事变后，鬼子占领了他的家乡，到处烧杀抢掠，实在没有活路，其父只好带着全家，深夜划着小木筏子，绕过鬼子占领的山头，逃到了四川，随后进了专收逃亡学生的重庆市立二中。他的个子虽然不高，但沉稳老练、精明能干、洞察力强。平时言语不多，但在声讨日本侵略者的罪行以及反蒋斗争时，他就滔滔不绝。写诗作画是他的强项。由于在家乡从小就目睹日本鬼子的暴行，骨子里充满了对日本侵略者的憎恨以及对国民党政府发动内战的不满，言语中经常充满着革命热情和斗争勇气。在学校里积极要求上进，参加过各种学生运动，他还用拿手的诗歌和漫画抨击过日本侵略者和蒋介石国民党政府。

黄细亚同学（参加和领导过重庆"四一"学生运动。后由于特务指认，1949年9月13日被重庆国民党军统稽查处逮捕。1949年11月29日大屠杀时被害于重庆戴公祠的松林坡，时年二十一岁），她出生于湖南临澧县。十四岁那年，一位乡绅之子向她求婚，她服下红头火柴誓死反抗，后经亲友帮助逃出，随战区流亡学生一起，进入四川江津国立九中。抗战胜利后转入重庆市立二中。她留着短短的头发，圆圆的脸颊，无时不带着甜美的笑容，一双大大的眼睛，闪着智慧的目光，穿着朴素大方，性格爽直、刚强、乐观、勤奋好学。在和老师或者和同学聊天时，注重礼仪、态度谦虚，真可谓人见人爱的好姑娘。她特别崇拜我父亲的为人和在文学方面的造诣，每次在学校操场上或者是在走廊上见到父亲，她必定会停下脚步，恭恭敬敬向父亲行礼。有什么想请教父亲时，嘴边总是挂着个"请"字，非常有礼貌。我父亲也特别喜爱这位学生，看好她将来一定会在文学方面有所作为。别看她身材矮小，但有一股子不屈不挠的"跟头"劲（重庆方言，意思是指韧劲），好读书，特别是文学作品，平时一有时间就一头扎在名人作品中，还时常在同学们面前吟诗作文。她写的诗歌文笔流畅、用词犀利、一针见血。在政治方面积极要求进步，对时局较为敏感，分析能力强，有独到的见解，对共产主义理想充满着期望，坚信只有共产党才能救中国，在学生中有超强的组织力和号召力。

任一之同学（郭沫若的秘书任秋石之子，1949年以后任四川富顺县宣传部部长），生在四川，长在四川，是个地地道道的四川芽儿（芽儿是四川方言，是孩子的意思）。自跟随父亲那天起，就与父亲特别投缘，每天与父亲形影不离。父亲也把他当成自己的亲生孩子来抚养，在生活上无微不至地照料他。在思想品德方面，父亲对他管教得非常严格，经常教导他如何做人，如何去识别敌人和朋友，给他讲革命道理。任一之是个特别听话的孩子，在和父亲共同生活的日子里，他把父亲不仅看成是他的亲人，还当成他心目中的偶像，对父亲毕恭毕敬，态度十分谦虚。他很体谅父亲，每当看到父亲为了工作忙忙碌碌的时候，他就会主动要求父亲安排些工作让他去完成。刚开始的时候，父亲怕他年纪小，有点不放心，但通过一段时间的观察，发现他年纪虽小，但进步很快，办事敏锐，爱动脑筋，于是对他信任有加，有时实在忙不过来，就会让他去做些事。譬如帮父亲给地下组织送信、去车站秘密接人，等等。

乐安中（1949年以后在重庆市教委工作），四川本地人，他的父亲是老一辈无产阶级革命家，从小受其父亲影响，对共产主义理想充满信心，在学生运动中，是一个比较活跃的人物，他有胆有谋，乐意帮助受难的学生和老师，黄细亚有一段时间遭特务通缉，就是乐安中挺身而出，冒着杀头的危险，将黄细亚接到自己的老家避难。

这些要求上进的学生，在当时的学生运动中表现特别突出。特别是在"反饥饿、争温饱；反迫害、争生存；反内战、争和平"的大游行中，他们始终以烈火般的革命热情和斗志，奋不顾身地冲在队伍的最前列，他们成了父亲重点观察和培养的对象，也是推荐给地下组织的第一批进步学生。当年29岁的父亲出身优越，接受过良好教育，又经历了一定的社会历练，正是风华正茂的时候，其气质可想而知，一进高5班的时候学生们对他的喜爱和崇敬不言而喻。他的美术教学方式与传统的教学方式略有不同，他以中西融为一体的模式教授学生，由于这是一种全新的授课方式，学生不但接受，而且还特别喜欢。每次父亲上课，学生们总是早早地来到教室。为此，父亲感到特别骄傲和满足。

父亲的美术课，除教学生临摹石膏像和带学生去郊外写生外，还通过给大家讲些名画来历及画家们的生平，让学生了解人生的哲理和人生的价值。

图1　金鼓带学生外出写生作品

在那个动乱的年代,父亲深切地体会到学生虽然也有物质上的追求,但更有必要提高他们对精神层面上的追求,如对未来新中国的憧憬和为其奋斗的勇气和决心,珍惜人生价值。

在课间休息时,父亲有意接近那些喜欢诗歌,又对未来充满着期望的进步学生,黄细亚、林志诚、任一之、乐安中就在其中。由于初次单独和这些学生聊天,为了消除他们对父亲的戒备,父亲先从中外著名的文学作品,如苏联进步作家高尔基、托尔斯泰,中国的鲁迅,艾青等诗人的作品的历史背景和作者的生平以及作品对人类产生的价值开始与他们摆起龙门阵。果真如同父亲预料的那样,这立刻引起了他们的极大兴趣,特别是当他们得知艾青、臧克家、王亚平、田间等一批著名诗人都是父亲的好朋友时,眼睛里顿时现出羡慕的目光,因为在他们的心目中,这些诗人早已成为他们的偶像了,都希望有朝一日能和诗人们见上一面!他们的心思父亲一眼就看了出来,答应有机会一定引荐给同学们认识。经过这么一番聊天,一下子拉近了父亲和学生们的距离。

自那之后,师生间的交流越来越轻松了,父亲也开始跟学生们讲自己学生时代跟随革命先辈、诗人车耀先先生的一些故事,一段段惊心动魄的革命斗争经历和车耀先先生的一首首铿锵有力的诗句,如:

图2 金鼓40年代水彩画

自誓诗

喜见东方瑞气升,
不问收获问耕耘。
愿以我血献后土,
换得神州永太平。

这些诗句震撼了学生，同时也鼓舞了他们与国民党继续斗争的勇气，树立了他们为共产主义奋斗的信心。父亲告诫学生，要推翻腐败的国民党政府，光靠枪杆子是不行的，还要靠我们这些有识之士，要用手上的笔与他们勇敢地去斗争，并要求学生们在斗争中擦亮眼睛，养成鉴别自己周围敌和友的能力，谨防特务破坏。在父亲亲切、耐心的教诲下，学生们也悟到了自己肩负的责任。大家一致认为，只有彻底推翻国民党政府，中国才能得救，共产主义理想才能实现，人民才可能真正过上幸福、安稳的日子！有了这样的交流，学生们对父亲有了更加深刻的了解，父亲在文学上的造诣和渊博的学识给学生留下了极深的印象。自此，师生间建立起了高度的信任感和深厚的革命友情，林志诚等学生主动向父亲敞开心扉，畅谈自己对当前时局和未来中国局势的看法，表明坚决拥护毛主席领导的共产党，渴望能成为一名名副其实的中国共产党党员，愿为推翻国民党蒋介石、成立新中国赴汤蹈火、在所不辞，并代表由进步学生创办的五月诗学社邀请父亲加入并指导诗学社的工作。父亲认为这正是他想要的，一旦参与进去，就便于他更好地了解和掌握学生们的革命举动，也有利于自己在学生中开展必要的革命宣传工作和考察学生的工作。因此，父亲欣然接受了邀请。

父亲加入五月诗学社以后，首先发现这些学生的革命热情确实高涨，但在学社方面缺乏足够的经验，由于诗学社成立以来，大家苦于没有一个在行的人员，在编辑诗刊、贴墙报、办文艺演出的过程中处处碰壁，常常有许多难题得不到解决，达不到预期的效果，大家一直在为此事而犯愁。譬如：费了九牛二虎之力做出来的诗刊，在学生和老师之间的反响不尽如人意，发行量也始终上不去；办墙报又遭敌人破坏，办文艺演出屡遭国民党特务捣乱。有了父亲的加入，他们感到有了底气，腰杆子一下子硬了起来，压抑多时的烦恼也顿时烟消云散了！诗学社的担子压到父亲身上后，父亲意识到这副担子的重量，为了完成组织交给的任务，父亲咬紧牙关、克服一切困难扛起来。

父亲首先肯定了五月诗学社学生的革命干劲和诗刊积极向上的内容，以及大家在诗刊上投入的心血。针对学生提出的问题，父亲用专业人的视角进行了分析和讲解。他告诫学生们，要想用办墙报、办杂志、办演出的方式进行"反内战、反饥饿、要和平"的宣传，并达到预期的效果，首先就要深入老师和同学中间，和大家广泛接触，并打成一片，从大家的口中得到大家想说的话，还要有选择地让更多的学生参与到我们的工作中来，这样既隐蔽了我们自己，又便于打开整个工作局面，让人人都来关心和监督贴出去的壁报。同时还要经常注意学校师生中间哪些是特务，哪些是三青团分子，掌握他们的活动规律。做好上述工作了，接下来还要与敌人斗智斗勇，事先一定要做好周密的部署安排，在编辑诗刊的时候，不能总按照自己的喜好去选择题材、文字、封面图案及标题，更不应该想当然地认为民众一定会喜欢我们选定的作品。编辑前，首先应该多考虑我们的作品是否适合读者的口味，针对的对象又是哪些人……父亲还当场对学生们编写出版的诗刊内容以及诗刊的编排仔细地进行了剖析，指出需要改进的地方，特别说明诗刊封面设计的重要性，还亲自做了示范。经父亲的指点，学生们茅塞顿开，大家赶紧按照父亲的要求在墙报、演出等方面调整了宣传策略，着重在诗刊的内容和形式上进行了缜密的筹划。

父亲还琢磨，既然和学生已经建立了互信关系，不如趁热打铁，就以这次参与五月诗学社工作、指导学生运动和培养优秀学生加入地下组织为切入口，尽快提高学生们的业务水平和革命觉悟，以便更有效地在校内、校外配合我地下党在全市的统一部署，有组织、有计划、有章法地深入到反蒋运动中去。有了打算，父亲立刻行动起来。他首先利用课后的时间把这些进步学生组织起来，给他们透露一些延安党中央的最新消息和我军在前线接二连三打胜仗的消息，要求他们将这些消息向外界传播出去，让全校师生乃至学校以外的人都了解，以戳穿国民党散布的我军节节败退的谣言，让不明真相的民众重新鼓起勇气与国民党斗争到底。另外，父亲还按照上级的指示，将地下组织关于学生运动工作的资料让学生们传阅。为了引导更多有抱负、有革命理想的学生走上革命道路，成为我党的后备力量，父亲以读书会的形式把学生们聚集在一起，给他们灌输共产主义思想和爱国主义思想，使他们懂得了只有共产党才能救中国的道理，从而积极地投入到反蒋、反内战的学生运动中去。

　　为了开展工作，起初父亲选择了地处教学楼一隅较偏僻、来往人员较少的美术习作室（父亲的工作室）为读书会的场所。这里，平时由于父亲作画需要柔和的光线，因此，窗户始终处于紧闭状态，不管白天还是晚上，外面的人是看不到室内的一切的。于是，父亲利用这里特殊的地理环境，以给部分学生补课的名义，名正言顺地把学生聚集到这里。至于师生们在里面干什么，外面的人是不会知道的。

　　读书会前几次的活动似乎很顺利，学生们趁着夜色陆陆续续地来到这里，没有惊动周围任何人，即便看大门的值班人员也没感到有什么异常，只知道是来学校补课的，在父亲的整个演讲过程中也没有人进来打扰。但随着时间推移，被混在教师队伍里的特务嗅到了什么，他们开始对教室里的人员及其活动产生了怀疑，也对父亲起了疑心。特务们琢磨：一个刚从外校调来不久的美术教师，怎么一下子和学生打得那么火热？这里头一定有什么原因。特务们还认为，白天父亲在学校上课已经够累了，照理说晚上应该在自己的住处好好休息才符合常理，怎么还愿意晚上为学生补课，何况没有一分钱的报酬，这年头哪有这么好的老师！另外，学生们来补课的时候都显得神秘兮兮的，学生到齐后，教室的门始终是关得死死的，中途也不见有人进进出出，再有，每次补课都要补到晚上九、十点钟，难道要补这么长时间的课吗？莫非是在搞革命活动？特务虽有疑心，却又拿不出确凿的证据，因此也不敢贸然闯进教室，只好趁有学生出来上厕所的一瞬间，从门缝向里面瞟上一眼，没想到刚探头就被学生挡在了门外。但越是被挡，这些特务就越发感到可疑，越想探个究竟。于是，他们找来学校教务处的工作人员（国民党分子），谎称要查看教室状况，强行敲开美术室的门，幸亏父亲早预料到会发生这样的情况，在学生来参加读书会之前已经给大家打过预防针，做好了充足的思想准备和防范措施。

　　教务处的人敲开教室门之后，个个装模作样地一边看着房屋结构，一边又偷偷地朝学生们张望，想从学生的身上或者是眼神里找出点破绽。可是没想到学生们个个显出不介意的样子，谁也不去搭理他们，全神贯注地只顾自己作画。有时，教务处的人装着关心学生的样子，死皮赖脸地凑到学生跟前搭话，没想到学生们一概装聋卖傻，什么都不愿回答，弄得教务处的人很没面子，结果转了一圈，只能没趣地离开。

但是凭父亲多年和特务打交道的经验，这次尽管什么都没有发现，但特务不会就这么轻易地善罢甘休，接下来一定会频频前来捣乱，直到发现点什么为止。过了没两天，校方果然以找新来教师促膝谈心为由，通知父亲去校长室，父亲也猜出校方约他谈话的用意，所以也就当作什么都没有发生一样去了校长室。到了以后才发现，找他谈话的不只校长一人，那天晚上闯入美术室的教务处的人也在场，另外还有两个不认识的人站在门口，起先校长故意装模作样地询问了父亲的教学和生活上的情况，随后教务处的那个人和另外两位轮流向父亲提了些古里古怪的问题，目的就是想从父亲嘴里套出他们想要的东西。

面对如此低级的套话，父亲不卑不亢、沉着应对，干脆和校方打起太极来，故意迎合着他们，大谈特谈给学生补课中遇到的各种困难，还就美术室设施简陋影响教学质量等问题，呼吁校方要替学生和教学质量着想，尽快想办法改变目前的状况，购置一批新的教学用具。父亲的不断叫苦，弄得校长很尴尬，同时也意识到谈话已达不到他们的目的了，现在不但问不出个所以然，再谈下去，还不知道会让他们多难堪。于是校长凑向教务处那个人的耳旁，嘀嘀咕咕地说了老半天，似乎在给他们自己找台阶下，然后校长对父亲热心教学的行为予以了认可，并表示尽快解决父亲提出的问题，然后又敷衍了两句，借口要去教育局开会，匆匆地结束了这次谈话。因为没有足够的证据证明父亲搞革命宣传活动，所以门外站着的两个特务也只好眼巴巴地看着父亲离去。

父亲和国民党特务的较量，已不是头一回了。因为自从跟随了车耀先先生以来，不知经历了多少大风大浪，不要说像这次这样的谈话，就是进了敌人的牢房照样坦然面对！眼前这些小把戏，对我父亲而言，简直就是小事一桩，不足挂齿。

这一关虽然过去了，可特务们还是不死心，接连好几周派人在暗地里监视父亲的一举一动，并在学生中打听父亲的情况，但最终因为没有实质性的发现，只好撤销了对父亲的监视，但对父亲晚上的补课仍充满怀疑。父亲并没有因为特务撤销了对他的监视而放松警惕，相反，他比以往更加谨慎、小心了。他断定，这只是暂时的平静，特务们绝不会善罢甘休，相信不久他们一定还会卷土重来。为了避免因为自己的疏忽而给学生带来危险，父亲决定还是立刻变更读书会的地点，想方设法将读书会转移到校外更安全的地方。

然而，要更换地方，在白色恐怖笼罩的国统区重庆，又谈何容易！中统、军统的特务满街皆是，还有不少胆小怕死的告密者。想要寻觅到一个比较安全的场所，可以说比登天还难。退一步讲，即便找到了合适的场所，但有这么多学生进进出出，难免会引起周边民众的猜疑，这样的活动，有可能还没开始就招来特务。为此，几天来，父亲穿街走巷、四处奔波，还到几个可靠的朋友那里打听，想寻找一个更安全的地方，但由于当时正处于学生运动高潮期，国民党特务的嗅觉十分灵敏，一有风吹草动，他们就不问青红皂白，到处抓人，所以许多人一听说是组织学生读书，就连连摇头，生怕给自己惹上麻烦。其他地方，大多是地理位置离市区较远，行动不方便，来回在路上耗去的时间就有一个多小时。所以父亲感到十分为难。怎么办才好呢？父亲反复琢磨这个事，觉得读书会是宣传、贯彻我党方针和培养有志青年投身于革命的最好阵地，这个阵地再难也要守住，不能半途而废。突然产生了一个大胆的想法，那就是将读书会搬到自己的教师宿舍里去搞。在做出这个决定之前，父亲心里很明白，这样做，不仅会危及自己，而且还会连累家小，万一被特务盯上，并当场抓住，那自己再说得有理，恐怕特务也不会相信。如果真的被国民党抓去了，那妻子和刚出生不久的女儿以后的生活又该怎么办？可是又找不到比这更合适的地方，考虑来考虑去，父亲最终还是觉得只有这里最安全。所以，读书会的地方就这么决定了下来。

回宿舍后，父亲简单地和母亲说最近一段时间会有几个学生来宿舍补习美术课，可能会妨碍到母亲和大姐的休息。母亲听了也没多想，因为母亲觉得教师给学生补课，那是天经地义的事，所以二话没说，爽快地答应了。父亲得到母亲的同意后兴奋得立刻通知学生休息日来宿舍。

当时，父亲他们住的宿舍是在学校教学楼的后面，但离教学楼还有些距离。在宿舍和教学楼之间，是一条狭窄的石子路，路的两旁是茂密的树林，宿舍就建在后山的山脚下。说是教工宿舍，其实没有几间房子，而且简陋、破烂，像是被废弃的地方，一般的人是不会去注意这里的。所以平日里这里一片寂静，除了一些外来兼课的单身教师临时住在这里以外，很少有其他人光顾。为此，母亲时常对我父亲唠叨：白天这里就她一个人，要是碰上一个心怀不轨的人，自己根本招架不住，劝父亲向校方倒倒苦水，可能的话，给换一

图3 幼年的金鼓大女儿，在金鼓宿舍门外

个好一点的环境。当时母亲刚生完大姐，还在恢复期，身子经常感到乏困无力，下个床都要费好大的力气，由于父亲的工作又比较特殊，整天在外面照顾不到母亲，因此，母亲只能自己照顾自己，平时多半时间是躺在床上的。

记得有一次，是周六下午4点左右，学生们又来到了父母住的宿舍，父亲一边招呼大家进屋，一边向门外环视了一下，在确定没有可疑的人后赶紧关上了房门，屋子也就十来平方米，没有那么多的椅子，父亲只好让大家将就一下，有的坐在床头边上，有的坐在椅子上，还有的干脆盘腿坐在地上，整个房间一下子被塞得满满的，房间原本就小，这样一来更显得压抑，似乎让人透不过气来。为了让大家坐得更宽畅，母亲便艰难地从床上爬了起来，招呼坐在地上的学生上床来坐，并拖着虚弱的身子给学生们烧水沏茶。

在安顿完学生后，母亲就抱着熟睡中的大姐坐到门外的石板上等父亲上完课。一个小时过去了，门还紧闭着；又过了一个小时，门还是没有打开。这期间，大姐睡了几觉，母亲渐渐感到体力不支，但父亲的课还不见结束。母亲有点好奇，想去探一下屋里上课的情况，于是把耳朵竖起贴在门缝听了一下，吓出了一身冷汗，不由自主地叫了一声"我的妈呀！"这哪是在上美

181

术课，分明在开会，宣传进步思想呀。这下才意识到被父亲骗了，心里暗暗在想："金鼓呀，金鼓，你怎么如此糊涂，现在的局势你不是不知道，学校到处都是特务，你为共产党办事我不反对，可你得把学生拉到其他地方去呀！哪有在特务的眼皮底下，把学生聚集到自己家里，这不是明摆着引火烧身吗！你可以不顾自己的安危，可你总该替我和孩子着想吧！"母亲越想越来气，恨不得立马冲进去向父亲问个究竟！但又顾及在学生面前顶撞父亲有失常礼，也会因此让父亲在学生面前丢了面子，犹豫来犹豫去，最终还是顾全大局，没有鲁莽地闯进去，直到父亲的课结束。

那天的读书会进行了整整三个小时。当学生们打开房门的时候，发现母亲双手紧紧抱着大姐，背靠着屋外的墙壁睡着了。天黑了，室外的温度下降得很快，看到眼前的这一幕，学生们深受感动，同时又怕母亲和孩子受寒，赶紧叫醒了她们娘俩，有的学生从母亲怀中将大姐抱起，有的学生搀扶母亲进屋。母亲人虽进了屋，但是由于刚从沉睡中被叫醒，意识上还处于迷迷糊糊的状态，人坐到了床上，却怎么也想不起来刚才发生的一切，不一会儿又一头扎进被窝睡着了，一直睡到了第二天早上。

醒来后才想起昨晚发生的事，火气一下子就冒了上来，朝着父亲兴师问罪："明明是在宣传进步思想，为何骗我说是补课？这么大的事情，你不跟我说实话，瞒得了初一，瞒得了十五吗？要是被特务知道了，你就等着掉脑袋吧！你可以不珍惜自己的生命，但你也要为这些学生，还有我们女儿的安危着想吧？要是你有个三长两短，往后的日子叫我们母女俩怎么过？你太自私了！"被母亲一连串责问，父亲也只能老老实实地听着，父亲明白，自己再有苦衷，也只能往肚子里咽。其实父亲在做出这个决定之后就已经意识到有点不妥，但就当时的状况而言，自己又没有更好的地方去，实在没有办法的情况下才出此下策的。

后来在母亲的追问下，父亲只好把事情的前前后后原原本本地说了出来。听了父亲的陈述，母亲也对自己刚才不问青红皂白就对父亲一通埋怨深感内疚，她能想象出父亲当时心急如焚的样子，也了解父亲不到万不得已是不会来影响她和孩子的，这也是结婚时父亲对母亲的承诺，所以母亲很能体谅父亲的难处，于是向父亲表态说，在没有找到更合适的地方之前，就暂时在家里吧。但是为大家的安全，父亲答应母亲：他会抓紧时间去找地方，尽量不再让母亲担忧；但在没找到地方之前，还得继续来家里开展活动，他会告诉学生注意安全的。父亲告诉母亲，参加读书会的学生都是可靠的，这一点请她放心。外面的风声一旦紧急，读书会的活动也会立刻停止的。最后，父亲答应母亲，今后每次读书会的时间会尽量控制在天黑之前结束。听了父亲的保证，母亲表示虽然面临很多困难和危险，但只要是父亲认定要去做的，她完全理解并支持。听了母亲的表态，父亲内心的不安减轻了不少，对于母亲的理解和支持，他表示深深的感谢。

自那以后，每逢学生来宿舍里学习，母亲除了热情地招呼外，还为大家准备好了热乎乎的茶水，然后就自觉地抱着大姐到门外面给大家望风。来过几次的学生渐渐地和母亲熟了起来，母亲得知这些学生大部分来自他乡、父母都不在身边时，就把他们当自己的孩子看待，生活上嘘寒问暖，需要母亲帮忙的地方，母亲二话不说，竭尽全力去帮助他们。学生们也很懂事，他们非常珍惜这份来之不易的情感，见到母亲时嘴边总是挂着"师母好"三个字，在得知母亲刚生完小孩、身体还未完全康复、平日里照看孩子很辛苦时，学生经常过来帮母亲做做家务、带带孩子，尽量让母亲多休息一会儿，有时候哪怕是短暂的课间休息时间，大家也会争先恐后地过来替母亲抱抱孩子，让母亲进屋喝口水，歇息一下。

其中，给母亲留下较深印象的就是黄细亚同学，她是个非常细心又会体贴人的女孩子，她怕母亲抱着孩子在门外长时间会累坏身子，就经常借机轻轻地走到母亲跟前，从母亲怀里接过大姐，让母亲赶紧进屋休息片刻。大姐自生下来的那一刻起，就是个不爱大哭大闹的乖孩子，也不怕生，一看见黄细亚，就早早地把两只小胳膊张开等着黄细亚抱她。黄细亚也非常喜欢我大姐，每次来参加读书会，进门第一件事便是抱起我大姐，做着各种各样的鬼脸，逗得大姐笑个不停。黄细亚经常过来帮母亲照看大姐，一来二去，大姐和黄细亚的关系越来越亲密了，不知情的人还以为她俩是亲姐妹呢！有时候玩累了，大姐就坐在黄细亚的大腿上，两只小眼睛眨呀眨呀使劲地瞅黄细亚。

有一段时间，她和林志诚处对象，由于那个特殊年代，兵荒马乱、物资匮乏，更谈不上有什么娱乐。所以两人只有在校园里来来回回兜圈子，时间长了就会感到单调，特别是逢到周末学校放假，两人在校园里逛着逛着就逛到了父母他们的宿舍。每次来的时候，父亲几乎都不在家里，于是他们就帮助母亲干些家务，或者帮忙照看大姐。母亲经常一个人在家，有人过来帮助，哪怕是陪她说说话，她也欢喜得不得了。

黄细亚每次来的时候，一看见大姐，就会抢上前来将大姐从婴儿车里抱到怀里，对着大姐左一个吻，右一个吻，似乎怎么都吻不够，还时不时地对着大姐做着各种鬼脸，逗得大姐咧着嘴笑。黄细亚逗大姐一阵子后，就抱着大姐坐到椅子上，然后打开话匣子，和我母亲摆起了龙门阵。黄细亚是个性格开朗直爽，心地善良、爱说话的女孩子，因为和母亲相处了一段时间，彼此对对方都有了一定的了解和信任，所以，她在母亲面前讲话，也就口无遮拦，有什么就会说什么，一会儿聊她家乡湖南的美食和人文，一会儿又聊自己家里的情况，还将她自己前后的经历向母亲道了个一五一十。她的性格跟母亲很像，因此两人一打开话匣子，就聊个没完没了，投缘得很。所以，只要黄细亚来，母亲就仿佛拨开乌云见晴日般，平时一脸的愁绪顿时烟消云散。黄细亚每次和母亲聊到高兴时，就会把身边的男朋友林志诚忘得一干二净，要不是母亲时不时地跟林志诚聊上几句，恐怕就委屈了林志诚同学了。

林志诚不像黄细亚那么健谈，他的性格有点内向，但他的思想却十分活跃，对于事物的分析能力也很强，还擅长毛笔字和中国山水画，所以在母亲和黄细亚的交谈中，其他的话他插不上嘴，但聊到书画，他却能滔滔不绝地说。当然，出于对黄细亚的关心，他担心黄细亚长时间抱着大姐会感觉累，就主动地将大姐抱过去。

有时候，黄细亚想站起身活动活动，就习惯性地把大姐抱给林志诚。刚开始，母亲还不知道他俩在谈恋爱，总认为是同班同学，又都在五月诗学社里工作，也没有往那方面去想，但自从他俩经常成双入对来父母的宿舍，再有从他们之间的举止来看，母亲开始猜出了几分他们之间的关系。母亲是个明白人，考虑到姑娘害羞，除非对方主动说出来，否则母亲是不会先去捅破的，就装着什么也不知道。当然，母亲嘴上虽然没说，但心底里替他们感到高兴。他们有共同的革命理想，又都爱好文学艺术，所以母亲认为，他俩的结合就是完美的天作之合。母亲在心里默默为他们祈祷。每次学生来宿舍玩时，母亲总会留他们在家里吃饭。上午来的话就留他们吃午饭，下午来的话就留他们吃晚饭，顺便让这些平日里吃不到什么好东西的穷学生增加点营养，毕竟他们还是孩子，正是长身体的时候。

肉食品类在当时的重庆非常匮乏，有钱也不一定能买到，父母当时的日子也不好过，家里虽然备了一些肉，但那都是母亲用平时省吃俭用下来的钱买的。据父亲说，他有好几次因肚子里缺少油水，嘴馋得直掉口水，跟母亲说过好几次，让她为自己烧几道荤菜，再买点酒打打牙祭，但都被母亲给拒绝了，可对待黄细亚和林志诚，母亲却把家里储备的好吃的东西统统拿出来，为他们烧回锅肉、鱼香肉丝，还会把父亲老家亲戚送来的腊肠也给端上桌。总之，都是母亲自己拿手的菜，看到这么多美味佳肴，两人早已垂涎欲滴了，当母亲端上最后一道菜，说了声"大家快来吃吧"，两人立马拨动筷子狼吞虎咽吃了起来，一会儿工夫就把盘子吃了个底朝天，吃完后对母亲的厨艺赞不绝口，脸上也洋溢着幸福的微笑。看着同学们吃得这么香，母亲心里也觉得很高兴。

黄细亚是个特别心细的人，她看见每次给大姐喂饭的时候，母亲总要在大姐的胸前放上一块手绢，以防饭汤洒出弄脏外衣。但喂饭的时候，大姐总会扭来扭去，手绢也就时不时会滑落到地上，这时，母亲就必须用一只手臂揽住大姐的身子，弯下腰用另一只手去捡地上的手绢。这样不仅人很累，而且稍不留神，那只抱大姐的手上端的碗就会向外倾斜，饭汤经常就会洒得满地都是。看到这样的情形，黄细亚利用晚上的时间，在自己的寝室里用手工一针一线地为大姐缝了一块围兜，上面还精心地绣上了两只小老鼠，这对于当时才十九岁而且还是第一次干针线活的女孩子来说，是多么不容易的一件事啊！之前没有一点经验，全是靠琢磨。一件围兜，不知费了多少心思。经过十多个晚上的劳作，一件漂亮的小围兜终于做成了。当然，因为自己是个大姑娘，做这样的活，生怕别人误会，是躲在寝室里悄悄地做成的。

据母亲回忆，几周不见黄细亚和林志诚，突然在某一个周日的下午，他们来到了母亲的住处。那天，黄细亚肩上挎了个布兜，显得神神秘秘的，然后一下子蹦到了母亲的背后，并大叫了一声："师母好！"这天她显得特别高兴。当时母亲正低头照看着大姐，被她这突如其来的一喊吓了一跳。母亲回过头来一看是他们两个，赶紧把他们请进屋里。黄细亚进了屋，先把大姐从小车里抱出来放在床上，然后就从挎在肩上的布兜里拿出那个围兜套在大姐的脖子上，左右一看，发现合适得很，就高兴地连亲了大姐好几下。一旁站着的母亲看到这个围兜，又是欢喜又是心疼。母亲朝着黄细亚说："你们现在还是学生，钱应该花到最需要的地方才对，你买围兜的事让我怎么向金老师交代呢？他一定会批评我不该让你们花这个钱。"看到母亲一脸严肃的样子，黄细亚赶紧向母亲说明这个围兜不是买的，是她自己做的，母亲这才松了一口气。母亲拿起围兜，仔细看了看上面绣的小老鼠图案，发现绣工十分细腻，小老鼠也显得十分可爱，色彩搭配十分协调。母亲怎么也想不到是一个十九岁的女孩绣的。

这是多么懂事的孩子啊，在这么艰难的日子里还能如此细心地关心师母和孩子，母亲的眼眶湿润了……后来，母亲很珍惜这块围兜儿，每次洗干净后都会先把它熨平整，然后才给大姐戴上。大姐长大后，母亲就把这份象征着师生之间革命友情的围兜洗干净、熨平整，叠得整整齐齐地放进了衣橱里。1948年，母亲随父亲转移到上海后的第二天，他们就带着大姐去了上海最好的照相馆拍下了大姐戴着围兜的照片。之后，这张照片就成了我们家客厅墙上一道亮丽的风景，每逢有人来家里做客看到墙上这张照片并问起大姐情况时，父母一定会向客人们重点介绍大姐胸前围兜的来历以及缝制人黄细亚烈士的感人生平，以此表达对英烈的崇敬和父

图4 幼年的金鼓大女儿，身上戴着黄细亚缝制的围兜

亲能够培养出一位这么优秀学生的自豪感。

在读书会上，为了让学生更多地了解来自解放区的消息和提高大家的斗争经验，父亲还时常冒着生命危险，从活路社分批将被国民党视为"洪水猛兽"的禁书如《论联合政府》《新民主主义论》《论党》《中国是怎样变成半封建半殖民地的？》《政治经济学》《大众哲学》，高尔基的《海燕》，托尔斯泰的《战争与和平》等拿来让学生们传阅。另外，解放区延安文艺工作者创作的文艺作品《王贵与李香香》《白毛女》等，父亲也组织大家一起评赏。每一次，为了将这些书籍从活路社安全地拿回来，父亲都要特别谨慎、小心，事先要做好各种预案，因为在路上随时随地都有可能遭到国民党特务的检查，有的时候甚至一天要遇上好几次。这些书一旦被查出，携带这些书的人绝对会被当作共产党打入死牢！

有一次，父亲去活路社拿书，原本打算拿到后立刻返回宿舍，但凭他对特务活动的了解，那个时候正是特务检查的高峰时段，父亲想，与其现在冒险，不如等到吃晚饭的时间再回，因为这个时间也应该是特务们吃饭的时间，路上的检查就能少一些。于是，父亲就先在活路社干些其他的活，一直等到吃晚饭时才上路。可万万没想到的是，父亲还没走多远，就遇上了特务设卡检查，大批军警荷枪实弹，凡是通过的人都必须接受检查。

父亲向一旁的人打听，原来是特务们在追捕一名共产党要人，临时在这个路段设了卡。当时父亲离关卡还有三十米左右的距离，他想今天关卡把守得那么严，想要安全通过恐怕希望渺茫，不如先返回活路社等几个小时以后再想办法通过，说不定到那时特务已经撤走了，这样就可以按原计划将书刊带回宿舍了，要是实在过不去，就只能等哪天有空再带。就在父亲打算转身原路返回的一瞬间，忽然就被站在关卡旁的一个特务发现了。他用手指着父亲，扯着嗓子向父亲喊道："你给我站住，不站住我就开枪啦！"父亲明白，一旦接受检查，那他携带的这些书刊必然会暴露，暴露了也就意味着要被送进大牢，进了大牢，离死也就不远了。父亲知道事到如今，横竖也是个死，不如赌一把，或许还能侥幸逃脱。说时迟，那时快，父亲干脆扭转身子迅速往路旁的山道跑，不一会儿钻进了树林里。

特务一看父亲逃跑了,都认为是他们正要抓的人,于是,关卡上的特务和军警都朝父亲逃跑的方向追去。起先,特务们只是朝天开枪,警示父亲马上停下,但看到父亲不仅没停下,反而比刚才跑得更快了,这回他们动真格了,朝着父亲呼呼啪啪连开了几枪。好险!有几颗子弹就是从父亲的耳边擦过的。特务们追了三四百米,看到父亲钻进树林里已无影无踪了,这才气喘吁吁地停止了追赶。

父亲总算逃过了一劫!父亲钻进树林后,迷了路,在山上绕来绕去,不知走了多少弯路,回到宿舍已经是凌晨了。当时,母亲见父亲那么晚还没回来,生怕出什么意外,急得一次又一次去门外张望。当看到父亲一切安好地回来时,心里头的一块大石头才算落了地。父亲一进门,顾不上和母亲说话,抓起桌子上的搪瓷杯连灌了三杯水,坐了好一会儿,才缓过神来,又想起刚才子弹从耳旁飞过的可怕情景,不由得叹了口长气心道:"好险呀!"出了这么大的一件事,但又不能对母亲实话实说,怕母亲担忧,在母亲面前故作镇静,装着什么事都没发生过的样子,编了一个理由将母亲糊弄了过去。

还有一次,是某个周日的下午,母亲和往常一样,怀里抱着大姐坐在门口放哨,当时父亲正和学生们在屋内讨论关于下一期反蒋墙报的选题。太阳快落山时,母亲突然发现门前通往教学楼的那条石子路上一个中年男子,鬼鬼祟祟地朝母亲这边走过来,从穿着上看不像是本校的老师,因为这张脸母亲从未见过,平时这条路除了住在这里的几位老师来来往往外,就没有其他人光顾。这个中年男子走到离我母亲四十米左右的地方时,突然来了个急转弯又往回走了,直到离开了母亲的视线。对于这一举动,母亲感到很不对劲,马上警觉了起来。过了十几分钟,这个中年男子又出现在这条石子路上,这回的步伐比刚才要快得多,两眼一眨不眨地盯着母亲走了过来。为了阻止这个男子过来,母亲立刻从椅子上站起来直接迎了上去。就在两人还间隔三四米远的地方,对方抢先向母亲开口问道:"我有一个朋友,听说是住在这里,但不知道住在哪个房间?"一边说着,一边就想往父母他们的宿舍方向闯。母亲一看情况不妙,情急之下,一把抓住这个男子的衣袖管,然后放开嗓门,大声地对那个男子说:"你这个人怎么一点礼貌都没有,没得到主人的同意就擅自往屋里闯？你找人可以先去学校教务处问，问清楚后再来找也不迟呀！你要硬来，我就叫人啦！"母亲的大嗓门也惊吓到怀抱中的大姐，她顿时哇哇地大哭起来。父亲听到了母亲的喊叫，意识到外面有情况。为了防止外面的人强行闯入屋内，父亲赶紧将书籍和有关资料收藏起来放到垫被下面，并将事先准备好的画板发给每个学生，做出在补习美术课的样子。被母亲挡在门外的那个男子似乎不甘心，一个劲地踮起脚朝着父母宿舍的窗子处张望，但因有窗帘遮挡着，怎么也看不见里面的情形。再加上大姐又哇哇地哭个不停，那男子怕有其他人过来认为自己在欺负妇女和孩子，只能一脸无奈，气冲冲地朝教学楼方向走去。

　　男子走了以后，母亲立刻返回屋内，把刚才发生的事告诉父亲，父亲凭借自己多年的地下斗争经验断定，那个人一定是特务，而且是个打前站的，用不了多久会有更多的特务来这里搜查，并当即决定将放在屋里的相关资料和进步书刊转移出去，还吩咐学生们不要从学校正门走，从房屋后窗出去，然后翻墙离开学校，分头赶回自己的住处。父亲在学生们撤离后，自己也同样翻墙离开了学校。父亲走后不到五分钟，果真像父亲预料的那样，又来了五六个便衣特务。这次不管母亲怎么阻拦，他们根本不听，气势汹汹地把母亲推倒在地，并一脚踢开房门闯了进去。看见屋里空无一人，就翻箱倒柜，折腾了好一会儿，结果什么都没有发现，有个特务用四川方言自言自语："狗日的，乱送情报，回去找他算账。"然后一个个气急败坏地离开了。特务们走了以后，母亲想，好悬呀，要不是金鼓（母亲对父亲的称呼）的果断决定，这次恐怕真的是插翅难逃了！

　　那天晚上，为了以防万一，父亲没有回宿舍，在朋友处凑合住了一宿，第二天早上派人回去探了个虚实后才返回。回去后，父亲听了母亲的陈述，断定有人去特务那里举报了，要不然特务不可能会找到这里。在没有真正摸清告密者之前，父亲认为读书会已不适合在这里继续办下去了，应另找地方。他通过林志诚、任一之同学将自己的这一决定告诉了其他的学生。从那以后，母亲就再也没有见到这些学生了。

　　在和学生一起相处的这些日子里，令父亲最为感动的是黄细亚和林志诚，他们两个渴望能汲取更多的革命养料，以便为将来做更多事，所以每当我父亲带给大家进步书刊和党的重要指示时，他俩总是争先恐后抢着看。特别是黄细亚，一见到这些进步书刊就兴奋得一头扎进去学习，别人喊她，她也不作任何回答。有一次父亲给大家解读《论联合政府》时，黄细亚一只手搂着我大姐，另一只手紧紧握着铅笔，低着头认真地做笔记。当父亲解读完后，她硬要父亲把《论联合政府》借给她带回宿舍仔细阅读，父亲一开始没同意她的请求，主要考虑到这本书在当时属于禁书，地下组织也有严格的纪律，书不能离开父亲的视线，更不能借给他人拿走阅读，如果把书放在她身边，这样危险系数太大，万一碰到意外，比如，在路上遭到特务盘问、在宿舍里阅读时被其他学生看见并无意中传出去，立刻会引起学校里特务的注意，要是那样的话，麻烦可就大了。

如果被抓个现行，那就更会引来杀身之祸，不仅这位同学会遭殃，而且特务必定会追查书的源头。要是被抓的学生扛不住特务的严刑拷打，首当其冲被追捕的便是父亲，甚至还会殃及读书会的其他学生。可是没想到黄细亚同学始终不肯罢休，一直缠着父亲，并做出了多种保证，最后父亲也感到再没理由拒绝她，犹豫了好半天，考虑黄细亚同学平时一贯积极要求上进，在笔战、辩论、演出中都显示出火一般的战斗热情和超群的组织能力，特别在示威游行中，面对敌人的残暴行径，她总是冲在队伍的最前列，敢于面对死亡，天生有一股子宁死不屈的韧劲，有责任心等表现，相信她会对自己负责，也会对周边所有人负责，于是父亲就开了个先例，同意她将《论联合政府》带回自己的宿舍继续阅读。

黄细亚回到宿舍后，白天生怕别人来打扰，于是一个人躲进学校后山腰的树林，在那里认真阅读；晚上趁同宿舍的学生外出，紧闭房门，以防外人突然闯入宿舍。在同一宿舍的同学在的时候，她也采取了必要的防范措施，她等到大家熟睡之后，靠在床头，把被子顶在头上，打着手电筒阅读。就这样，她不仅把《论联合政府》中的重要论述全部抄了下来，还经过逐字逐句、反反复复地阅读和精心推敲其中的含义，竟然把《论联合政府》的内容几乎全部背了下来，这一举动震撼了所有参加读书会的学员，也包括父亲，因而得到了大家的高度称赞和钦佩。

读书会上，父亲经常和同学们一同探讨人生理想、人生价值和共产主义信仰，并以一些进步人士的经历，如鲁迅、陶行知、田汉等例子来鼓励学生们拿起笔杆子与国民党做斗争，还结合社会上发生的重大时事和学生们一起分析、讨论，从而在讨论中不断提高同学们分析事物的能力。另外，利用读书会时间，父亲还向同学们传达了地下组织有关壮大学生运动的最新指示和就下一步举行学运的时间以及内容，并与同学们沟通和磋商。父亲除了和同学们一起谈论人生和革命斗争外，还一起探讨文学艺术作品，经常组织同学去观看《一江春水向东流》《万家灯火》等进步电影。

1947年5月，五月诗学社为纪念五四运动，发起了举办纪念五四运动的文艺晚会的倡议。校方虽然不敢公开阻止晚会进行，但在暗地里派军训教官（军统特务）与个别进步学生谈话，企图制止这场晚会。面对学校施压，五月诗学社的学生们不畏惧，按计划照常进行。父亲旗帜鲜明地带头出席了晚会，并毅然登台亲自表演了一个诗朗诵。父亲带着极其悲痛、愤慨的心情高声朗诵了鲁迅先生的《狂人日记》中的一个片段，父亲借这篇名作控诉了封建社会人吃人的悲惨的不合理社会现状，当父亲最后疾呼"救救孩子们"时，全场师生的心灵无不为之一震，大家同时高呼"救救孩子们！救救孩子们"，声音响彻云霄。受其鼓舞，一些平时爱好文学、诗歌的学生自此纷纷拿起笔杆子进行揭露国民党的诗歌和散文的创作，并勇敢地将自己的作品分享给同学。同时受父亲鼓励，越来越多要求进步的学生纷纷加入五月诗学社和父亲主办的读书会，队伍也一天比一天壮大。

有父亲做他们的坚强后盾，学生们的斗争勇气和自信心提升了，在和国民党特务的斗争中，也从原先的莽撞转为有计划、有步骤、统一行动的智慧性斗争模式，搞得特务晕头转向。有了新的斗争策略后，墙报、诗歌会、文艺演出活动的内容和形式都焕然一新，改版后的墙报刚贴出去就吸引了不少教师和学生围观，大家争先恐后地浏览和抄写其中的内容，一时间在学校内引起极大的反响，一些平时不问国事的学员也开始关心或参与反内战、反饥饿的运动，从而大大地鼓舞了为之付出心血的五月诗学社的全体学生的战斗士气。第一次战役后，父亲和同学们一样，不满足于现状。

为了把五月诗学社办得更好，父亲坚持给骨干同学不断注入新的精神养料，父亲给他们讲自己学生时期跟随车耀先生创办《大声周刊》时的经验和斗争策略，以及将中国革命先辈的革命故事和国外的一些经典名著，如苏联著名作家尼古拉·奥斯特洛夫斯基的《钢铁是怎样炼成的》介绍给同学们。父亲以书中的主人公保尔·柯察金成长的经历告诉同学们，一个人只有在革命的艰难困苦中战胜了自己，才能彻底地战胜眼前的敌人，才能把自己的追求和祖国、人民的利益联系在一起，到那时就会创造奇迹，成为一名真正的钢铁战士！

五月诗学社的四位骨干黄细亚、林志诚、任一之和乐安中是父亲重点考察和培养的对象，也是推荐给地下组织的第一批成员。这四位学生在政治上积极要求上进，在每次的学生运动中始终站在队伍的最前列，对共产主义的信仰忠贞不渝、革命立场坚定、爱憎分明；在文学方面，他们也都有一定的基础，有相当广阔的发展前景，经常和父亲在一起探讨中外诗歌、文学和音乐，有时会畅谈到第二天的凌晨，父亲会把自己知道和掌握的知识毫无保留地传授给他们。

一直以来，父亲为自己有这样优秀的学生而感到自豪，而且，父亲相当信任他们，并把他们视为自己的弟弟妹妹来对待。他们也非常信任和崇拜父亲，并为自己能够认识像父亲这样既有渊博学识，又有强大人格魅力，对学生和蔼可亲的老师而感到幸运。课堂以外的场合，在他们的心目中，父亲就是他们的兄长，是避风的港湾，因此，每逢遇到什么重要事情，他们都会在第一时间找父亲商量和寻求帮助。

就在父亲指导五月诗学社以笔战、辩论、演出等形式开展反内战、要和平的宣传活动处于如火如荼的时候，特务学生和特务教师也开始虎视眈眈地关注起五月诗学社来，并对五月诗学社进行二十四小时全方位监视，目的只有一个，就是挖出幕后组织者。在被监视的那段时间里，特务也开始怀疑父亲，他们认为平日里和诗学社的学生走得最近的就只有父亲，怀疑父亲是共产党，也是这个诗学社的幕后操纵者。由于上回在父亲的美术室里没有抓到父亲的把柄，最终还让他们丢了脸，因而这次他们自以为有十足的把握断定父亲就是幕后操纵者。但这仅仅是他们的猜测而已，他们拿不出确凿的证据，照样不敢对父亲下手，因为万一抓错了人，势必会引起全校师生的抗议和罢课。发生这样的情况，是当时的国民党政府不想看到的。因此，特务只好暗地里监视父亲，想从外围找到父亲通共产党的证据。没想到，父亲早已觉察到了特务的阴谋，并采取了相应的应对措施。为了不影响完成组织上交给的任务和暴露自己的身份，父亲决定暂时取消白天在学校里与诗学社学生的单独接触，将诗学社的工作从校内转到校外进行。这样，一来可以躲避校内特务的监视，二来借助社会力量，既可加强以反内战为中心的文艺宣传，扩大对社会的影响，又使校内敌特难以抓到把柄。大家接受父亲的建议后，就减少了白天在校内活动的频率，对宣传方式也做了必要的调整，如：在夜深人静的时候将墙报宣传贴出去；集中精力编写、出版诗歌集，以诗歌的形式继续鼓舞学生学运的士气，宣传革命思想和揭露国民党政府的罪行；等等。

策略调整后，父亲除了白天正常教学外，其余的时间和精力都放到了帮助五月诗学社创办诗歌集的工作中，五月诗学社林志诚同学为诗歌集主编，父亲作为顾问参与编辑工作。为了把诗集做成精品，从而吸引更多的读者，父亲主动承担了为第一部诗歌集创名和设计封面的工作。当然，仅这两项工作，就占用了父亲好几天的时间。凭父亲多年从事编辑工作积累的经验，诗集也罢，小说也罢，其书名和封面设计是吸引人们关注的关键，有一个好的书名，再加上有新颖的图案衬托，就会让主题思想的穿透力显得格外强劲。因此，在这次的诗歌集取名和封面设计上父亲动足了脑筋，最终他将诗集取名为《月亮偏西了》，寓意为黑暗的统治即将过去，革命的曙光即将来临，即通过诗集，充满信心地向人们宣示："月亮偏西了，黎明即将到来！"封面图案就围绕着书名的意思展开。

完工以后，父亲又将大量的时间投入到诗稿审阅中。由于投稿的学生较多，稿件内容参差不齐；还因许多学生没有受过正规的诗歌创作训练，对诗歌的基本要领缺乏必要的知识，稿件的内容虽然写得不错，但作为诗歌还需改进后才能使用。这些工作对当时的学生编委会来说，恐怕无人能挑起这副重担，大家只能寄希望于父亲。作为老师、地下组织的特派员，父亲没有理由推脱，面对这样一个费神费力的工作，父亲欣然包揽下来，同时他也明白，诗歌集能不能顺利出版，全取决于自己的审编质量和审编速度了。

为了不让五月诗学社的社员们失望，父亲把稿件搬回宿舍进行整理。他一边认真地筛选稿件，一边对那些缺乏诗词格律和不符合诗词押韵的诗歌进行逐字逐句的修改、加工。累了父亲就伏在桌上打个盹，醒来以后接着干。连续几个昼夜，父亲既没有好好地吃，也没有好好地睡。据母亲回忆，当诗歌集编完以后，父亲累倒了，卧床好几天身子才勉强恢复。自此，父亲的体质明显在走下坡路，精力也没有以前那样旺盛了。

诗稿及封面虽已敲定，但诗歌集的出版经费却还没有着落，五月诗学社的创办者毕竟还只是学生，平时他们的生活费都是靠学校补助，除此之外没有其他任何的收入，也没有什么社会关系，到了需要用钱的关键时刻，他们只有大眼瞪小眼，你看着我，我看着你，没有一点办法。

在这种情况下，他们自然就只能指望父亲替他们排忧解难了。父亲看见学生们一双双期盼的眼神，深深地感到自己肩上责任的重大，可是，在这个人人都缺钱的艰难年代，又怎样才能搞到钱呢？如果不及时搞到经费，自己和同学们的努力就会前功尽弃！诗歌集的出版，对当时的学生运动而言又有着非常重要的意义，既能鼓舞学生及教师的反蒋斗志，又能给予即将崩溃的国民党政府迎头一击，想到这些，父亲全身是劲，再难也要帮助诗学社渡过这个难关，让诗歌集尽早和民众见面。

于是，父亲决定将这里的现状如实向地下组织汇报，争取让组织上来帮助解决。父亲先赶到了活路杂志社，找到了中共川东地下组织负责人，也就是自己的上线联络人岳平同志，向他当面汇报了学生们为了创办进步诗集《月亮偏西了》所付出的努力和急需出版的重要性以及出版经费短缺的情况，同时还将自己在这一段期间考察学生的情况做了详细汇报，并正式向组织提出举荐部分进步学生，如有革命热情、有共产主义信仰、有加入中国共产党的强烈愿望，品学兼优、精明能干，爱好文学艺术，可以成为我党信赖的后备力量的林志诚、黄细亚、任一之、乐安中等同学加入地下组织的请求。

岳平同志听完父亲的汇报后，非常支持诗歌集的出版发行，当即做出决定，从活路杂志社拨出一部分经费作为诗歌集《月亮偏西了》的出版经费。为了保护好创作诗歌的学生人身安全和五月诗学社不遭国民党特务破坏，岳平同志还指示，不以五月诗学社的名义出版，改换成以螺旋社的名义进行出版，同时为了减少学生肩上的压力，同意印刷和发行均由活路社来承担。几天以后，岳平同志与上级部门商量决定，将五月诗学社正式归并于活路社的直接领导（即受地下组织领导），并请父亲向五月诗学社的主要编委林志诚和黄细亚转达组织上的决定。听到这一消息，父亲感到非常振奋，他暗暗为自己培养的学生和诗学社能够加入到组织里感到高兴和自豪，这样的好消息得尽快告诉大家。

父亲告辞了岳平同志后一路小跑赶回学校，立即把五月诗学社的编委林志诚、黄细亚等召集到宿舍，传达了组织上的这一决定。听完消息后，大家欣喜若狂，都簇拥到父亲身旁，有的学生激动得热泪盈眶，紧紧握住父亲的手说："金老师，感谢你为五月诗学社所做的一切！有你五月诗学社就有了主心骨，让我们看到了五月诗学社的未来，这次又把我们社引荐给活路社，由地下组织直接领导，让我们感到就像找到了母亲和自己的家，再也不用孤军作战了，大伙儿的心从此也可以踏实了。"

诗歌集《月亮偏西了》的出版有了着落后，大家的反蒋士气越发高涨，父亲在得到地下组织同意后，亲自带着社长林志诚和任一之两位进步学生秘密去了活路社，并当面把他们介绍给了地下组织川东地区负责人岳平同志和张佑铭同志。见面后，组织对他们两位的表现非常满意，之后没多久，林志诚和任一之两位学生正式加入了川东地区地下组织。

在父亲和同学们呕心沥血的努力和活路社的支持下，诗歌集《月亮偏西了》很快出版了。出版后在校内和社会上引起了极大的反响，校内校外纷纷传阅，特别是那些爱好诗歌的学生更是深受鼓舞，他们对第一期的诗歌集《月亮偏西了》赞不绝口，并纷纷向诗学社投稿。受诗歌集出版的影响，学校再次掀起了诗歌创作的热潮，以诗歌的形式呼吁"反内战、要和平"的呼声也越来越高，五月诗学社也成了市立二中的明星社团。

校内轰轰烈烈诗歌潮的兴起，引起了蒋介石反动政府的惊慌，他们以这些诗歌是在"为共产党、毛泽东张目,和国民党政府叫板"为由,命令校内的特务对诗学社团进行破坏,查禁《月亮偏西了》的发行,对已经发行出去的要尽快追回,同时要捉拿幕后指使的共产党人以及诗歌集的编辑人员和诗歌作者。

命令发布后,学校立刻处于白色恐怖中,特务在校内随意将师生带去审问,父亲因原先已经进入了特务怀疑者名单里,这次又因高7班学生——三青团、中统特务叶思本的告密,特务断定父亲就是他们要抓的幕后指使者,是条大鱼,他们立即派特务包围了父亲的宿舍,妄想神不知鬼不觉地将父亲抓住。可他们却打错了如意算盘,原因是他们碰到的是一位久经考验的地下工作者。父亲对特务的一举一动都有着特别敏锐的嗅觉,所以在他们到来之前,也就是国民党政府下令追查编辑人员的当天,父亲就已经带着母亲和大姐离开了学校宿舍,去朋友家躲藏了起来,结果特务扑了个空。气急败坏的特务把宿舍里的东西都砸坏了。

他们除了在街上张贴通缉令外,还直奔梁平老家想抓住父亲。形势越来越紧张,为了保存实力,地下组织指示我父亲立即撤离市立二中,当晚父亲去了小学同学在北碚兼善中学任教的李斛住处,在那里躲避了一阵子后,进入了建川中学与岳平、禾波(1949年以后在北京文联工作)、张文远等地下党同志一起隐姓埋名,在那里一边教书,一边继续参加反蒋的秘密活动。

在建川中学期间,父亲又在《新民晚报》等报纸刊物上以金蔚秋的名字不断发表抨击蒋介石国民党政府的文章和讽刺漫画,以及格调幽默风趣、语言通俗的打油诗。譬如在《新民晚报》上发表的较为典型的《玻璃世界》和揭露黑暗的《罪与罚》等。

诗歌发表后,取得了很好的宣传效果,金蔚秋的名字不久也被特务盯上,当他们得知金蔚秋就是早已上了他们黑名单的"金鼓"时,气得暴跳如雷,发誓要不惜一切代价抓住父亲。这次他们重新给父亲定了罪名,以学生运动的直接操纵人和攻击国民党政府的两项罪名再一次在全市展开了搜捕,就在父亲准备参加全市6月2日举行的大游行和总罢工、罢课的前一天(6月1日),国民党当局派特务和军警在全市对地下党和进步民主人士以及进步学生进行了大逮捕,父亲预感自己再像以往东躲西藏只会凶多吉少,要想彻底摆脱追捕，唯一的办法就是尽快离开重庆。

就在这生死关头，父亲接到了岳平同志的指示，要求父亲当天夜里就离开重庆转移到上海工作。当时长江航运十分紧张，船票异常难买，后通过"行辕"的朋友开了通行证，由地下党活路社社长张佑铭同志（1949年以后任贵州省宣传部部长，"文革"中去世）代表川东地下组织亲自将父亲送上民生轮船，并托交民生轮船公司的一位经理（地下党员）一路照顾父亲。就这样，父亲再次逃过一劫，安全地抵达了上海。

到达上海后，地下党阳翰笙、欧阳齐修、孙运仁等同志到码头迎接父亲，还为父亲安排了住处。第二天，由孙运仁同志（时任比乐中学教务主任）向校方推荐，让父亲在上海比乐中学任音乐和美术教员。1949年12月，父亲得知家乡重庆解放的消息后，欣喜万分，应上海《大公报》特约，以四川方言的形式写下庆贺重庆解放的诗歌一首，在1949年12月3日《大公报》"庆祝重庆解放特辑"专栏上发表。还以漫画形式抨击蒋介石军队的不堪一击以及歌颂我人民解放军势不可当取得全面性胜利，并刊登在《华东血战记》杂志上。

图5 金鼓在上海的旧址

手到擒拿

听说解放了重庆城
使我欢喜了通夜

197

隔壁四邻都高兴
龙门阵摆得笑哈哈

家乡这下翻了身
当然是感谢我们的
人民解放军
共产党领导硬是有办法
毛主席才是了不起的大恩人

想起蒋匪的"刮民党"
抓丁追款又逼粮
这几年把老子们整得更恼火
也就是蒋介石那帮
龟儿子尖脑壳

老百姓的生活真是惨
随便啷个不许说
如今越想越冒火
一心要把蒋匪捉

重庆现在已解放
一帮忘八逃不脱
要得就是这一下
坛子里稳把乌龟捉

　　诗歌发表不久，从重庆朋友处传来了一个不幸的消息，黄细亚同学在重庆解放前夕，在"中美合作所"遭国民党特务枪杀，英勇牺牲，年仅二十一岁。噩耗传来，父亲失声痛哭，悲愤异常。父亲一边抽泣，一边朝着天花板

图 6　大公报

图 7　金鼓 1949 年 12 月发表在《大公报》上的诗歌

自言自语说：可惜呀！可惜！一个才华横溢的女孩子就这么走了！随后半天都没说出话来。据母亲回忆，以往父亲是一个非常坚强的人，在抗战时期和解放战争时期，遇上再艰难的事情，他都没有叹过一声气和流过一滴眼泪，由此可见父亲对黄细亚同学的师生情义有多么的深，对黄细亚寄予了多么大的期望呀！噩耗传来的那一天，父亲把自己锁在房间里，原本要去学校上课，但他没去。母亲怕父亲伤心过度，伤着了身子，赶紧为父亲炖好了红枣汤，烧好

图 8　黄细亚生前照片

了平日里父亲最喜欢吃的回锅肉，结果都被父亲拒绝了。

整整一天，父亲滴水未进，母亲只能从门缝中窥视父亲，她听到从屋里不断传出父亲悲伤后的沙哑嗓音，他在不停地朗读黄细亚同学生前创作的诗歌：

一个微笑

……
用你响亮的声音,
去唱出人民的"忧郁";
用你粗壮的字眼,
去吼出人民的愤怒;
用你自己的"血"和"泪",
蘸着笔,
为历史写下光荣的诗篇,
给自己描下动人的故事。

你,年轻的诗人,
人民的歌手:
希望你,
伸张出热情的两臂,
去拥抱古老多病的农村,
去拥抱祖国忧伤的原野;
"去以自己的火
点燃旁人的火,去以心发现心。"

用你笔的斧头,
去砍掉人类的痛苦;
以你诗的镰刀,
去收割人类的幸福。
去牢记吧,诗人!
在凯旋的号声里,
我们将会交换一个微笑……

事后父亲对母亲说，在黄细亚生前的诗歌中，令他印象最深的除了上面的《一个微笑》外，还有《桃子》和《给诗人的诗》，这几首诗都被收入在诗歌集《月亮偏西了》里。父亲当时之所以朗读黄细亚的诗歌，是想通过朗诵黄细亚喜爱的诗歌来表达父亲内心对才华横溢的黄细亚同学的怀念和崇敬之情，以及对国民党惨无人道的卑劣手段的谴责和憎恨！

　　中华人民共和国成立后，父亲一直惦记着在重庆市立二中的那段峥嵘岁月和自己一手培养成才的五月诗学社的学生，虽然在父亲转移到上海后就没有了这些学生的消息，但父亲无时无刻不在牵挂着他们，他千方百计通过各种渠道，年复一年、坚持不懈地在寻找他们。

　　功夫不负有心人，终于在1976年有了林志诚同学的消息，得知他在中央机关工作、一切安好之后，父亲心里感到十分欣慰。然后，父亲又通过林志诚打听到了任一之、乐安中等学生的消息，但因"文革"结束不久，父亲手头上还有一大堆工作要做，只好暂时把探望学生们的日期往后延了。

　　1978年大姐去北京出差，父亲让大姐替他去看望了林志诚。林志诚见到了大姐，勾起了在沙坪坝市立二中读书时去父亲宿舍参加读书会见到大姐时的情景，那时大姐才一岁这一晃已经三十多年过去了，他思绪万千，仿佛又回到了1947年那些不寻常的记忆中，有多少话想对自己的引路人、恩师诉说，当从大姐口中得知父亲精神状况一切都好时，一颗日夜思念的心总算落了地。

　　林志诚感慨地说："自从1948年金老师与我们一别以后就再也没有老师的音讯了。"林志诚说全国解放后，他和其他几位同学也一直牵挂着父亲，这些年来也是在不断地打听父亲的下落，当年在他们成长的关键时期，幸亏遇上了金老师，受他的教诲，让他们懂得了革命道理，从而让他们走上了进步与革命的道路，并且在金老师的积极力荐下，他们几个同学加入了地下组织。林志诚接着说："数十年来，每当回想到自己的人生历程时，就想到了金老师，金老师是我们这些学生走上革命道路的启蒙人，也是我们学习上的恩师！"在大姐回上海前，林志诚再三叮嘱大姐，回到上海后务必转达学生们对金老师和师母的问候，祝福他们安康长寿！希望金老师和师母尽早来北京住些时间，他一定好好地孝敬老师和师母，以表对老师的感恩之情。

大姐回上海后，第一时间把林志诚的叮嘱转达给了父亲，父亲在得知自己的学生一切平安后，几十年来的牵挂和担忧也落了地。那一夜父亲兴奋得难以入眠，和学生一起并肩战斗的艰难岁月又重现在眼前，特别是黄细亚同学，为了祖国的明天更加绚丽，以无私无畏的革命精神献出了宝贵的生命。每当想到这些往事，父亲的脸上总会表现出极度的伤感，甚至会情不自禁地流下眼泪。

那天深夜，父亲拿出自己珍藏多年、平时舍不得喝的五粮液，一个人抒怀畅饮，一杯、两杯、三杯……趁着醉意，他泼墨挥笔写下了一首诗，以此来表达对自己可亲可敬的学生黄细亚烈士的思念，希望她在九泉之下能得到安息，同时为找到阔别已久的学生林志诚感到高兴。由于当年林志诚和黄细亚是一对恋人，为此，父亲有意用藏头诗的形式将两个人的名字分别放到诗歌的头和尾。

缅怀英烈深思念，
黄沙坪上青松林。
细工铸成钢铁志，
亚夫革命心赤诚。

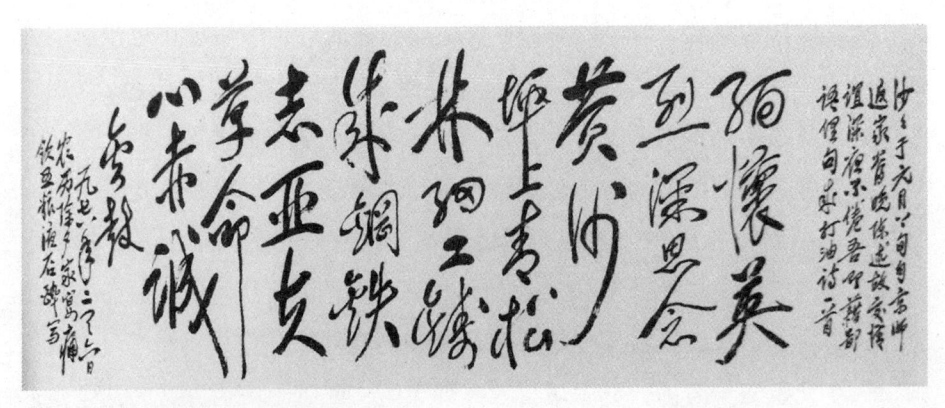

图 9　金鼓缅怀黄细亚烈士所作的藏头诗

襟怀坦荡，为人正直

1948年在重庆遭到国民党特务的通缉、无路可走的时候，父亲接到中共地下组织的指示，撤离重庆到上海，后经中共地下党员孙运仁同志的介绍进了比乐中学，任音乐和美术教员。业余时间，父亲还在位于上海四川北路上的通讯文艺出版社里兼任美术编务。有意思的是，由于父亲初到上海，人生地不熟，每逢休息日，好动的父亲不甘寂寞，想到了在上海定居的、曾经在重庆一起共事过的朋友们，找他们一起摆摆龙门阵、叙叙旧。

记得某个周日的下午，父亲从晚报广告上得知有一部反映抗战胜利后抗日民众重返故里的电影《再相逢》正在天通庵路摄影棚里拍摄，这部戏的化妆师正是自己在中国电影制片厂时一起共过事的同事王铁彬（我国著名化妆大师）。那天父亲也正好闲着，再说摄影棚所在位置离父亲的住处也不远，走着去也就二十来分钟，于是就当作一次散步，慢慢悠悠地来到了摄影棚。到了后果真见到了久违的王铁彬，王铁彬对父亲的突然出现兴奋不已，他一把拖着父亲坐在摄影棚外的石凳子上就摆起了龙门阵。

两人聊在兴头上时，导演方沛霖打断了他俩的对话，原来是方沛霖导演正巧路过这里看见了父亲，认为父亲的形象与他戏中的一个角色非常吻合。在导演的一再邀请下，父亲没任何准备就被"拉郎配"式地拽去客串了一回临时演员。由于父亲在重庆上过戏剧学校，而且在抗日演剧团里做过演员，表演方面还是有一定功底的，刚上镜头就让导演非常满意，戏虽不多，但都是一遍就过。

自此以后，父亲便被电影剧组冠以"特邀演员"的头衔，客串的电影也

| 浮尘过客 | 缅怀《太阳出来喜洋洋》词曲作者金鼓

越来越多，前后有幸与孙景璐等著名演员一起演过戏，直到1949年上海解放。上海解放后，经重庆活路社社员、地下党员高学斌同志的举荐，父亲进入通俗文化出版社出任主编，同时成为作协、美协和音协会员。

刚出任主编不久，父亲积极配合形势，编写了各类歌颂祖国解放和适应工、农、兵学习热情的作品，主编《大众剧选》杂志，出版了《劳动友爱》《一把钳子》《模范夫妻》《李逵探母》《喜期》《生产渡荒》等多部话剧剧本，参与编辑了歌颂工人的诗集《工人诗歌》，参与王绍艮先生编著的歌颂人民解放军华东解放战争的《华东血战记》和《伟大的恩格斯》（封面和书中的插画均由父亲创作）。不久父亲就调入《文艺新地》杂志社工作，这是中华人民共和国成立后的第一份文艺刊物，编委由冯雪峰、巴金、章靳以、陈白尘等人组成。

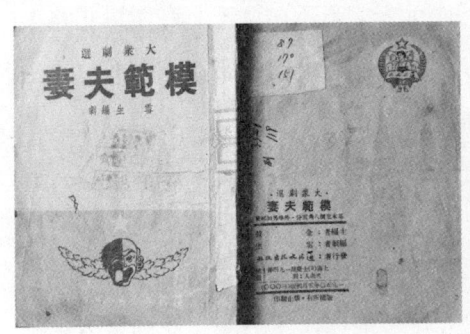

图1 　　　　　　图2

图3 　　　图4 　　　图5

金鼓主编的图书

襟怀坦荡，为人正直

图6　金鼓主编的图书 　　图7　金鼓主编并设计封面的图书 　　图8　金鼓所绘插图1

图9　金鼓所绘插图2 　　图10　金鼓所绘插图3 　　图11　金鼓所绘插图4

图12　金鼓所绘插图5 　　图13　金鼓所绘插图6 　　图14　金鼓所绘插图7

205

| 浮尘过客 | 缅怀《太阳出来喜洋洋》词曲作者金鼓

图15　金鼓所绘插图8　　图16　金鼓主编的图书　　图17　金鼓绘插图的图书

图18　金鼓所绘插图1　　图19　金鼓所绘插图2　　图20　金鼓所绘插图3

　　1950年冬，江南开展了热火朝天的土地改革运动，上海文联也组织了土地改革工作队，一边帮助当地的农民搞改革，一边要求广大文艺工作者亲身体验基层生活，创作出更多更好的歌颂土地改革运动的好作品。父亲作为工作队的一员，随队来到了江苏省松江县农村（当时松江属江苏省）横山乡。

　　当时那里的广大农民对土地改革运动的热情特别高涨，到处呈现出热火朝天的景象。农民以高唱革命歌曲来抒发他们对伟大的中国共产党和人民的救星毛主席的感激之情，庆祝农民翻身当家做主的喜庆日子。父亲在那段日子里，被农民高昂的革命热情所感动。受其鼓舞，父亲走访了当地多个农民之家和民间社团，从中收集创作素材，挖掘当地的文化资源，将有价值的文化遗产整理编成册子发放给农民群众。也就是在那个时候，父亲为当地农民群众创作了一首歌颂农村积极向上的歌曲，歌名叫《幸福的道路宽又广》。

歌曲创作完成后，父亲就在田埂边一字一句地教当地的农民们唱。没多久，这首歌就在当地被广泛传唱，深受农民们喜爱，为当时的土地改革运动营造了良好的气氛。

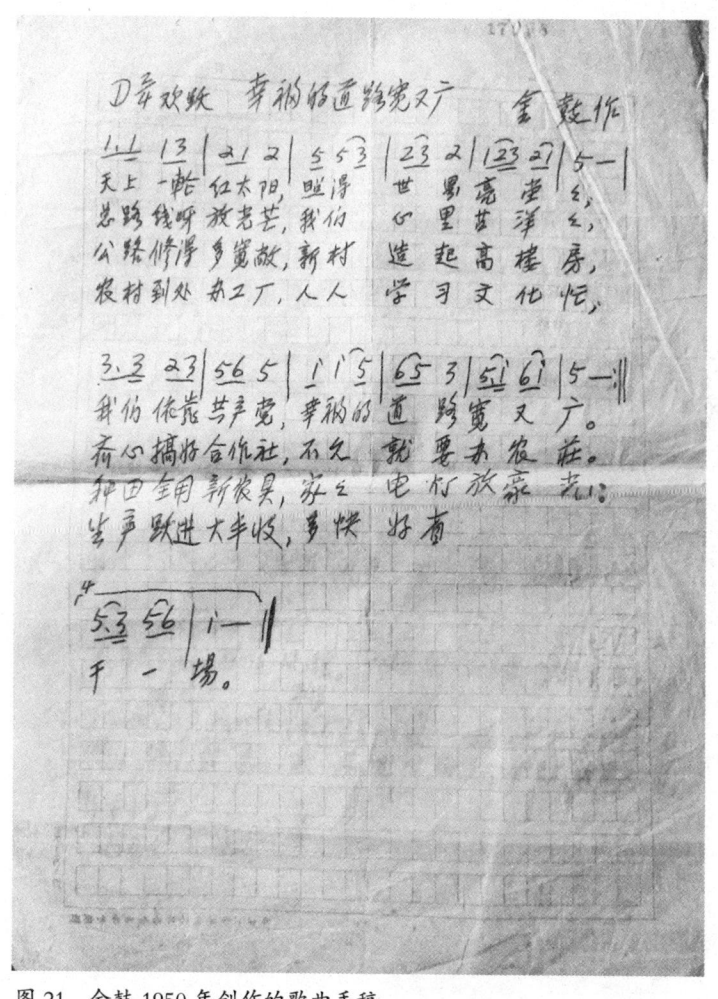

图 21　金鼓 1950 年创作的歌曲手稿

| 浮尘过客 | 缅怀《太阳出来喜洋洋》词曲作者金鼓

在此期间，父亲还应时任《大公报》副刊《新儿童》主编的陈伯吹先生（中国著名儿童文学家、出版家）的约请，配合当时的形势，创作了以四川民间小调为素材的新儿歌。其中较有影响的是《小铁匠》《小小马儿郎》等，并在《大公报》上发表。之后又被编入《小学唱歌补充教材》。20世纪50年代，中央人民广播电台经常播放这些歌曲。

图22　1956年出版物 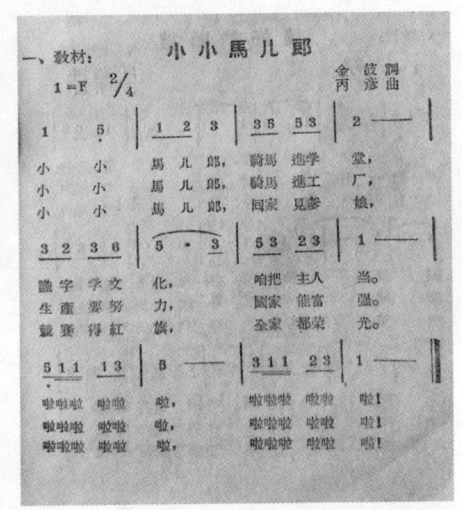　　图23　金鼓为歌曲《小小马儿郎》作的词

图24　1950年《大公报》发表金鼓的诗歌"小小马儿郎" 　　图25　1950年《大公报》发表金鼓的"小铁匠"诗歌

208

襟怀坦荡，为人正直

经过一年多的基层生活体验，1951年12月，应华东局宣传部正式邀请，父亲调入华东文学艺术界联合会，任诗歌组组长。在编辑部与巴金、唐弢、王若望、茹志鹃、陈白尘等一大批有影响力的作家一起工作。在编辑部工作了将近两年后，组织上发现父亲的创作能力和组织能力非常强，在征得父亲的同意后，随同《文艺新地》的白得易、陈家骅、欧阳翠、郁波、罗洪、赖少其等作家一同调入中国作家协会上海分会《文艺月报》及《上海文学》杂志社，任编辑组组长兼巴金秘书。

作为当时上海文学领域思想性较强的一份重量级刊物，其对编辑的要求非常高，编辑的文学底蕴和丰富的文化知识及常识，与刊物的文学性及其质量息息相关。父亲作为该刊的编辑组组长，在和巴金共事期间，从巴老身上学到了许多写作方面的技巧和编辑方面的常识，特别是巴老实事求是的工作作风和为人正直的态度深深感染了父亲。

图26　20世纪50年代金鼓与《文艺月报》的同事合影
自左至右：罗洪、金鼓（我父亲）、杨友梅、白得易、艾以、杨秉岩、顾炳鑫、陈家骅、陈乃秀、斯宝昶

平时工作中，父亲非常尊重巴老，虚心向巴老学习，把巴老当作自己今后努力奋斗的目标。巴老也非常关心、爱护父亲，经常将自己的创作心得毫无保留地传授给父亲。两人之所以在工作上如此默契，其根源还得归属于同为四川老乡，脾性刚烈豪爽，喜欢说真话，从不阿谀奉承，无论对领导还是一般同事，一律一视同仁，只要有不对的地方就会直截了当地向对方提出来。当然，这样的脾性也会惹来不少是是非非，容易得罪人。

《文艺月报》在1953年1月正式发行（封面由我父亲设计），深受文艺爱好者的欢迎。其中的每篇文学作品都是由编辑从全国各地投来的稿件中精心挑选出来的精品，文学思想性强，有生活气息。所以《文艺月报》也成了全国此类刊物中享有极高声誉的一本刊物。

图27　金鼓设计的封面手稿

　　1957年应中国音乐家协会特约在《满江红歌词月刊》发表的新儿歌《高原牧歌》《小青蛙》和根据民间故事《黄界驿》改编的川剧《乔老爷上轿》。

《乔老爷上轿》是父亲受重庆川剧院委托创作的。当时，重庆市川剧院赴武汉、黄石、上海、济南、北京等地进行为期半年的巡回演出。剧院巡演到上海时，剧院主要领导、主创人员和主要演员专程拜访了同为四川老乡的著名音乐家沙梅先生，想听听沙梅先生对他们汇演剧目的看法，便于剧目的可看性能得到进一步的提升和完善。虽说沙梅先生是搞交响乐创作的，但他非

图28 《满江红》歌词月刊　　图29 《高原牧歌》歌词　　图30 《小青蛙》歌词

常热爱自己家乡的地方戏，中华人民共和国成立前在重庆的时候，就曾和父亲多次聊起他想创作一部川剧，并希望父亲助他一臂之力。

中华人民共和国成立以后，沙梅先生也一直在关心川剧的发展，写了许多关于如何传承川剧经典剧目和挖掘更多的民间故事传奇剧目等评论文章，为我国川剧的发展做出了重要的贡献。沙梅先生在家里认真听取了来访的川剧院领导对本次剧目的介绍后，指出了当前的这些剧目还有待于创新。他认为至今的川剧主要以悲剧和正剧展现在观众面前，可以尝试一下在保留原有剧目的同时，再开发一些其他形式的剧目，比如创作一些喜剧类的剧目。因为四川民间故事中本身就有很多喜剧般的情节，而且四川方言中，又有许多风趣幽默的俏皮话，还有就是四川话的发声韵味都适合喜剧所需要的成分，把这些综合起来不就能编成一个名副其实的喜剧节目吗？只有剧目焕然一新，才能更受广大戏剧爱好者的喜爱，说不定还会在北京会演中一举夺冠。

沙梅先生的诚恳建议，使剧团主要领导和编剧受益匪浅，大家一致认为沙梅先生的建议有可行性，也有利于川剧今后的发展。同时一个大胆的设想在剧院领导的心中开始孕育，即他们想趁在上海演出的这段时间，抓紧编排一个喜剧，借这次去北京会演的机会，将新剧搬上舞台，以扩大川剧在全国的影响力。有了这个设想，剧院领导当即组织编导和主要演员开会，充分发挥大家的智慧，群策群力，寻找素材。

考虑到导演、演员剧团都有，现在缺的是好的剧本，如果没人编写出剧本，那么一切的设想都是白搭！剧院搞创作的专业人员认为，要在这么短的时间拿出一部新剧，恐怕不太现实，再说又是一部从未搞过的喜剧，大家一致认为万一现在答应下来，到时拿不出像样的剧本来，不仅浪费了时间，还会影响到北京会演。所以一时半会儿很难找到可以写出这么一部高水平喜剧的人。如果放弃这个想法，院领导又觉得可惜。这样的情况让剧院的领导感到很纠结。最后经反复讨论，他们觉得还是再努力一下，不到最后一刻绝不罢休。他们想到沙梅先生在上海人脉广，不仅音乐界有朋友，戏剧界也有许多好朋友，于是决定再去拜访一下沙梅先生，或许他能为剧院举荐一位能人。

于是川剧院领导们再次敲开了沙梅先生的家门，见面后说明了拜访的原委，并恳求沙梅先生能够帮助解决这一难题。当时正值沙梅先生忙于自己的音乐作品创作，平时时间都不够用，但这个点子是自己出的，现在既然川剧院求上门来，也只好将自己的创作暂时搁在一旁，替他们想办法。沙梅先生心里思量着，在客厅里走来走去，起先在自己熟悉的戏剧界朋友圈里找，还当着院领导们的面打了好几个电话求助，但结果都被对方告知没时间，或者是没把握而婉言谢绝了。其实那年头全国各地都在搞"反右"运动，大家心思都不在创作上，即便有时间也不敢在这个时候去搞创作。

苦思冥想之后沙梅先生突然脸上露出了一丝微笑，似乎想到了什么，他"啪"地拍了一下自己的前额，然后从沙发上一跃而起，嘴里自言自语地唠叨说："我好糊涂呀，怎么到这个时候才想到他呀！"沙梅先生说的"他"指的不是别人，就是久违的四川老乡、挚友金鼓先生。沙梅先生放开嗓子朝着川剧院的领导们说："找到啦，找到啦！现在能够解你们燃眉之急的人就是他喽！"话音刚落，他就赶紧拿起茶几上的电话，然而就在拨号的一瞬间，他突然将手停了下来，似乎在担心什么，随后慢慢地把话筒放回到电话机上。原来他是担心现在正处于"反右"运动的高潮期，作家协会又是全市运动的重点对象单位,这个时候去找父亲帮忙,恐怕有点不太合适。退一步说,即便找到父亲,父亲也未必会同意。但事到如今,想来想去,最终还是决定豁出自己这张老脸去赌一把。于是沙梅先生再次拿起话筒,拨通了父亲办公室里的电话,不巧那天父亲正好在外面走访一位作者,不在办公室。沙梅先生只好让川剧院的人先回,说一定尽力帮他们找到合适的人。

送走了川剧院的人,沙梅先生顾不上休息,穿上外套,急匆匆地出了家门直奔我家而来。他住的地方到我家没有直达的公交车,途中要换乘两次车才能到,晚上9点左右,沙梅先生到了我们家。由于一路上赶得急,推开我家房门的时候,他气喘吁吁,一时说不出话来……

提起沙梅先生和父亲的关系,可以说,他俩不仅是同乡,还是多年的合作搭档和挚友,在一起时两人无话不谈,亲如兄弟。1946年在重庆,沙梅先生就与父亲有过合作,当时父亲写了一首名为《指望大救星》的诗歌,沙梅先生看见后,认为符合当时的形势,因而特别喜欢,要为诗歌配上曲子。父亲认为只是自己随意写的,还未仔细斟酌不宜发表,更不能作为歌词用。但沙梅先生却不这么认为,坚持要父亲把歌词交给他谱曲。两人通过一番争论,最后在沙梅先生的强烈要求下,父亲做出了让步,同意沙梅先生拿去配曲。出乎父亲的意料,配完曲的《指望大救星》受到当时民众极大的喜爱,歌曲出版发行后颇具影响力,一度被大家传唱,之后就被编入《沙梅独唱歌曲》和《抗日战争歌曲选集》里。

在重庆一起共事时,沙梅先生对父亲的为人和才华非常认可,他也知道父亲不仅专攻美术、音乐和戏剧,而且文学造诣也非常深厚,抗日战争和解放战争时期就创作过许多脍炙人口的音乐作品和戏剧作品,在当时的重庆文艺圈里名气不小,被大家称为"万宝全书"。

沙梅先生作为一位著名的音乐家,平日里几乎都是别人去拜访他,而他本人难得亲自去拜访他人。但在这件事上,他也不得不亲自出马求父亲了,因为他已经向川剧院许下了承诺。当沙梅先生跨进我家家门的时候,母亲和几个孩子都在忙于洗漱,准备休息了,但由于正处于"反右"运动高潮期,父亲单位里经常要加班开会,因此要到很晚才能回家。母亲看见沙梅先生这么晚还来到我们家，第一反应是沙梅先生一定有十万火急的事情求助于父亲，于是赶紧请沙梅先生坐下，并替他泡了一杯茶。

在等父亲回来的这段时间，母亲就和他聊起在重庆时一些老朋友的近况。两人还没聊上几句，就听见楼梯上有脚步声，还传来了四川民歌《太阳出来喜洋洋》的哼唱声音，这熟悉的声音不用猜，大家都知道是父亲回来了。还没等母亲开门，父亲已经推开了房门，刚跨进门便看到了久违的老朋友沙梅先生，父亲好奇地直瞪瞪地看着沙梅先生，过了片刻才开口用熟悉的四川家乡口音发问："这么晚了，啥子风把你老兄给吹来啰？"问完后哈哈大笑起来。母亲知道父亲还未吃晚饭，就插嘴说："金鼓，我替你去热菜，你洗个手准备吃饭吧。"沙梅先生也随着母亲的话说："对对对，先填饱肚子，回头再摆龙门阵。"父亲心里清楚得很，今天又不是休息日，平日里沙梅先生忙得很，这么晚不会特地来家里摆龙门阵，凭父亲几十年对沙梅先生的了解，直觉告诉他，十有八九是有事。

父亲是个直性子，肚子里放不下话，还未等母亲把热菜端上桌面，就朝着沙梅先生发话了："我说沙梅兄，不要绕圈子了，都是老朋友嘛，有啥子事就直说了吧，我洗耳恭听！"沙梅先生也就不绕圈子了，直截了当地进入了正题。他长话短说，把自己来找父亲的用意说了一遍，希望父亲能帮他和川剧院这个忙。父亲听完沙梅先生的话后，皱了皱眉头，稍停了片刻说："你老兄也不挑时机，现在'反右'运动这么严峻，我整天要开会，根本没有空余的时间，不信你看，今天还算是早回来，也已经是这个时间。即便有时间，在这个当口，谁还敢明目张胆去搞创作呀？我们单位那帮'斗士'正在为抓不到我的小辫子而犯愁，万一被他们知道我私下为外单位编剧本，那麻烦可就大了！你老兄总不会把我往火坑里推吧？这次恐怕要让老兄失望而归了，见谅！见谅！"就在这时，母亲端着热好的饭菜走了进来，招呼先吃饭，吃完再聊。父亲这时的肚子已经饿得咕咕直叫，就毫不客气地端起饭碗大口大口地吃了起来。坐在沙发上的沙梅先生像泄了气的皮球，一脸无奈的样子，一边吸着烟，一边喝着茶，可是一点打道回府的意思都没有，一直等到父亲放下了碗筷，他又回到了刚才的话题上，父亲没做任何反应。沙梅先生还是不肯罢休，再次恳求父亲想想办法帮这个忙，并把自己最后的杀手锏拿了出来说："金鼓老弟，我就实话实说了吧！我下午已经当着川剧院领导的面做了承诺，保证在他们去北京会演之前把新剧本交给他们。现在你不帮我，我怎么跟他们去交代，这关系到我的信誉和面子的问题哟！"一个大音乐家把话说到了这个份上，再不帮情义上也讲不过去，何况还是自己的挚友。

想到这些，父亲于心不忍，最终还是答应了下来，但是父亲向沙梅先生也提出了一个条件，万一剧本编得不成功，千万不要怪罪他，好与坏都听天由命。沙梅先生一看父亲答应了，如释重负，顿时眉开眼笑："不要说一个条件，十个八个都答应。"目的达到，沙梅先生看了看手表，时间已很晚了，连忙从沙发上站了起来，乐呵呵地朝父母打了声招呼便急匆匆地离开了我们家。

沙梅先生刚走，母亲一边替父亲收拾桌上的碗筷，一边开玩笑似的说："金鼓，你的性格决定一切，你的朋友们早就摸透你的脾气——心地善良，乐于帮助人，讲义气，朋友的事你最终一定会帮忙的！"夜深人静了，我们一家人陆续就寝后，父亲一个人还坐在写字台前，把沙梅先生委托的事仔细地琢磨了一番，这时才恍然大悟，意识到原来自己接下来的是个烫手山芋，说是帮忙改编，那原剧本在哪里？为什么他闭口不谈，没有剧本哪还谈得上改编，莫非是想让我创作吧！这事必须要问清楚。

第二天父亲刚到单位，就拨通了沙梅先生家里的电话，在电话中得知川剧院目前果然没有现成的剧本，院里的编剧人员正在从民间传说故事中寻找题材，能不能找到合适的题材现在还是个未知数，要是川剧院的人实在找不到合适的素材，就请父亲帮着找找，实在找不到就麻烦父亲编写个题材。父亲听到这里，一切全明白了，印证了昨天自己的判断，原来就是想让他写个剧本！但是，要创作个剧本，没有参考材料也不行。事到如今，再埋怨或者是推托都为时已晚，父亲只好哑巴吃黄连，赶紧去找资料。

为了尽快动工，父亲打算将自己熟悉的一个民间故事《黄界驿》推荐给川剧院，因为这个故事里的情节很适合喜剧，如果有了这个素材，不仅对父亲改编有利，而且可以节省不少时间。为此，父亲告知沙梅先生，赶紧通知川剧院派人去找这本故事集。川剧院也非常重视，很快就从成都找来了《黄界驿》故事集交到了父亲的手里。

由于时间紧迫，前前后后，给父亲的创作时间总共四十五天。父亲反复琢磨，白天单位有会议，要想占用单位的时间正儿八经进行创作，那显然是不可能的。如果仅仅利用下班后的时间，那也是远远不够的。左思右想，既然不能在办公室公开搞创作，那就改变一种方式，借白天开会听报告的时候酝酿和构思剧情内容，装着做笔记的样子将构思的内容记在本子上，等晚上回到家以后再把白天记录下来的构思内容整理出来。这样就可以充分利用时间，既不耽误单位的会议，又能保证创作的进度。

据母亲后来回忆，起初，父亲晚饭后就坐在家里的写字台前编写剧本，天天熬夜，每次瞌睡来时已经是凌晨四五点了，于是就靠在沙发上睡一两个小时，然后7点过后又去单位上班。由于当时家里只有一个房间，全家人都挤在里面，晚上父亲工作时，房间里的灯始终亮着，父亲动脑筋时还会不停地抽烟，并时不时咳嗽两声。另外，在编写过程中，父亲还会情不自禁地哼两声剧中的唱词。这样的情况，一天两天，家里人还能克服克服，时间一长，一家人的睡眠都受到了影响，特别是那个香烟味，将整个屋内搞得乌烟瘴气，不但呛得人难受，时不时还将酣睡中的孩子呛醒无法再睡了。第二天上学，因睡眠不足，严重影响听课，几个姐姐就向母亲诉苦。母亲立刻意识到该解决问题了，于是就找父亲商量，建议父亲另换个地方工作。父亲听了母亲的陈述后认为有道理，自己也有这样的感觉。的确晚上在家里创作，自己也有放不开的感觉，不是顾这儿就是顾那儿，几天下来创作进度很不理想。于是父亲就去找了沙梅先生和剧院的领导，把家里的实际情况向他们讲了讲，最终在大家商量后决定让父亲住进宾馆里，这样既不会受到外界的干扰，又能静下心来集中精力搞创作。

于是父亲选择了离单位不远的好友董竹君女士经营的上海锦江饭店，锦江饭店坐落于茂名南路长乐路口，而父亲的工作单位作家协会坐落在巨鹿路上，两地相距不到一千米，徒步到单位也就十来分钟。沙梅先生也认为这家饭店确实不错，节省了路上的时间，可以更高效地搞创作，这点与父亲的想法不谋而合。而且他也认识董竹君和管事经理，因此，当即就这么定了下来。第二天中午,沙梅先生就把一切手续办妥了,并电话通知父亲当晚就可以入住。

父亲住进锦江饭店以后,为了不分散精力、按时完成剧本,从那天起就谢绝了一切应酬,每天两点一线,即从单位到饭店、从饭店到单位,这样不仅创作效率大大提高,写作的质量和进度也大大提高。在那段时间里,平时一直和父亲有来往的许多朋友都以为父亲失踪了,纷纷来家里向母亲询问。由于父亲事先有过关照,所以母亲也一直没有把父亲的情况告诉大家,只是说父亲现在正在写剧本,请大家多多包涵。

在编写剧本的那段时间,父亲几乎每天都在熬夜,晚上睡眠也就两三个小时,而且整整一个月没有回过家,吃饭无法按时,换洗衣服也是母亲隔三岔五送过去。晚上睡眠不足,父亲就利用白天参加政治运动学习会时在最后一排打个盹补一补。经过一个多月夜以继日地拼命工作,父亲比约定交稿时间提前十天完成了剧本创作。完成后的第一时间,父亲就赶紧请沙梅先生和川剧院的领导到锦江饭店审阅剧本。接到父亲邀约的同志都感到特别意外,谁都没想到,父亲竟然在这么短的时间内完成了创作,大家看到剧本后,从头到尾来来回回翻了好几遍这才相信了。川剧院的人一直都只是听沙梅先生夸赞父亲,因为时间真的太紧,所以在没有看到父亲的剧本之前,一直没有抱太大的希望。可当他们看到剧本以后,一个个都露出钦佩的目光,特别是剧院的编剧人员,对父亲佩服得更是五体投地。由于刚脱稿,剧本上多处地方还有涂改的痕迹,父亲怕大家看不清楚,干脆自己从头到尾念给大家听。在念的过程中,父亲还时不时地停下来给大家解释剧情。剧本才念到一半,就已经让川剧院的同志个个捧腹大笑,不停地鼓起掌来,并齐声喊"编得好,编得妙!"大家竖起大拇指称赞父亲说:"金鼓老师不愧是戏剧界的高手!"在得到大家的肯定后,父亲又抽了两个晚上将其草本整理成正式剧本,并将改编后的剧本名定为现在大家熟悉的《乔老爷上轿》。

川剧院拿到剧本后兴奋不已,院领导立即组织团里的有关人员连夜进行突击排练。排练中,为了达到原有的喜剧效果,川剧院还邀请父亲在一旁进行指导。没多久,在大家的共同努力下,一台崭新的川剧剧目《乔老爷上轿》诞生了。

父亲一个多月没回家，等到再见到家人时，大家都傻眼了，这哪里是那个风度翩翩的作家金鼓先生嘛，完全变成了另外一个陌生的人，一脸胡须，脸庞瘦了一大圈，额头上皱纹明显多了，头发也比以前稀了不少。母亲开玩笑地说："时隔三日，往日的英俊男士不见了，来了个干瘪老头呀！"父亲为了帮朋友的忙，都累成这般模样了，还依旧乐呵呵地哼着自己创作的《太阳出来喜洋洋》。

1957年10月，重庆川剧院在北京参加会演时，以保留剧目推出了这出《乔老爷上轿》，演出后受到前来观看的国家党政领导人和首都文艺界人士以及普通观众们的高度评价，同时也震撼了川剧界的同行们。大家认为无论在剧情的编排以及唱词方面，还是人物的定位上都无可挑剔。

著名戏剧家李健吾、著名戏曲研究员戴不凡等在《人民日报》发表评论，称誉该剧是："一本上品的奇妙喜剧"。田汉先生还根据剧情把剧名《乔老爷上轿》改为《乔老爷奇遇》，并为剧中人物乔溪在金佛山观音寺邂逅天官府小姐蓝秀英时所赋的四首诗进行了改写；同月郭沫若先生又对这四首诗进行了再修改。1957年12月该剧被全文刊载在当时最具权威性的刊物《人民文学》上，之后由上海电影制片厂根据川剧剧本拍摄成为喜剧故事片推向全国。

现在回想一下，在那个年代，父亲能不受干扰地完成一部被后人传颂的经典剧目，简直是一个奇迹，值得为他点赞！遗憾的是，在《人民文学》全文刊登该剧剧本时没有写上父亲的名字，只写了"重庆市川剧院剧目组"。父亲的朋友们看了《人民文学》后也发现了这个问题，纷纷打电话给父亲，想问个究竟。大家认为川剧院太不够朋友了，都替父亲打抱不平。父亲只是淡淡地一笑，相反还安慰关心他的那些朋友说："对作者而言，只要自己改编的剧目受大众喜爱，其实就已经体现了创作的价值和达到了编剧人的目的。至于写不写名字，已经无关紧要了。即使没写上我的名字，你们不是都知道是我写的吗？这就足够了！再说，既然是帮朋友的忙，又何必为此等小事斤斤计较、兴师问罪呢？搞得大家都不高兴，不值得！我猜想剧院没署上我的名字，一定有他们的难处。"

事后，沙梅先生受重庆川剧院的委托前来向父亲做了郑重的解释：一是在那个特殊年代不允许有个人英雄主义；二是川剧院为了顾及自己的面子，再三考虑，才决定以川剧院的名义对外宣传。但作为介绍人的沙梅先生还是认为他们这样的做法虽然可以理解，但还是不太妥当，至少应事先和父亲打声招呼，说清理由。他也感到很过意不去，多次向父亲表示歉意。川剧院的领导也感到这样做对父亲不公，但又不敢直面父亲，只好给父亲寄来了一本《人民文学》，在目录页写上了"送给金鼓同志，落款：重庆市川剧院敬赠。1957年12月"。

图31　重庆市川剧院赠予金鼓的《人民文学》

图32　川剧院落款的页面

自此以后，父亲再也没提起过此事，就好像从未发生过一样。父亲就是这么个性格，不为名，不为利，是一个非常重感情的四川汉子，好在朋友们都知道该剧出自父亲之笔。

1958年，中央要求知识分子去农村向贫下中农学习、锻炼。父亲向组织提出愿意第一批去农村学习和锻炼，并得到了批准，不久就和一部分作家协会的编辑一起被安排到上海市近郊的七宝农村进行锻炼，每月只要回作家协会参加一次学习即可。父亲感到格外兴奋，压抑的心情如同火山爆发一般一下子被彻底释放了出去，人也感到久未有过的轻松。

那天回家刚踏进院子大门，久违而又熟悉的民歌《太阳出来喜洋洋》再次从父亲的口中唱出来，响遍了整个院子，同样也传到了正在二楼房间里批改作业的母亲耳朵里。这突如其来的歌声和父亲一反常态的行为，让母亲百思不得其解，早上出门还是那么悲观和沮丧，这反差也太大了吧？母亲一时无法接受，猜想结果只有一种可能，那就是父亲精神上真的出了毛病！想到这里，母亲顿时打了个寒战，不敢再往下去想了。就在这时，父亲跨进了屋里。还未等母亲发问，父亲就满面笑容地把组织上批准他去郊县锻炼的消息说给了母亲听。一开始母亲还停留在刚才的猜测中，对父亲的话不甚理解。心想，不就是去郊县劳动锻炼，值得这么高兴吗？等到父亲慢慢地道出原委后，母亲才恍然大悟，原来父亲是为了可以逃避这场运动而这么高兴呀！父亲认为，去广阔农村锻炼，是对自己压抑的精神最好的治疗，在那里不仅可以无拘无束、随心所欲地做自己想做的事情，而且再也不会因那些小人的言行影响到自己的心情，从而定下心来真正地搞些创作。

父亲来到农村的第一天，就听到田头的广播里不停地播放着自己的作品《太阳出来喜洋洋》，农民们对这首歌个个耳熟能详，一边耕作，一边跟着节奏哼唱着。当他们得知这首歌的作者就是父亲时，个个竖起了大拇指，用上海本地话对父亲说："金鼓同志，侬格歌，灵的伐的了！"（意思是说，你的歌写得很棒。）白天，父亲和当地的农民一起下地干活，劳动间隙，父亲就坐在田埂旁和农民们一起聊家常，了解当地的文化、风俗习惯以及中华人民共和国成立后农村面貌的变化，谈话中不断将有价值的内容，特别是一些民间文化和民间音乐逐一记录、收集起来，等晚上收工以后再把这些内容整理出来作为自己创作新作品时的素材。

虽然在郊县锻炼的时间不长，但父亲过得特别舒坦，精神面貌比起往日来也明显地好了许多。特别是逢休假日回家里时，父亲总会把自己亲手耕种的各类新鲜蔬菜和水果带给家人品尝，有时母亲也会带着我们几个孩子一同去父亲那里。多亏了那段美好的日子再次激发起父亲的创作热情，父亲的作品应运而生。如受儿童们喜爱的儿歌《小青蛙》（中国现代音乐家陈啸空配

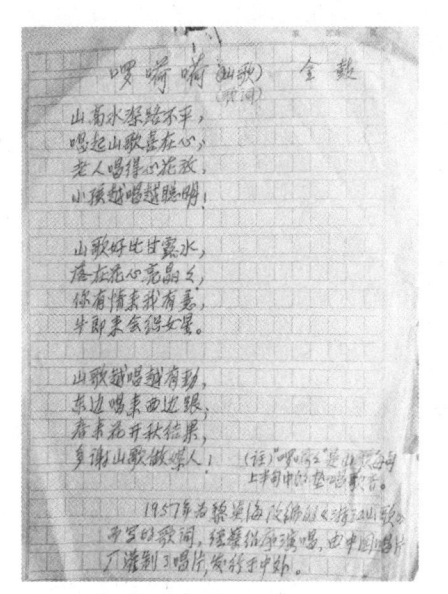

图33 《啰嗨嗨》歌词原稿　　　图34 《小青蛙》歌词原稿

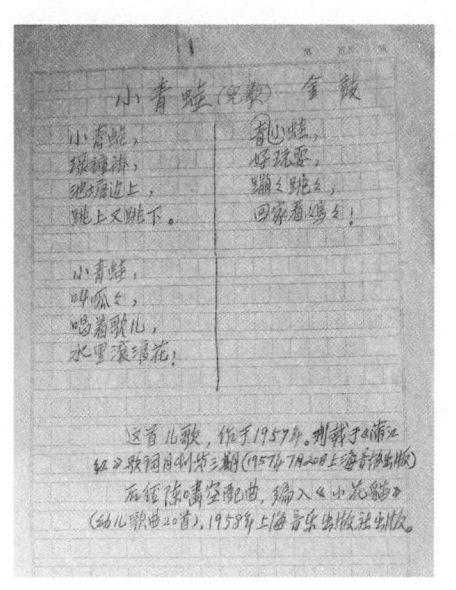

曲）、山歌《啰嗨嗨》（著名作曲家黎英海改编）等。

　　1958年以后，父亲绝大部分的作品素材均来自那段生活。1960年，父亲被调回了作家协会，一批元老级的编辑都被安排在资料室工作。父亲对这样的安排很不满意，多次提出质疑，可是当时的领导对父亲的质疑不做任何解释，打着扶持基层文艺团体的幌子，把一些有个性的同志逐个调离作家协会，父亲也名列其中。

　　虽然大家对这样的决定表示极为不满，但对于父亲来说，倒也可以借此机会离开这个环境，也是一种最好的解脱。此时的父亲四十一岁，正是创作的高峰期。天生我材必有用，父亲坚信自己的才干，不怕没有用武之地。

　　1963年，父亲决定离开作家协会的消息传了出去，一时间收到了来自全国各地朋友们抛来的橄榄枝，都希望父亲去他们那儿工作，有美术出版社的，有音乐院校的，也有演出团体和电影制片厂的。许多抗战时期一起共过事的同志，当时都在各领域领导岗位，他们对父亲知根知底，纷纷打电话请父亲去他们那里当主任或总编，但都被父亲婉言谢绝了。原因是考虑到母亲和孩子们不适应北方的生活。战争年代没有让母亲过过一天安稳日子，父亲一直感到对不起母亲，后来好不容易在上海安了家，还没过上几天舒坦的日子，又要让全家跟着一起搬来搬去，这样显得太自私了，对母亲不公平，孩子的学习也会受到影响。

沙梅先生闻讯后，立刻动起父亲的脑筋来。他知道父亲是原重庆国立剧专毕业的，在重庆演剧团的时候，曾和老一辈艺术家夏衍、田汉、阳翰笙、司徒慧敏共过事，在中国电影制片厂时和著名导演谢天、著名演员陈戈等也有过合作。可以说，父亲不仅会演戏，还会当导演，而且在舞台设计、灯光配置、剧本编排等方面都有经验。于是，沙梅先生找到了父亲，说他有个好友在上海某越剧院任院长，这家剧院刚成立不久，正在四处托人，想引进一位有学识、有过编剧经验的人来院里主持编导工作，他已向院里推荐了父亲，现在院里的领导都在盼望父亲过去。

父亲听完后，头上就像被人用锤子猛锤了一下似的，有点犯迷糊，朝着沙梅先生看了片刻，心里在想，难道是沙梅老兄年纪大了犯糊涂了？再怎么想，也不该把我和越剧扯到一起呀，我是四川人，属西南地区，而越剧是江南地区的剧种，二者八竿子也打不上，完全是找错了人嘛！于是毫不犹豫地回绝了沙梅先生。可是怎么也没想到，第二天，沙梅先生直接把越剧院的院长和主要演员带到了父亲的办公室，越剧院的院长开门见山地恳请父亲去他们院里主抓业务。

当时父亲愣了片刻后，开口对他们说："你们找错了人，我虽说毕业于重庆国立剧专，新中国成立前也编写过不少剧本，但那都是些话剧、川剧，越剧我是一窍不通，不说越剧的套路，就连江浙地区的方言我都听不懂，叫我怎么去编写剧本和抓业务？我看你们也不要浪费时间啦，赶紧去别处另请高明吧！"说完，就起身打开办公室的门，准备送大家走。站在一旁的沙梅先生一脸尴尬，看着父亲态度如此坚决，觉得再待下去也不会有什么结果，于是只好招呼越剧院的人和父亲打声招呼便离开了父亲的办公室。

离开后，越剧院的领导还是不死心，过了两天又来拜访父亲。同来的还有一位曾经和父亲一起在中国电影制片厂共过事的朋友。没想到，这位好朋友当着大家的面，把父亲在中国电影制片厂时的工作经历大说特说了一番，把越剧院领导的心说得痒痒的，对父亲更加充满了信心，决定不惜一切代价也要把父亲请到他们院里去。这次父亲同样没有给这位朋友面子，依旧婉言谢绝了。没想到越剧院的领导依旧不肯放弃，过了两天又来找父亲。那天也不凑巧，父亲正在接待来自北京的一位作者，根本腾不出时间来接待越剧院的人，他们也很知趣，主动先告辞，说有空再来找父亲。那天下班的时候，外面下着雨，父亲像往常一样，收拾完办公桌上的书稿后挎着包离开了办公室，刚跨出单位的大门，就发现越剧院的人撑着伞在门外围墙边等着父亲。这一场景是父亲万万没有料到的，越剧院三顾茅庐的诚意打动了父亲，父亲把他们请回到了自己的办公室。

进了办公室后，未等越剧院的人开口，父亲就开口表示对于越剧院的盛情邀请他可以先试一试，同时也提出了一个条件，在自己胜任该工作之前，不作为正式员工，而是以临时员工的身份暂时在越剧院工作，如自己感到不能胜任可以随时离开。父亲的表态让越剧院领导松了口气，急忙点头答应。父亲进越剧院的消息让朋友们知道后，许多人都替父亲感到惋惜，有的还特地跑到我家来劝父亲，要父亲再慎重考虑考虑，一个小小的越剧院不值得，可父亲不这么想，他认为，越剧院能拿出这么大的诚意请自己去，那是人家看得起自己，而且既然已经答应了人家，就应该讲信誉，出尔反尔的事自己不会做。母亲知道后也埋怨父亲事先不跟家里人商量就擅自做出决定，上海有那么多的文艺机构可以去，怎么偏偏看上了一个不起眼的越剧院，是哪根筋搭错了？可母亲再怎么劝也无济于事，最终只好听由父亲去了。

当时，一般人都认为，作家协会是文化权威机构，里面不是大作家就是文艺评论家，他们哪会想到一个堂堂的《上海文学》杂志的编辑骨干会去一家成立不久的越剧院工作。大家的劝说给父亲精神上造成了极大的压力，原打算在家里休息一段时间、调整一下精神状态再去越剧院报到，可是越剧院担心父亲中途变卦，或者被其他单位挖去，专门派了院里的副院长隔三岔五来家里催促父亲赶紧走马上任。被催得实在没辙，父亲只好提前赴任。

进越剧院报到的第一天，剧院就像庆祝节日一般，热闹非凡，大门上挂起了欢迎父亲的横幅标语，上上下下的工作人员闻讯后都来先睹为快，还未等父亲办完入职手续，有的人已经来到父亲的办公室，拜访他们心目中久闻大名的重量级人物。越剧院领导更是喜笑颜开，以前的一切担忧顿时烟消云散。全院都指望父亲能带领编剧组早日写出好作品，提高越剧院对外的知名度。对父亲来说，大家的期待越大，他就会感到压力越大。和大家见过面以后，父亲立即投入工作中。又听取了编剧组关于现有剧目的介绍后，父亲开始安排创作组人员的具体工作，并和大家一起酝酿新剧目的创作。

在那段时间里，父亲全身心地扑在了剧院里，每天除了看剧本和寻找新剧本的素材外，就是向剧院的演员了解越剧的唱腔和传统戏的剧目。因为父亲心里很清楚，自己有戏剧方面的经验，但各剧种有其独特的套路，就如同打牌，不按套路出牌，手上有再好的牌也不一定能赢对方。同样，不遵循剧种的特点和规律，即使有再好的素材，也不一定能够编出一台上好的戏，何况自己对于越剧还是个门外汉。为此，回到家里，父亲开始如饥似渴地钻研越剧套路，除了吃饭，其余时间都花在如何创作上。好在母亲是地道的浙江人，平时虽然谈不上特别喜欢越剧，但毕竟是自己家乡的剧种，偶尔也会去剧院看上一场。父亲正好可以用这一优势，在遇到语言上的障碍时，可以求助于母亲，这也使父亲少走了不少弯路。在其他方面，如音乐、唱腔等，父亲倒没感到有什么特别大的困难。

没多久，父亲就进入了全面创作阶段。除了保留越剧原有的基本唱腔外，父亲还不断尝试把各剧种的唱腔融入越剧中，同时，还邀请院里的演员试唱和试演，并虚心听取他们的意见，然后进行修改。功夫不负有心人，经过父亲夜以继日的努力创作，新剧本很快呈现在院领导和演员面前，大家对父亲的工作效率和敬业精神佩服得五体投地，个个竖起大拇指夸赞父亲"真是名不虚传的奇才啊"。

父亲平时从不拿架子，大家越是捧他，他越是平易近人，跟院里的演员、编导打成一片。院里在接到新剧本后，就立即组织演员、剧务人员进行排练，父亲作为编导，自然也经常深入第一线。院里生怕父亲辛苦，只安排父亲白天参加排练，但看到演员们每天排练到深夜，父亲也坚持要和大家一起到最后。在排练中，父亲一边和大家讲解剧中人物的性格特征，一边纠正演员唱腔上的不足。

由于父亲是个完美主义者，所以对演员的要求特别严，常常为了唱腔中一个吐字的轻与重而让演员反复练习。父亲的认真甚至到了"挑剔"的地步，但父亲的这种"挑剔"不但没有招来演员们的不满，相反大家越发喜欢父亲的工作作风。父亲特别耐心，对演员从来不会发火或怪罪，总是以引导和鼓励的方式来指导演员，所以和父亲在一起的时候，大家虽然很辛苦，但精神上却没有任何的压力，每个人都很愉快。

在大家的积极配合下，新剧目的排练很顺利，并在上海大舞台上演。上演后不负众望，得到资深越剧专家和越剧迷的好评。一时间，剧院在社会上的知名度提高了，父亲的名字也开始为越剧界同人们所熟悉。演出成功了，剧院领导和演员们的信心也增加了不少，大家都迫切期待父亲下一部新作尽快出炉，再为剧院争光！同样，父亲也为自己的越剧处女作大获成功而信心大增。

为了创作新的作品，父亲走出办公室亲自去越剧故乡——浙江采风，收集民间故事中的经典作为新作品的素材。就在父亲如鱼得水，准备大显身手的时候，"文革"开始了，我父亲的创作生涯走到了尽头。

图35　金鼓1964年创作的独幕剧《钥匙》手稿

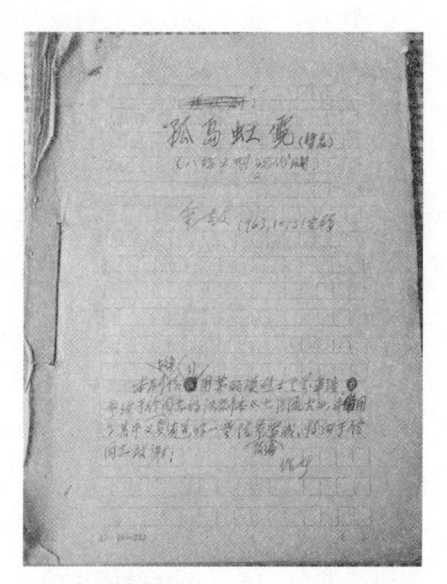

图36　金鼓1963年创作的现代剧《孤岛虹霓》手稿

由于父亲是从市作家协会下放至越剧院的，当时在区文化局的眼里，父亲就是个文艺界"大人物"。"文革"之前，区文化局对我父亲特别尊重，很多方面都很照顾我父亲，正是这个原因，"文革"一开始，父亲首当其冲被造反派瞄住，在他们眼里父亲就是这次运动的对象，不问青红皂白就给我父亲头上戴上了一顶"反动学术权威"的帽子，还因为我父亲曾经受地下组织的安排，秘密潜入国民党重庆兵役部宣传慰问队当过文艺组的组长的经历，再套上一顶"反动军官"的帽子，从那天起，父亲被下放到了农场。

在农场的那段特殊日子里，父亲始终坚信人生尽管有雾霾，但阳光永存，春天一定会到来！不断勉励自己要坚持等到那一天，还要为人民写出更多、更好的作品。当年正逢父亲50岁，为了时时鼓励和宽慰自己，特写下诗歌一首：

烟云过眼了无痕，人海翻腾余半生；
志在淡泊何须叟，诚恐门前车马争！

那段时期，在当地农民们积极配合下，父亲利用劳动之余走东家串西家，到处采访收集素材，晚上等到夜深人静，同宿舍的同志都进入梦乡时，父亲才从床底下拿出事先准备好的小油灯，小心翼翼地搁在床头边把它点燃，借助微弱的灯光，趴在床头搞创作。他写啊、写啊，直到手指被冻得像胡萝卜，冰凉冰凉捏不住笔的时候才肯放下休息一会儿，将两只手伸向油灯两侧暖暖手心，感到手指稍有好转又继续写起来。凌晨时分，气温急剧下降，似乎整个骨头里都在冒冷气，脚指头冻得失去了知觉，由于正写在兴头上，不甘就此搁笔休息，父亲就把棉衣脱下来裹住双脚，把棉被裹在身上，很多时候，父亲就这样一直写到天亮。熬了一夜的父亲咬咬牙，放下手中的笔和纸，拖着粪车又开始了新的一天。

每逢下雨天，父亲的关节炎就会发病，疼得站不起来，但父亲还是强忍着疼照样出车。同一宿舍的同志都来劝我父亲不要硬撑了，去求一下造反派给你放一天假！可是，我父亲就是不愿意向这些造反派服软，眼看我父亲听不进劝说,有的同志干脆提出帮我父亲去海滩边拉粪,但生性好强的父亲,最终还是拒绝了大家的好意。他经常若无其事地对愿意帮助他的同志们说:"在抗战时期,我发了四十几度高烧,上吐下泻人已经到了奄奄一息的地步,我都没哼过一声,现在这点伤痛算不了什么!"说完左手撑着木棒,肩上挂上了拉车带,右手握着拖车的把手,一瘸一瘸地朝着海边走去,嘴里还是哼着自己的作品《太阳出来喜洋洋》,有时一路上会遇到正在巡岗的造反派,他们听见我父亲哼唱这首歌,都会用凶神恶煞的破嗓子对着我父亲叫喊:"这是'大毒草',不许唱!"每当这时,父亲总是当作什么都没听见,继续哼唱着。

正在农田干活的农民们看见我父亲路过,大家会立马放下手中的农活,伸出手竖起大拇指朝我父亲称赞道:"金老师,有骨气!"在和我父亲认识之前,当地农民眼中的文人、大知识分子应该是文绉绉,弱不禁风,胆小怕事的人,可是自从和我父亲认识后,算是开了眼界,看到我父亲又能文,又吃得起苦,不比他们差到哪里去,于是也消除了原先对文化人的偏见。每当拖车到达岸边,因有一段路是斜坡,要费很大的劲才能拉上去,父亲总会用这首歌来给自己鼓劲,只要放声歌唱就会为自己增添无穷的力量。

在农场经过了一段时间的锻炼,父亲已习惯了农村的生活,虽然物质方面没有像在城里那样舒服方便,但整天跟农民们在一起心情总是很舒畅。大家一起干活、一起聊家常,精神上非常充实。

那个年代,除了样板戏,一切娱乐活动都被叫停,人们的精神生活处于前所未有的空虚、乏味,农村就更不用说了。但大家遇见了我父亲以后,又听说是个艺术家,农民们个个乐开了花,通过和我父亲的几次接触,了解到我父亲是个见多识广,阅历丰富,博学多才的人,脑子里装着说不完的故事,还有我父亲给他们讲在抗日战争和解放战争时期的那几段经历,大家的娱乐生活一下子丰富了起来。我父亲是戏剧专业毕业,不仅会演戏,也会编故事,在讲故事时,不仅有肢体语言帮衬,而且表达得有声有色,从头到尾始终扣住大家的心弦,因此,大家特别喜欢听我父亲说事。

在夏季,农民们在忙完农活回家吃完晚饭以后都喜欢聚集在晒谷场上乘凉,自从我父亲来了以后,传统的乘凉就变成了我父亲的故事会。我父亲有个习惯，在给大家讲故事之前，首先会把自己新创作的歌颂农村题材的诗歌、散文、音乐作品分享给大家，并请大家提些宝贵的意见，父亲会把大家提出的意见一字不漏地记在笔记本里，等到故事讲完自己回到宿舍后，会对大家的意见作综合的分析和总结。也就是那段时间，父亲创作了不少农村题材作品，打算等到春天到来的那一天奉献给更多的人。遗憾的是"文革"结束的时候父亲已经离开了文艺单位退休在家了。

父亲回忆说，在农场的那几年与淳朴的农民朝夕相处，从他们的身上学到了许多有价值的东西，也是他1948年从重庆来上海之后身心最放松，心情最愉快，情感最温暖，创作作品最多的时候。

一晃，父亲在农场锻炼了三年，1970年我父亲被调回市里工作，由于原先的文艺单位已被解散，父亲回上海后直接去了文化局报到。据文化局的同志介绍，一是"文革"期间文化单位的人事调动工作一律被冻结，二是我父亲的问题至今还未做出定论，需继续接受工人阶级的再教育。给我父亲安排的是到基层某个果品公司锻炼，并向我父亲重申，什么时候结束在那里的工作，一切取决于我父亲接受工人再教育的态度而定。父亲心里明白，与他们理论等于浪费时间，于是二话没说拿了调令就回了家。

这天晚上，父亲的好友们都来到了我们家，他们是来为我父亲打抱不平的，劝我父亲去找市里相关领导反映情况。父亲认为，与其把精力花在这上面，还不如去基层锻炼，就当作一次采风，顺便还能向基层的工人学习，于是第二天就去了果品公司报到。

果品公司上上下下得知来了个大作家，都感到好奇，公司领导特别关照我父亲，生怕我父亲不适应这里的工作累坏身子，讨论来，讨论去，最后决定把我父亲安排在宣传科工作，每天只需写几幅标语之类的毛笔字，剩余时间均由我父亲自行安排。领导的关心反而使我父亲感到不安，在宣传科待了一周，父亲就感到太空闲了，心里憋得慌，这样下去会荒废自己的后半生，于是主动向公司领导提出去第一线锻炼的请求。公司领导起初还是劝我父亲留在公司里，但由于我父亲态度坚决公司领导为了尊重我父亲的选择，只好答应了我父亲的请求，并分配到公司下面一家较大的中心店里工作。

父亲去那里报到之前，该商店的营业员就已经在店里传开了，都知道要来一位大知识分子，大家非常尊重我父亲，重活累活脏活都不让我父亲去干，只要我父亲做好每天的对账工作就可以了。对这个行当里的人来说，这是一份好差事。但我父亲却不这么认为，他认为既然来到基层，就应该从最基础的工作做起，即从营业员做起。当时的中心店坐落于上海城隍庙内，每天要接纳前来上海城隍庙游玩的各地顾客，店内生意非常红火，营业员忙得有时连吃饭的时间都没有。

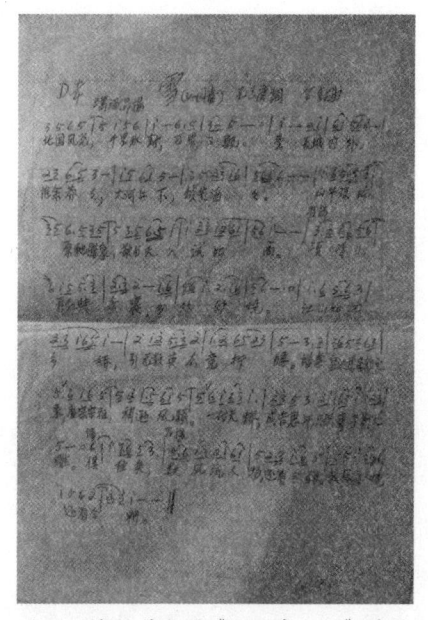

父亲站到了第一线后，一切向大家学习，有不懂的地方就向老营业员请教，在那里一干就是五年。在此期间，工作上没有出过一次差错，顾客对他的满意度达到了100%，成了全公司营业员中的明星营业员。父亲还利用业余时间寻找各种歌颂财贸战线的题材，将当时财贸系统中涌现出来的先进事迹编写成快板和诗歌，向同行业推广，同时对全市学习"星火精神"起到了推动作用，深受同行们的好评，特别是快板颂一度在整个行业从业人员中流传，也得到公司领导的特别嘉奖。

图 37　金鼓作曲的《沁园春·雪》手稿

1977年8月党的第十一次全国代表大会召开，不久父亲的冤屈得到平反，父亲心潮澎湃，为《沁园春·雪》谱了曲，并写下了下面这首诗：

当清新的早晨，
和那落霞的黄昏，
你听见过吧，
海浪滔天地奔腾！

大海难以平静，
因为它有潮有汐；
大地的脉搏，
一直在跳动，
地心也永远没有停止过呼吸。

在那霜打的季节，
雪压的寒冬，
你看见过吧，
花蕾悠然地传播了春的消息！

老树不曾窒息，
它有阳光雨露，
和那肥沃的土地的支持，
嫩绿的叶芽绽开了，
朵朵红花却更显得艳丽无比！

　　家里又恢复了往日的热闹，父亲经常与亲朋好友，以及作家协会的老作家们欢聚一堂，畅所欲言。记得有一回，父亲抗战时期的挚友任秋石先生的子女代表他们的父亲专程来上海看望父亲，父亲带着他们游览了上海的名胜古迹。在游览城隍庙时，无意中走到了"文革"期间父亲被关押过的地方（即豫园），他突然止住了脚步，两只眼睛望着紧闭的大门，脸部表情一下子变得十分伤感，不一会儿眼泪就湿润了眼眶，突然中断了和大家的对话，一个人沉默了好久。

　　当时在场的客人都不明白为什么，一个个目不转睛地望着父亲，心想："这是怎么了？"就在大家想探个究竟时，父亲的情绪渐渐地平静了下来，他不好意思地转过身来和大家打了个招呼，说："对不起，让你们见笑了。"父亲的话音刚落，重庆客人中就有人开口问父亲："金爷爷，你刚才为何如

襟怀坦荡，为人正直

图 38　金鼓与老作家们
左一：金鼓，右一起：茹志娟、陈乃秀、罗洪等

此伤感哈？"父亲轻轻地擦去了脸上的泪痕，详详细细地给大家介绍了"文革"期间在这里的遭遇，这也许是父亲一辈子难以忘记的伤痛。听完父亲的讲述后，大家都为父亲的不幸遭遇感到痛心。

父亲接着说，"文革"期间，被扣上"反动军官""反动学术权威"的帽子到处被游斗时，曾有自杀的念头，但最终是因为有了《太阳出来喜洋洋》这首歌的陪伴，使自己的心底充满了阳光。坚信：今天的夕阳可以西下，但一觉醒来，一轮鲜艳的太阳又会从东方升起！为此他让自己坚定地活了下来。他心里始终充满着太阳出来后的那种喜悦，哼唱这首歌就能为自己打气。

"文革"结束后，每逢有人问起当初进牛棚时的经历，父亲都会告诉大家，是《太阳出

图 39　金鼓编辑《中国四十年代诗选》的工作照

231

来喜洋洋》这首歌让他有了活下来的勇气。说着，父亲又会情不自禁地哼起这首歌！这也许就是四川人天生直爽、朴实、开朗的性格吧。

不久，父亲又开始萌发出创作欲望来，为纪念在20世纪40年代为祖国解放事业做出过贡献的成百上千的革命诗人，以及为了让他们笔下的战斗诗篇永远传承下去，1979年春，由父亲和诗人炼虹发起，编写《中国四十年代诗选》，并邀请臧克家、艾青、王亚平、禾波、常君实、柳倩、王余等著名诗人组成编委会。由于当时还没有哪家出版社出版过那个时期的诗歌汇编，因此在征稿方面难度之大是可以想象的，父亲和编委会的诗人们又拿起当年的革命干劲，不辞辛劳，全身心投入到了诗歌的编辑工作中，最终在数以万计的稿件中选录了一千多首，入围的作者有四百余位，前后历时六年，诗选于1985年由重庆出版社正式出版发行。诗选分上、下两册，总页数达到了1881页，发行后得到诗歌爱好者和相关学者的高度评价。

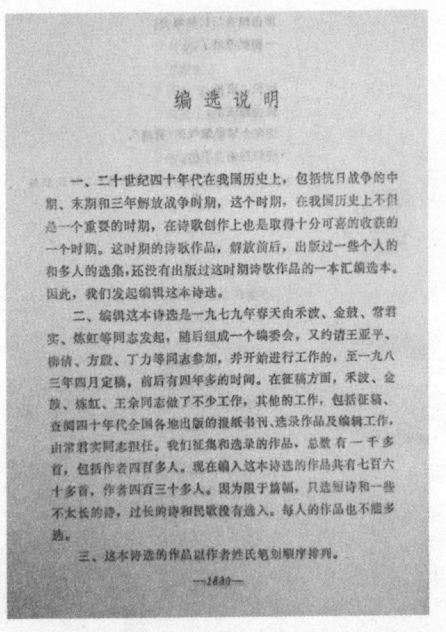

图40 诗选封面　　　　图41 诗选介绍页面